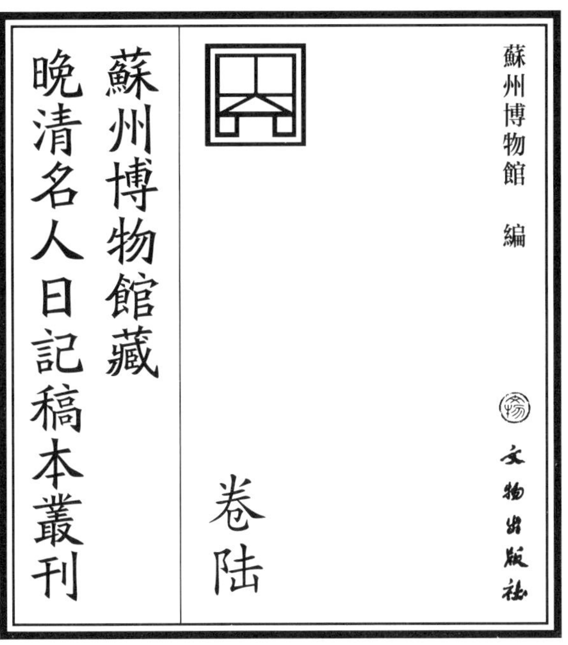

◆潘祖蔭《潘祖蔭日記·光緒十二年》《潘祖蔭日記·光緒十三年》《潘祖蔭日記·光緒十四年》《潘祖蔭日記·光緒十五年》《潘祖蔭日記·光緒十六年》

潘祖蔭日記·光緒十二年

（清）潘祖蔭 撰

光緒十二年丙戌日記

立春

光緒十二年丙戌正月朔乙未 庚寅 寅正進

内前門

關帝廟拈香 辰初三

慈寧門行禮

上御太和殿受賀

懋勤殿開筆 遞如意 回寓

詒惇恭醅三霧 夜雪

初二日丙申 入直 風冷 得張承燮信

軍機團拜送席辭

初三日丁酉。入直。大風冷。請假。函致芷菴。賞十日。若農、斗南、燮臣來。蔚南信。

初四日戊戌。入直。叔父廿八寅刻去世。龍泉寺念經。成服。蘭孫、柳門、中中、仲田、沈蘭台、汜卿、毅甫、茀卿、蕴卷、壬秋、蔚若、斗南、吴樹芬、雅宋、綬廷、李菊莊、張芝園來。

初五日己亥。祀神。復芷菴，派琉璃窯事。以駿生所送鹿肉、哈什螞二盌送若農。

初六日庚子。濤運齋電問吉期。在寓。胡來。

初七日辛丑 得青士信 斗南來 付以修理帳房費卅 送若農鈕氏說文 雷复運 蘭孫來 得成子中信

初八日壬寅 大風 子禾來 節卿祖冥誕法源寺 得辛芝十二月十四信 次日復

初九日癸卯 又 龍泉念經 漱蘭陶竟 小黃伊蹊杜庭璞 寅臣 笙巷 若農來 竟日 寄清卿信

初十日甲辰 復世錫之 琉璃窯 磚 善 江槐庭

十一日乙巳　四妹二七　龍泉寺念經　江容方　翁斌孫　殷李堯　陸繼輝　江槐庭　中衡　張正埥　吳燮臣　蔡世傑　汪泉孫　王孝玉　楊崇伊　連文淵　陳秉和　徐寶謙　徐琪　龐鴻文　吳蔭墀　子授　沈曾植來　方勉甫來

十二日丙午　加班奏事　注假　斗南　嘉農　廣生　來　借採路記即還　十五　都察院　安徽　本日九卿安徽俱陛辭　館官

雨水 子正

十三日丁未

十四日戊申 銷假入直

上出內右門請

安 謝東城客 送王蓮塘澗薰集三部

十五日己酉 入直 辰正 送蘭孫點石孟鼎

保和殿侍宴 蟒袍補褂共 人 斗南蒓客班

十六日庚戌 入直 午正 洽 崇徵 壺飯

乾清宮廷臣宴 礼額息福延禹錫麟箕 偕閻張徐翁畢許潘

賞大卷蟒袍鼻壺 大如意花瓶

賞元宵

十七日辛亥入直 謝客數家 晤蘭孫

劉聰漢來 胡子英來 午下客方來

十八日壬子入直 客方〻來借馬 松壽倫五

帶蔡世傑張正炘來衡來 仲華來 徽厚來

十九日癸丑入直 得涂伯音信 自十五始

上辦事後幸北海南海本日止 聞馮中之卒

二十日甲寅入直 換染貂帽正褂

發十四日濟之信

二十一日乙卯入直卯刻開印徐辰初前到署

二十二日丙辰法源寺念經 石查送看

先君三周年來客有帋記之 濂夫奏 三百

二十三日丁巳入直謝西城客 吊申之

萬德崇來 許仙屏來送以陶堂廿部

二十四日戊午入直謝客賀客若干

棣園 忠振完姻 石查以古泉易詩來 三百

二十五日己未入直 上郊 奏派查橋梁

芳英來 壽[illegible]壺銘拓

圖出 壺天晤蘭孫 得辛芝十二月三日信 即復
二十六日庚申入直 宗樹椿魯恒祥
來 到署午正 寄濟竹麟陶振五信 即復
又寄辛麟信交熙年
二十七日辛酉入直 工部直日 晤蘭孫
李和生來 次日發濟竹運信
二十八日壬戌入直 未初到署 晤芷菴
二十九日癸亥入直
派寫承德府檀城保障扁一面

滂喜齋

鬻藝齋正二

談長庚來　石查料壺、板橋畫一

三十日甲子入直　倫五帶趙鴻猷石查

　　　　卧　來　蘇胡來　寄丁付帆信

二月辛卯朔乙丑入直　崔冠卿賀縱元來

初二日丙寅入直　王維城王玉山來

初三日丁卯入直　會館祀　小雨微雪

文昌帝君　復辛芝鞠常謂卿信又致

培卿　復清卿　劉世賢來　劉仲

曾張季直來詢團拜告以期服　黄玉

堂閻志廉來　陳彥鵬　花農　柳門來
初四日戊辰入直　續鑑同長廉瑜琦石查來
坤寧宮吃肉　補褂　午正到署　馮琁
馮譔　崇彝　際瀚　傅佩珩　王思明　梁孫來
初五日己巳入直　壺天坐陸薈約商到閣　三音布名善
派東陵另案工程　敬潘　西陵　松畢　斗南
宗震坤來　莘濟之十六信即復
初六日庚午入直　抃平商奏底　陸廣商缺　李坤戊午
李崇謹　韓宗獻　趙致中　陶步瀛　張慶昌　張禮來

初七日辛未入直　晤蘭孫　戍月坪來

派寫新民廳柳河神安流告諭　步其

高門應麟　張芝園來　夏偉如　阿霖

世子英來

初八日壬申入直　夏星之師　文仲田長芬

薛如璋　下方鏞　劉培　葛毓芝　慶陞　王惟勤

楊松齡　侯鎮藩　周之驤　黃壇　霍汝棠　李學

儒子壽村　王毓榮　容方　柳門　趙恩淞　識厚　杉壽

夢臣來

初九日癸酉入直　荅芝圃賀晬民丑辛

泐

寓興代晉安胙佑甫　蘓撫宗孫鴻猷

劉辟榮王韶庭田鴻文太史桂陳之炳來

復吳葉信　潯碩卿信即復文蔚若

初十日甲戌入直　到閣無稿　觀音院李

閏楨周年　蔣傳燮高煥計復端

李伯川李建章郭維翰心存來

十一日乙亥入直　到閣畫另奏　范萬慶

劉騰躍來　晤陳梅村丁外艱　趙次山陳家霖

泥雲門房

忠俤　李景何　黄樹桂　史荃　袁恒瑞　劉

自治　王紹廉乙亥庶常、癸未　春生　王鈞

十二日丙午　入直　賀頌閣　月坪　次山　晤蘭孫

到署　吳菘峯六到工部任　劉彤甫　韓

濤　王之鑑副榜　趙壽之　楊紹宗　馮品　張

肇魁　康偉　莊國賢　高壽祺　丁述曾見、逼

谷連璧　李世芳　楊啟明　子英來

十三日丁未　入直　候序初　王玉泉　李

榮　何其厚　李福齡　張遇恩　何玉如來　庚寅

頌閣來 留麪 仍入直 子英來

十四日戊寅入直 發濟之廣安瘦羊運齋辛芝信

玉衡來 鄭德輿趙曾棣李德鈞 方奎

運 徐郙殷崇光來

十五日己卯入直

派 寫燕郊行宮等處扁廿七面

汪仲 徐丙寅 許景忠 豫咸 徐桂林 趙孫奎

王履洪 吳昌瀛 翰閣 趙景新 岑沭熙 吳鶴騏

十六日庚辰入直 顧黃會議仍另奏 翁、頌衛

春分 子正初刻

上諭毋庸从祀 昨日事 唁口唐生蓉小峯及容杜鍾英
于式玫胡濬陶榮趙祖蘇之洸李宗駒
杜彤繆光昐劉嘉琛姜士寬容藻笙
鍾敬存來 清吉甫拾疇
十七日辛卯入直
派寫燕郊等對六件 候少荃午刻
到署 柳元俊李桐章殿柏齡劉
篤敬何寅清王鍰渠黃澤森王恩瀚
武延緒譚序初子美來 送若魚翅

十八日壬午入直　嵋山嫁女　崑到任　大風

李棠翊千里良駒來　己酉團拜未去

十九日癸未入直　吊申之　送序、初默幅

先集、懷桑摺稿　送趙次珊同益托帶偉如

信件　穆清舫、胡葑放、竟如來見　梁洪來

閻藹敏、王廷楨來　穆送楹屏、正學秋審

朱仲我、孔繡來、駿孝之子　容春澤　雲階來

卿子新舉　斗南送耕醬、權致若黃精　送若農鏡

二十日甲申入直　晤潤孫　送若耕醬

滂喜齋

梁致成　韋佩瓊　頌同壽　傳煦　振鈞　昭羅

貞元　果壽禎　衛禮衣　賢　楊榮伊　柯逢時

子授來　余昌宇道來　號澄甫

二十一日乙酉　入直　賀萊山嫁女　入直日

石查　何維樸　王拱辰出西北　馬賽芝　于鍾霖

來帶見　何達聰　王守訓　王懷忱　秦代

西　保純來　王松睦　送中吳紀開文　蔡石[illegible]

二十二日丙戌　入直　潘昆焜　烜仲韜　子元緯

啟酉　欽子　左廷麟　唐烜　高拱桂　于英

張倩來號韵舫又〻子沙旭洽來

二十三日丁亥入直到署辰刻替修派

松壽江棍庭少荃相來复言卿謂

卿灝常信劉同鶴筱卅來博野撤任已久

呈定子芳英來為若農木器托壽泉陸馨吾來

二十四日戊子入直帶廣生送悼聯十兩乙

酉圜拜未到廉〻送序初曲園仲韜

子英來工加班

二十五日己丑入直子英來二百七十西泉小字來一百十高

發清卿信，附十三石。瓷五、鉢一、敦蓋一、此當罕一。五銖範一、戈一、泥封一。

張宗德來，寄少雲所屬之墳。以下東陵日程

三月初七日庚子，巳刻歸。蘭孫來，汪瑜伯來。

初八日辛丑，入直。雨。斗南分校。

承叔甫厚來，陳日翔來，臺灣鳳山人。張星鍔之門人。壬午陳增玉來，津門寄呂和。朱琛來。子英藕來。李仲若、王雲清來。戴偉如交招差。

初九日壬寅，入直。到署。管廷鶚、廷獻來。

子英來，百五十。產解兩。藕來，還其一壺。于鍾

霖來
初十日癸卯入直　直日　陸繼德（馨吾）來　藕來
芍英來　白
十一日甲辰入直
派寫般陽語佑廟　惜邸祖晉上祭　蓉李菊
圃　藕來古器三俱偽　阿克占來
十二日乙巳入直　請
安　看方　雲階芍英來
十三日丙午入直　請　芍英來　四下伯寅處

安看方　劉宗藩來舉人，其弟乙酉　辛白來
十四日丁未入直請　熱極
安看方　到署　展初　薛所十五六到任　吞臣子辛白
于鍾霖、花農來　蔣嘉霦來　祥璟來
十五日戊申入直請　大風冷　巳初雨
安看方　童德中、呂定子來　子英來
十六日己酉入直請
安看方　陶子方來　胡子英來　四十　臨
蘭心楷　文信服　李士鉁來丙子優貢，癸未庶　嗣香

穀雨 午正初

十七日庚戌 入直 辰刻到署 答陶子方

芍英來

十八日辛亥 入直 值日 李若農借四歐碑

派查佑河道 同敬信 瑞篩侯、瑋 李菊圃

用清來 芍英來 夜雨 可久和壽詩善以審 倫槎酉和茶花 酉七十盃

十九日壬子 入直清語 廣生 穗卿付另

看方 芍英來 本還破皮靈戲殘戈小聯 倪丑德

安 發辛之 瘦羊 濟華 常信 支熙年 松崖 黔卓

李潤均來 夜雨

二十日癸丑。入直。朝房晤敬子齋、蒼雲、
階賀、徐小雲、柏贊、吳蘭培、王子獻、
謎香、袁渭漁、寶璜來。龐鴻年、陳彥鵬、
陳翼謀、阿克占、陳興同來。王治善、潘譽徵來。
二十一日甲寅。入直。請　李福、汪鳳瀛來。
安看方。引見時請　楊聰、楊銳來。
安到署，辰正二。鄧小村、楊奎綬、承、楊守敬來。（逵之連）
孫翰卿、宋艺裕、鄧福保、顧香樑、胡廷琛、
張宗德來。芳英來（四十）、信仲、若漢、碑六。[illegible]

二十二日乙卯 同子齋查估西直平則西便廣安右安門未初歸 虞賓寄水寶燈 劉大輔來 穆來偽敷一還之 許子原柳質卿張清泰來 恩興小芋冀少來 林時甫維源來辭行

二十三日丙辰 辰初到右安門官廳 辰正二同查永定左安廣渠東便崇文正陽宣武門未初歸 子齋昨今俱直日 韓銳孫送河豚但 西泉劉子印潤翁子英來

二十四日丁巳　卯初三刻朝陽门同子
齋查朝陽東岳安定德勝门
至松林閘止巳正歸　得濟之
竹年振民瘦羊小雅信　復吳清
卿陳侯戈拓一　朝陽小鄉十三
二十五日戊午入直看　雨　劉振堉來
方　傳心殿陪子齋　辰初到署
二十六日己未入直看　工部直日　答瑞茀侯
方　請安　御小村　尹子威來

二十七日庚申入直請 再得運信復

安看方第二方 有薛撫民 馮培之 楊保彝子英來

二十八日辛酉入直請

安看方 看廣生 劉錫璋 張燉章 子英來

二十九日壬戌入直請

安看方 到署辰正

三十日癸亥入直 王緒曾 陳貞 柳門 子英來

上諭 補服侍班例也 送仲若果子貍

太廟乾請門階下請

立夏 亥正三

安
御前惇邸澤貝勒同本日無方　荅春厓
四月癸巳朔甲子入直　請　展如來
安　看方　到署　遇清卿　運齋到京遣人照料上
即往送二席　發濟竹辛抔鞠信　並侍信九　拓本
發清卿信　托蓋一　敦蓋一　爲西圃什鈸原十二株一
初二日乙丑入直　到署　請　荅培之　以拓氏件托壽
安　看方　誼卿來　貽培之屏對物件並信　小峯
派復勘會試卷　文小坡　吴本齋　子英來
初三日丙寅入直　到署　請

安看方　贊齋之培卿景瞻振民信
曲園培之子常怡卿來　又振民書一包文培之
初四日丁卯入直田振生來壬辰　直日　刃後過杜庭中術江張氏婿
派查估天壇崇雩工程　鄧蓉鏡來
汪濬生胡景桂高釗中劉學栻擇平春舒子來
初五日戊辰入直看
方
看康生　陶子方來
初六日己巳入直在奏事處階上失跌
到署議張摺蔡薛徐以事不甚清

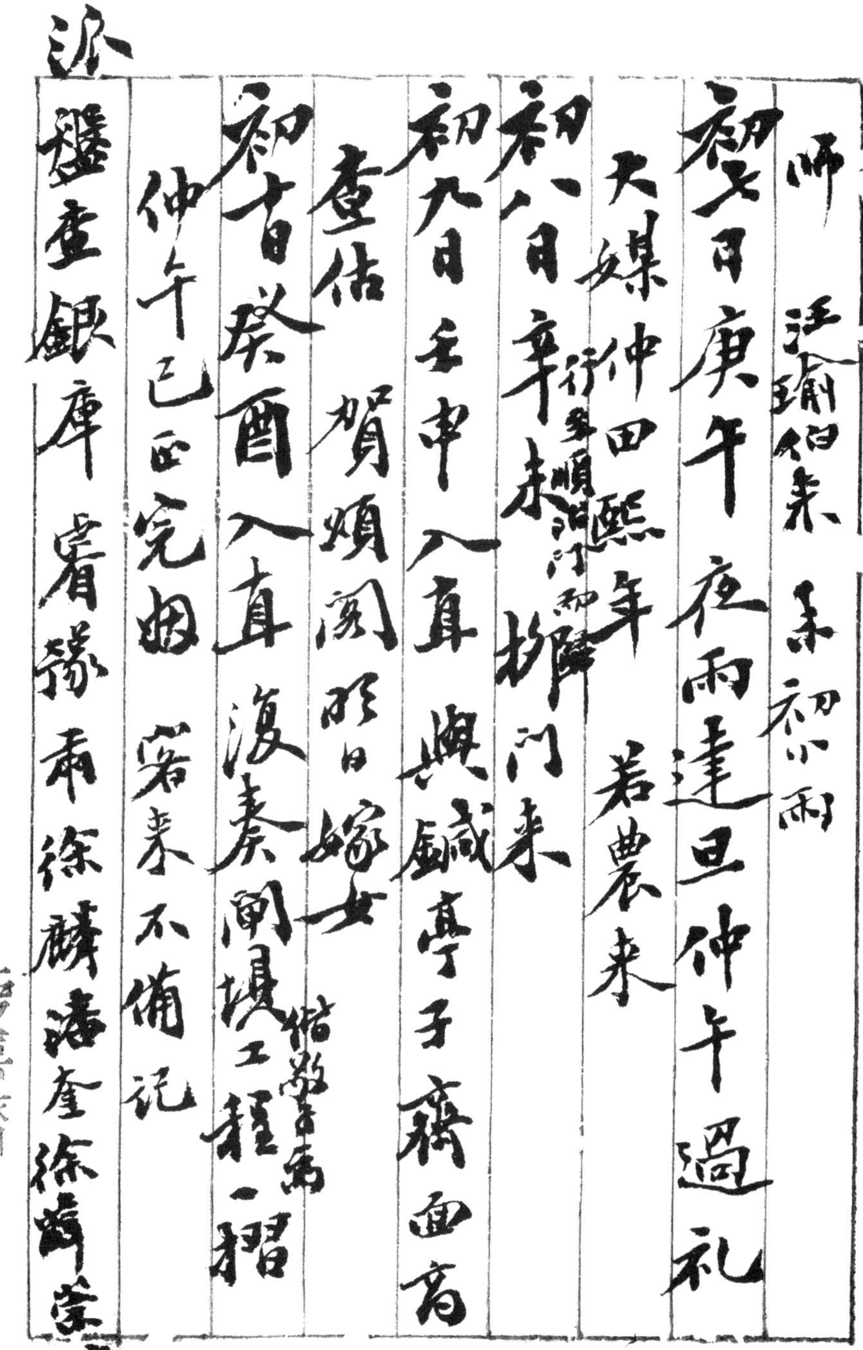

師 汪瑜伯來 未初小雨
初七日庚午 夜雨達旦 仲午過禮
大媒女仲田熙年 若農來
初八日辛未 行冬順治門而歸 折門來
初九日壬申 入直 與鹹鐵亭子齋面商
查估 婿頌閣明日嫁女
初十日癸酉 入直 復奏閘壩工程一摺 偕敬吾商
仲午巳正完姻 客來不備記
派驗查銀庫 崑 孫 南 徐 麟 潘 奎 徐 壽 崇禮

十一日甲戌入直 會親吳氏 橋梓陸
松生 柳門 仲山 伊山 松生 俱餅 未正散
發 清卿信 並清隱 等四十六函
十二日乙亥入直 到署 直日 在庫 帶聽福
錫綸 崔國霖 何乃瑩 候吳江 廖朋大帖
十三日丙子 寅正起身 答謝培卿 到署 行
文禮部 經滿志中式 磨勘閱卷應否
迴避 辰正查庫 四十名等 初散 晤蘭蓀
壽南來 榮蘧堂 田軍兵 蔣廣來 江甫

生來。瑜伯明日行。

十四日丁丑。卯正二到署，辰正查庫，日八十方分。早晚班，早班午初散。發濟之、辛芝、瘦羊、廣安、葛倫信。文恒、榮小坡各以功順莊疏証、沈石湖注贈之，又寄葛倫、尹次經。

十五日戊寅。卯正到署，辰正查庫，庫卿到。早班午初散。心存、曲園、錫清卿亦來。吳樹棻、易佩紳來。

十六日己卯入直 查庫 早班午初散 雨

運甫何彥生來

十七日庚辰入直

派閱覆試卷 蓬江張來 若農來

十八日辛巳入直

小滿午正初刻

派散館擬題 王衣之道 水龍吟賦 以豎為韻

珠宮舍館內庫字 至禮部朝房覆

物道奏稿並應辦 到某處刻 查

庫早班散 楊鏞江靈瓶圍淘濬

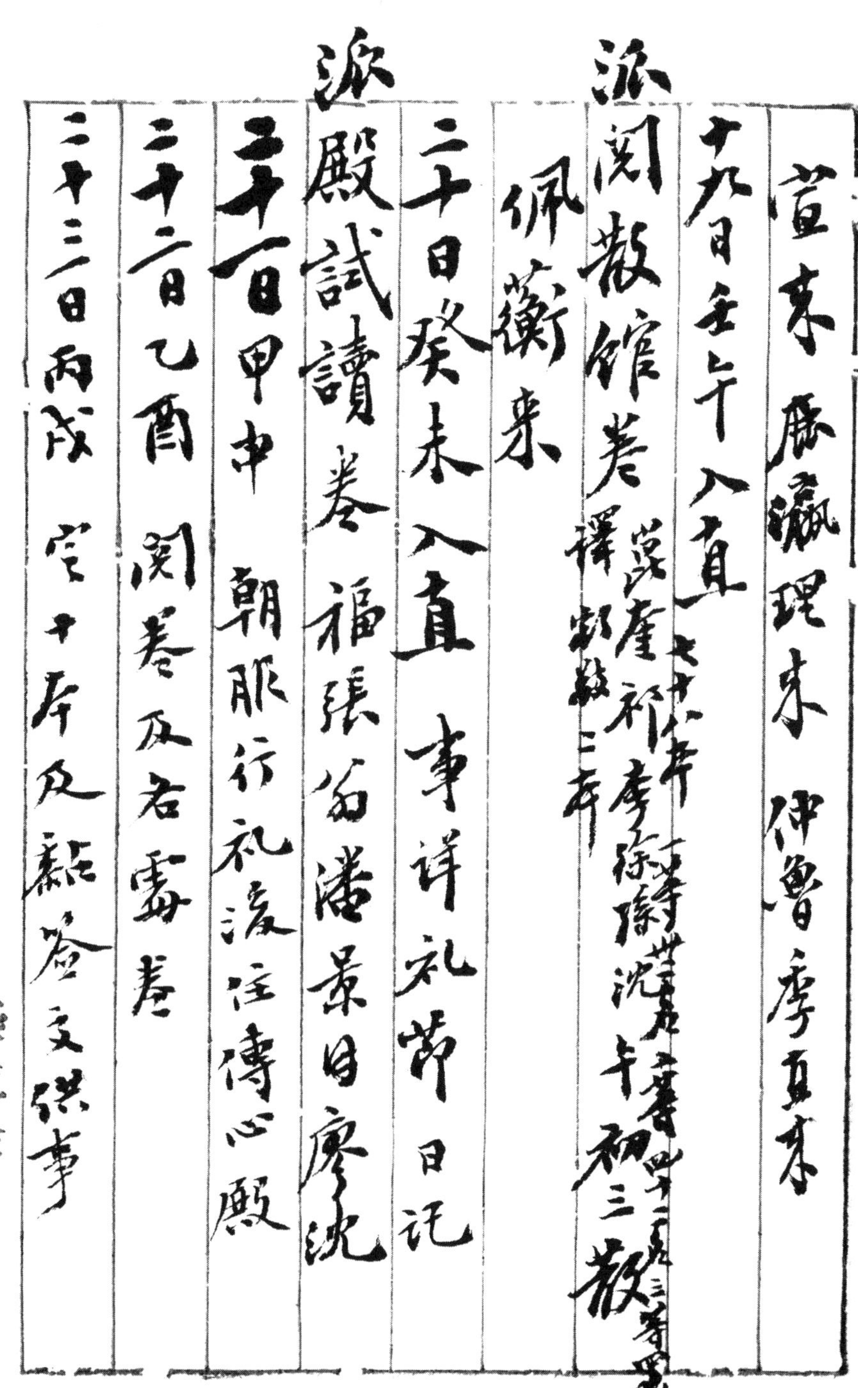

萱來 廉瀛理來 仲魯 季直來

十九日壬午 入直

派閱散館卷 莫、崖、祁、李、徐、孫、沈 午初三散 二本

佩蘅來

二十日癸未 入直 事詳禮節日記

派殿試讀卷 福、張、翁、潘、景、目、廖、沈

二十一日甲申 朝服行禮後往傳心殿

二十二日乙酉 閱卷及右寫卷

二十三日丙戌 定十本及點查交供事

二十四日丁亥。進十本，巳初
召見，並帶引，見十名，即至闈填榜。芋英來
二十五日戊子。卯初二，發南信，洎竹、鞠辛、葵生
上御殿傳臚，讀卷官（繼外）朝服行禮，狀榜探
歸，弟均未到，巳初到署，錫清卿來，橫幅
卸頂帶，穆清舫、魏庭穀，兩三千萬
二十六日己丑。到署，晤赓生，巳初畫序
畢，互稿。晨榮寶煖閣補服到
小畬來住，鴻南與弟彖孫同住，時辰發湧諧三

澂景齋

二十七日庚寅入直 查庫後

命到署 蘭孫不值 晤遜甫

皇太后賞藍直徑紗一疋 醬色實地紗一疋 銀灰芝麻紗一疋 駝色直徑紗一疋 漳紗二件 葛布二件 帽緯二匣 摺扇一柄 燕窩一匣

徐致靖來 蘭孫來

二十八日辛卯入直 工部直日 送廉生吉封三百兩

賞袍褂料紗葛帽緯 引見時磕頭

畢光祖枕梅 陳員來 子英來 偕從東便門 下朝房 秋趙

二十九日壬辰入直　送仲良去信文濤生寄二峰信

溯閏朔考卷　偕翼麟濤祁許濤李徐樹廖嵩　申初散

五月甲午朔入直　到署　以胜書沈來寄

鞠常　鈔蜀研扇箑送寅臣之子　席送運高

嚴修汪濤生　何世光毓祥方英來　沈蔚桐來

繆祐孫徐郙楊銳趙之同以炎李再錦運高來

楊[illegible]清華學瀾鳳孚史[illegible]咸上長其來

初二日甲午入直　晤蘭孫　趙展如壽　上嚴連來

吉語僞物還之　送展如扇箋書　夏竟如

滂喜齋

芒種 寅初三刻

送沈子培、子封莊証范注，送再同二沈書，又送廉生高伯足集四分。馮煦、柳門來。夏玉將五槓煙。

初三日乙未。入直。陳日翔來，送以家刻，並送張星鑑。派寫大沽口海神菩薩天后扁。辰初到署。惲炳孫來，復夷侍，送莊沈書。蘭孫送煙若以琴峯畫冊。陸壽門送紙，送以屏。

初四日丙申。入直。辰初到署。得杜紹唐信。

初五日丁酉。入直。答東垣積幅。

初六日戊戌。辰初同福箴亭率司銀庫佑

天壇等處二鼓已正歸

初七日己亥入直 直日 下來張之萬許宗杰揚頤

李培祐不請 樂春園議之 許子原 梁權楷 益謙 杏初

劉啟鎔廣東瓊州杜以彥門生 鄧和尚雨之子 爲以詹 吳應當追補者

陸壽門來言語不通 換麻地紗

初八日庚子入直 卯正二刻到署 晤瀾孫 六

點鐘雨 子英 程樂菴 志和 尹次經來

初九日辛丑入直 蓉善 厚菴 立豫甫 賀蘇園

漕督運齋來 程柯亮占來 酉刻大雷雨

初十日壬寅 入直 到署巳初 蘭方到 風

晤廉生 傳指生來 寄愙齋信 卓臣

來讀 濟之新甫來 目風吹紅腫

十一日癸卯 未入直 緝伯寫楷 蓮塘

霽上祭西陵 廉生告以目腫

十二日甲辰 請假

賞十日 存齋寄石林奏議 即交益莊沈

東古文存 運齋來

十三日乙巳 曾摯民傳指生送席

袁遂 聯福 江槐庭 陳丙森 張傳懋

伊煥章 殷如璋 陳彝 許祐身 汪韶年

夏至二十日戌正二

十四日丙午　蘭孫胡穉禾　夏仲飴送以莊沈陰
十五日丁未　穉禾鼎百方　壽振辛楣官勤帶方件文苙
十六日戊申　穉禾酬以舟　柳門取于氏書去
運齋來　涛濟竹辛麐　祁呉信即復
十七日己酉　换亮紗袍褂　花農卅年來　熱
十八日庚戌　斗南若農來　熱　唁菊常信
十九日辛亥　風　中江張來　蓮已放　孝英來
二十日壬子　次經來　山東馬姓來　尹蓉
派查估清漾同敬信　司員杜徵識　殷某　李渊均　張炸槙　孝瑞

安

二十一日癸丑　江麗生來　松椎齡來　壽廣生信

二十二日甲寅　斗南、蘭蓀、趙寅臣、聯福、那益三　益抔三百一

劉咸芸、曹摯民來　運齋來　尹彥、鉞子威來　左儀

許子原來　芍英來　托曾摯民帶仲行、寶森信帖　托沈東甫去取話

二十三日乙卯　銷假請　送曾扇、畧、鼻煙　趙年伯、孫楠歸

直日　晤蘭孫　莊錢濟、葉左琦、鴻芳洋、羅光烈

邵海、蔡金范、王蓮槐、賀沅渠、謝闓、黃洛溶來

周蓉生、汪柳門來　蔡程、衛孫、孝廉炳鎔、梧栩門

二十四日丙辰　入直　到署　葛振元、張星吉、潤普酒

武威沅樵森李端棻徐受廉葉慶頤瑞洵吳

慶瑤陳昌紳穆湘瑤高熙喆劉學謙朱延熙

姚丙然吳鴻甲連捷易芳田周承先費之子鄒

祖焜散黃曾誠張南甫張揚丁惠鈞龐黃介李

煥堯孫琮源沈名桐黃手書禮誠嘉徐世

昌橋天寶韓路森陳適聲江需錫劉紀

臧年瑞康瀛瑀劉玉璵劉安科王詠楨

善自駿孔憲教來胡東

二十五日丁巳入直　答拜李南浦

石銘（叔孝）漢（十二等）、王廷相、柯劭忞、林仰彬、李子榮茂、仍繼、桓林、鑑中、張壽、尹殿颺、彭述、陳志喆、華學瀾、清芬、孫錫第來。胡來。夜雨。

二十六日戊午。冒雨入直。到署。芳英來，付百千二數。

二十七日己未。入直。換萬涼帽。佛如、彥官、文來。于高慶下、德昌拔、高觀昌、丁良楠、劉樾仲、樵、秦協聲（穀士、穀）、宋濂蘭來。

二十八日庚申。入直。到署。雨。程蒲孫秉銛、恭振麐來。復荷五送團扇。亞陶、李襄

廷經藩 沈維善 宗育仁 心存來 送心存八分

二十八日辛酉入直 請

皇太后安看方 前五日亥起 發濟竹年鞠信 寄三兄至張家口

楊福臻 殘未 程呼鉦 郝丁 劉照

裏 江涵宣 工 王榮先來 為眉生詩作序 寄女子廣微

三十日壬戌入直 請 李瑞光 劉自然 劉采 礼

安看方 到署 張天齊來 于蕃定議 柳年卓

六月乙未朔癸亥 直日 陳厚滋 振卿子

周晏卿 鍾大墉 同長庚來

初二日甲子入直 工部 借步雲 小雲考試筆帖 傅運

唐宗桂、崔俊同、石同福送少人。王彦威、易守元、繼昌、焴如冬冬、馥軒、乃燨、周鼎、清翔、謝崇基來。許子原、張鈞（錢高祝孫，字恒之，杭州拔）來。夜雨。

初三日乙丑。入直。請安。看方。何維棣（庶生之兄）送頤素軒印存。暴小雨。柳門（小當百只一）來。徐致中來。葉（玉笙）大琛來。

初四日丙寅。入直。請安。看方。到署。晤閣孫。年廣均振民信，以其年丈。張樹德來。復清之行。

初五日丁卯。入直。請安。看方。賀運齋移居。運來。晤柳門、吳食清。

小暑未正一刻

初六日戊辰入直　發南信　潘辛振麟生侍
派閱卷偕福（箴亭）麟（芝庵）薛（雲階）徐壽蘅辰正入闈午刻
俱到內監試達崇阿（仲山）李士琨（次瑤）眠
專司務查屋星甫　查察大臣英錫
兩禮司員那桂瑞廷魁麟李士瑛趙慶毓李
後送席力四千　兩堯日同人乞言扇
初七日己巳辰刻查察大臣送書籍跪
接壽文宮刻一分　辭達而已矣賦
得荷香雨過天　天印　一千八百

三送題補脈賢進一折角五十張一束 一千八百張其法五張

初八日庚午 安摺三分摺匣恭繳 放題另點眉箏

御章書籍出題寄四書貼黃簽 未初

發

安摺 酉刻進卷 直江西湖南各基本 夜

直百江四十湖二十 次早直廿五湖廿二江西

八旗共六本 夜雨達旦 由監試分看

初九日辛未 雨雉風已正 余分三百廿本

安摺回 閱直江湖卷畢 再閱八旗卷

畢 晨甚涼 午後熱 同人紛以來談

初十日壬申 晨陰 復閱右卷 夜

子刻雷雨 重文川二卷余定江西二卷 壬七 以次論名

十一日癸酉 飭吏粘簽填名 次諸公

午後閱畢 重文尚未粘簽 子初大風雷雨

十二日甲戌 晨涼 是日包名卷 午初畢歸

入進 呈卷箱三等卷不包文

禮部 箴亭招午飯 看霞 命摺

未片等第單恭呈

御覽　委員王同愈等行獎勵拔委一次出身六名行文獎勵　有安摺

十三日乙亥　辰初錢貫之公進內閣交卷箱出闈　陳容叔來　運齋來　容舫送延苑耕山十三幅

十四日丙子入直遞　送柳門出行禮

安摺覆命摺又列銜禮王等公摺懇

親政後仍

訓政又醇邸摺又伯等摺　福面商查估五壇一摺明白奏　到署　柳門來

十五日丁丑入直　偕福箴亭奏查估

天壇等處一摺 差遣抑門行 晴 蘭蓀書旦 夜大雷雨

殿還浦求 又片 三信 寄伊功順 段判署 民錢 捐杨一旦 蕙扣盟書の辮

十六日戊寅入直 夜雨 至内閣畫再照

訓政稿、 到署 子峩面商 藩司十年十月馬俗壽

王恒軒 過泳未 拉冤稅 司員記過 拔肴 掌印三員 本日上任

蘭維煊 董系和來 王裕宸 余瑾 高煥

盛碩錫廷來 子英來 胸覺小犯 石

十七日己卯入直 直日 晤蘭蓀 許

子原來 仲韜 嚴子楊 衣熟 李華年

初伏

易子歆來 送黃子壽功順及各物

十八日庚辰 入直 禮王等出題 洗象

刊政摺 又醇王一摺 又錫珍等 又潤放等

辰正又大雨 藻熱辰常 蓉仲韞

雨時作時止 子英來 清 百朋刀幣 沈 大雷電

雨至午時止 徐忠々來 號仲沈沈藻卿々扇

十九日辛巳 入直 雨 晤蘭孫 芷葊壽蘅

雲階招廿日慶和堂 辭之

二十日壬午 入直 得鞠常信 花農次經

大暑亥初七

陳兆葵蓮齋來　寄廣生協庠百三兩

二十一日癸未入直　寄濟之信并瘦羊莊延

辛芝內復蒯常振民信交小舍明日行　又三祉

姊信　檀浦芳英來　夜小雨

二十二日甲申入直　到署　晤蘭孫若檀

浦　小舍南歸　松壽丞序瓜船來

二十三日乙酉入直　到署　裴偉和文天

順祥　夏塤大段書雲來　陸繼輝陳

學海來

滂喜齋

盧霞西廷佐、魏稚培、周儒臣、張寅來。

二十四日丙戌。入直。大公所醇邸樞廷三公議等辦銅斤加爐鼓鑄。午初散。孫子授、少雲、曾山、吳汝翼、叔耘。夏康生拓本十六種。陰雨，通夜不止。

二十五日丁亥。羅貽帽。作清竹振辛廣安信。寧壽宮聽戲，大雨竟日。辰初二入座，申初三刻散。住壺天。大雨連宵。

二十六日戊子。辰初二入座。上御乾清宮受賀。雨，檐下行禮。蟒袍補褂。羅貽帽還。如意賞還。

寧壽宮聽戲 三十二刻申正散 工部田司阮
維鈞等二本四畫 寄廣生信
賞如意 袍褂料 帽緯 花瓶 手爐 洋漆盤
荷包八件 雨時作甚大 仍住壺天
二十七日乙丑 入直 徐梁吴不到 直日
因前二日推班 昨日亦推班 仍住壺天
啓錫二君來 木稅及閘頃事 發南信
二十八日庚寅 入直 同直一人未到 庚盤
過斗南 何長虎 吴文坦 孫燕賓 王彥威
新在滬 楊宗翰 運高來 濤樓 芳英來

中伏

二十八日辛卯。入直。張濂卿來。

上詣

太廟。罷班，帽緯花衣補褂。上爲恩閱御前六堂。乾清門侍班，回班雨，換衣冠。是日雨。

陳瀏叔玉錫來。田星五來。賀輝玉琯。

譚廣趙賓臣來。

七月丙申朔壬辰。入直。訪蘭孫，不值。

鄉時鈞蔚研、靜瀾杝來。歐陽炳榮、李華年、錦景琦。

胡可顧夫、下緒昌來。董系和來。唐毓藩。

岑春澤、管子行來。

初二日癸巳入直　到署　晤蘭孫　寄廉生泉幣刀拓本十五番　蘭孫借觀梅山十二幅　勤深之孫點來　徐森夏書坤章光國來　丁惟禔惟吾來

初三日甲午入直　辰刻偕子高虔佑皇城右元翼清渠坟面午正散　陳管濬黃秉湘甘大璋邁拉遜單啓藩胡裕培孫于授姚茂坤于維錦拔尹伏之經陳方鎰沈允章朱纕武刺　畏南信

初四日乙未入直 遇子高晤談 到署

四星五盧藏碩來 寄寔高拓本十五分

初五日丙申入直 子齋面交奏稿 送伯

兮蒼生訃 徐鐘拓不佳 兮鼎拓眾拓五十一分

又寄寔高拓三分 雲裕師 陳彝 吳

派寫牽牛河鼓天貴星君 庭芝 王管禮 素

天孫織女福德星君神牌 季棠 孫偶 彥之 祥林

初六日丁酉入直 慶元 倪度 胡遠燦 陳霖

賞撫寫 到署 遇清徐 王之楨 徐承煜 徐壽麟

倪錫庚薪耶、暴藹雲集、錫齡王劍千祺貫綸

龢甄瑤彥兆炳熊孫鳳儀、魏佑孫來　孫寶琦來

江肇豐、徐宗濤邦吉、翰、戴式嫥陳芝榮來

初七日戊戌入署　直日　又不稅局　陸篤齋學源

董玉卿吳增僅、覺述　沈錫齡、葉振達、陳濤

呂昨益藩、汪嘉棠、段書雲、高煥然、劉其偉、張樹棠

高蔚楨曾鑑、孫家驥、龔世清、寶嗣藻、符鑑、陳廷鑑來

李春甫、殷柏壽來　張硯秋、李廷颺來　侯雛鳳來

初八日己亥入直　到署　雲復秦溝渠廟回正

立秋子正初　未伏

藍綬辦一摺　昨戌刻大雷雨　彝叔子正寄函屏　送賓虛道新書峯孫

旨依議　梁經伯　陳澍齋　張履喆　李夢蓮　張文瀾　耿孫

清童光亞　汪姚椎　寅葉揚俊　王樹鼎　雷補同　陳廷炘

鄭蓮蕊　畢昆濤　孫詒績　朱勤来　子英来借四十

初六日庚子入直　晤蘭孫　陳慶萱　松壽来　子英来十二

周錫光　謝鑑禮　周文楨　許福楨　吳鴻賓　張

壽祺　卜永春来　送容卅南園　祁文端碑拓及家刻

初七日辛丑入直　在內畫戶部會奏稿　銅設寄

庚生狹庠　寇一劍　九四　嚴子猷　子敷来乞對　田稽校

羅研生、薛鴻先、申麟、何安行、陸壽臣庭、張奎渠、吳海、李廣年、王桂林來。王元之來，寓仙巷文選樓，諸葉知州，看福居。未見。蘭維恒來。酉正二刻雨，丑正又雨。

十一日壬寅，入直，到署。陳容材、許子原、杜秉寅、尹兆麟、王澤霈、鹿子高、曹垣、李清芬、劉漢、靳琦、秦、凌福添、周易、謝汝欽、伍亮寅、蕭開啟、夏同彝、葉意深、段友碩來。周紹瑄、郭兆麟、趙之蘭、卞綍昌、謝維喈、謝霽孫、曹種來。

十二日癸卯 入直 至户部收說摺片 式炳 琦寅臣 李菊圃 子英來 方子聽 索十鐘又七 拓去 王炸來

十三日甲辰 入直 到署 商廷彝（癸酉副） 徐花農宙（乙酉吉林） 竹銘來 趙世駿 王濬甲 王安中 九大鎮來 玉致崑小峯 張潤來 廿訓雨

十四日乙巳 入直 醇王等會奏衆法 到傳心 殿（有俗議）瞻崑爲徐同到署 撤風濤 叙桂主稿調刁 藻熱 何現璋 武（丁丑香山） 李有琨 葉承祖 周

又濟陳正源張世麟 官兆甲裘祖謨子小莘 敞

承齋 治調水紅月 芳英叔 刀四直名十 夜大雨 送方子眭拓廿八開 段注清

十五日丙午入直，邓正 工部直日 侍班假

上諭奉先殿隨事藍袍 晤蘭孫 巳午間

大雨 舟爲子眭拓廿六開 洔濟辛麟

小舍信即復 十六發 子原來 夜大雨

十六日丁未大雨如注行至半途而返

復王元之送以家刻 復方子眭 自送貲土

師遺方尊拓 寄仲飴 明磋叔字 文瑞孫

十七日戊申　大雨　未入直　復才子昭
陳冀丞來辭行　運來　午後殊
十八日己酉入直　乘輿到署　扳貢
團拜廿三　才盛辭　劉成傑來
十九日庚戌入直　爲子聽之　左蔚
上幸北海　傅辦事後至廿四　齊語濬
李士珍賓居恒　趙詒書　何硯孫
以世界編年事求中仿之　王仍蒸柏子
英補崇龍來　夜馬号壙倒　覽一倚之
此同類

二十日辛亥入直 雨 内閣覆上 為子聽擬[illegible]（旁注：[illegible]）

徽

尊號稿 大雨竟日 水司在内請題派主稿

幫稿 李潤均 趙爾震 荷鴻才 王豫修 許秘[illegible] 通夜雨

二十一日壬子以雨未入直 送子聽面四十兩

答以拓廿紙 細雨竟日 陳兆葵來 送集廿 席

二十二日癸丑未入直 送子聽面四十兩 窖

炸鮮行 送以花翎紗料雨纓 王肅卿來

二十三日甲寅入直 雨夜 程樂菴借子行來

二十四日乙卯入直 送子行劉家刻磁

器錫器送朗齋樹山十二幀文子行 徐[illegible]

欽運齋來

二十五日丙寅 晨 入直 復李朗辰信并寄還縕鄭詩稿 陳慶祉來 擇小四朝 [illegible]已過三子 新送啓紹邪譜

來看侯稿及癸未科估所稿 請三万 送盛

伯兮周簠蓋古磚拓 前明附錢 沈世鍾 芋英來

二十六日丁卯 入直 小雨 辰初到署 梁旭

培 劉植卿來

二十七日戊辰 入直 卜永春 王守訓 德泰 刑房吏 徐吉湘知道

陳廷炘寅甫孫望文煒郭兆麟趙之謙來八字文
鏞嘯五十
二十八日己巳未入直辰初到署子原來
夏慎大來玉錫曹義臻廣試未取阿克占來夜雨
二十九日庚午入直雨晤蘭孫雨竟日
八月丁酉朔辛酉入直公摺上初五日上
徽號內閣會議未知德潯濟辛麟振
三姊信即復沈允章壽榕書景
湖華光祖孫詒績商廷修來詩

應敏齋啟字千祺 緯師蔭棠來 運來

初二日壬戌入直 直日 奏催金報三次 一千六 二千五 依議

緯師 鄭田 蓧棣來 李士棻 寶居恒 李焕堯

王小宇二百五十 五十鍰來 余贖年子英來

初三日癸亥入直 卯正到署 衡时勳兆

丙蘇來 送蒼生畫象拓 繆祐孫 章余繁

送蒼生自其六象一盒一箱一戈一札牧、芙代售

陸送勘 徐承煜夏書紳來 送瀾蓮茹

初四日甲子入直 雨 辰初到署 周立濟來

余誠格 李振鵬 沈維善 鈕家煥來 李菊
圃來 徐宗溥來
初五日乙丑入直 清上
徽號以招 張星吉來 吴慶坻、柴旌來 號蘭田 軍兵房吏
華學瀾來 運來 西文件如 五千 于鍾霖來 宋
育仁 龔世清 周承光 高照熙來
初六日丙寅入直 瞿廣生到 罷石送少雲
羅光烈 倪錫庚 李有琛來 送廣生
漢石滕邸出土杯 杯底石杯一 又鹿杯五十五送

仲飴漢磚拓各一（丙戌本） 恭邸送莘鋤吟 送蘭蓀食四合

初七日丁卯入直 送薈生自拓金文共一本 肇盤 匜盤

派題 李子榮李子茂鄧蓮裳段友顏蕭聞啓來

皇太后御筆蘭八幅菊四幅 王祐宸來

初八日戊辰入直 到署 送薈生八分

派寫嘽嘞諱 孫綜源來 徐子靜來

閱帝廟如日中天扁 鄧福保周薈生葉那祖

覺述惻檻仲高功成來

初九日己巳入直 晤蘭孫 陳吳萃方子聽

甘露　廿三

派覆核朝審　運來

初十日庚午入直

上諭奉先殿　王真日內左門外侍班　王安中

景厚　劉卓枝　徐受廉　尤大鎮　趙寅臣　吳炳

來

賞帽緯一匣　藍緞一疋　絳色緞一　駝色二　石青二　藍

片金緞一　紫片金緞一

十一日辛未入直　到署　李士鉁賓

居恒馮煦來　送滄生鍾杯三　敦十五　于德目

滂喜齋

鍾三。聞南屏病故，即往看仲田。吳絲熙咸來。
十二日壬申。入直。聞發內廷節賞。許子元
趙仲瑩、孫蘊苓來。寄偉如、石農，字益信
文仲瑩。盧稚卿、戴式藩來。
十三日癸酉。入直。到署。晚，廣生送香聽敦銀十五
蒼生醫藥金銀十六兩。汪範卿來。李青士燕
來，昨助以六十千。送廣生以輝銀百兩。叔農來
劉鳳霖來，壬子年銀二陶卿送來。得濤竹
麟生、承孫三姊往即復，並寄辛芝。少英來，午

十四日甲戌入直

命作荷花墨蓮詩廿首　陳六舟瑞花農來

運來

十五日乙亥入直　賀運　子英來廿

賞瓜果餅

派寫善福寺扁

十六日丙子入直　壺天過　蘭孫　送子貞

筍壺般西拓　送蒼石尊〻壺鐘角仁和拓

程樂菴來

滂喜齋

十七日丁丑入直 午到署 宜子望、成竹銘來

十八日戊寅入直 直日 晤蘭孫 徐寶晉來 趙寅臣、丁暗香、許涵敬仲韜山東來

十九日己卯入直 晤廣生、盛伯熙、趙寅臣、劉孚植來 夜風雨

二十日庚辰入直 內閣會議會典事例摺 會奏駁朱知德從祀摺 雨 晤廣生 巳正歸到署 雨竟日 李冕之來

二十一日辛巳　入直　蓉憩之六生　眉伯行寄
二十二日壬午　入直　振民江科八駿壺
命作竹石墨竹廿首　壽天臨蘭孫沐平外汶
花農來　湖南通判趙敦綸以深來物朱成欣審
信　蘐蚰胡審擢後　命
二十三日癸未　入直　題　雨
皇太后御筆蘭一幅菊三幅　到累千正
得清卿辛振信　運來　屏卿送冬筍
二十四日甲申　入直　送周蒼生敦拓鼎拓

秋分午正三

拓全分　送伯芳拓全分与蓉生同但無卣
二十五日乙酉入直　辰正到署　取則例館
所編事例十九本　經詩嘉慶至道光止
丁立幹来　劉謹丞瑞祺来　文小宇曹非英孤狀山試稿
李添鵬来　寄仲飴古文跡証石湖詩注交廣生
劉雅賓来
二十六日丙戌入直　晤廣生　直日　送蓉生伯芳觚
角爵拓全分　送子旺觚角爵五十五分
崇地山来　孫鳳藻来

二十七日丁亥 入直 晤蘭孫

二十八日戊子 入直 天安門外朝審班 午正二散

二十九日己丑 入直 天安門朝審班 巳正散 到署 送伯芳卣拓廿十兩 送蔭生盉解[illegible] 罍禹拓卅七兩 送子静卅六兩同蔭 送端木子疇 祁子禾 濟嘉藉 各分一 方子静來

三十日庚寅 入直 晤蘭孫 送伯芳盉解

鄦罍、瓦拓若干　得濟寧慶振信
子英、永寶來　午後風
六月戊戌朔辛卯入直　賀吴雨軒煩閲
孫燮臣壽事署生日　送蒼生鏡、泉五
敦十、盉、壺、彝彝拓本　送伯望拓本
鐘、鐸鐸、泉泉、敦十、爵、壺、盉、泉九、鏃、
盤、方爵、爵爵　畫天遇蘭孫佩卿
張芭堂來　永寶來　印量安陽四字爲共廿枚
陳六笙來服蹤西劑之

初二日壬辰入直 申趙静甫彭南屏送方柱目

叅張芝若 永寶來 劉子英來 廿 張子馨杜儀來

初三日癸巳入直 晤廣生長談至午初到署

永寶來

初四日甲午入直 直日 楷修 松壽 王瓘

御題 永寶來 百廿 江鳳生王廣生來

皇太后荷花四幅 菊二幅 子英來

初五日乙未入直 龔穎生模一函來具戌二

字索直千金印置之 徐慶安來 手月

波雜令丁丑教習

初六日丙申入直　晤庚生長談　午初到署

復張季直並盧氏圖　又張炳繖發　芍英來

初七日丁酉入直　張樸畹辭行　雨　又雨

上欠安請

安　看方　李寅之來　芍英來

初八日戊戌入直　發濟竹麟辛諧振依淚卷侍郎　又趙二石

派題　芍英來　石二六十付五十　玉雙來　乾三五十吃寸　甚廣森

呈太后蘭四幅菊一幅又絹幅一幅　各款

初九日己亥入直　午初到署
派寫順德九龍神廟扁人和年豐
食壺天訪廣生　芋英來
初十日庚子入直
派題
皇太后蘭花八幅　壺天遇佩卿
啟紹志靖海康夏玉瑚田其年來
送廣生尊拓一伯一簋　寄香濤功順
吳信寄柳門拓二文田星五

寒霞 酉初三

十一日辛丑入直　壹天飯　晤廣生　午初到署　星五來　得陸存齋信　半英來　言功成事爲題如瓌如史花卉冊皆長皆具妙也

十二日壬寅入直　真日　佩蘅招廿吉　以明派請

派題　賀子授詞兩家婚嫁

皇太后畫蘭四幅　臣蘭孫爲李罍

題攜椿芳芝園二絶句　續考古圖

送廣生伯熙若農　伯熙送一石若農

送嬌鼓　芳美來　謝百卅　清酒

十三日癸卯入直　風

派題　尋振民信　若農來　毛鑲武來

皇太后蘭四幅菊一幅　運來

十四日甲辰入直　續致古圖送吳葆伯芳庵生

派題　午初到署

皇太后畫蘭四幅　壺天級眠庵生

善星垣來　煜輝來　拔貢好知縣

省藩假三百　告以無有

十五日乙巳入直　賀培卿子詢士完姻

西仲文運　送伯兮、蒼生拓本筍一、杖頭一

小宇送中、勸盤拓本　送蒔卿續考古圖

王仁高瑞麟來　以東路年伯化遠之子

歐陽衡來

十六日丙午入直　得清卿、麟生、辰州信　十五發

丹初辛十到門投刺　蒼生來訊　十六出　求拓

派題

皇太后畫菊三幅　晤日蘭孫

王蔭槐來　芍庭來　陳慶龢來　季之子　杉汾

潘祖蔭

十七日丁未入直　壽天依　頤廉生
劉翠若送歸續第八冊　禮叔墨筆
梅艳樵印石田補草記　以鞠裳信（八月廿六葬）
送以佛敬卅元托培卿　又廉生信
張安圃　丁直文　孫慕韓來（慕韓來）又送蒼生
翰譯嘗來　吳伯彭　吳章王伯恭來
王廉生來　崇存麟　葉廉生　振民信
十八日戊申入直　平齋　蒼生信　安圃
添寄建昌城隍廟　花山保祥函　徐世閣

張芑堂來 李荊南方讓來執摯

郝文啟黃少守 張子真端本來

朱益藩來謝 芍英來

十九日己酉入直 壺天飯 晤佩蘅蘭孫

今日拔贖廣生 巳正到署 雨 送芑堂

蔚屏文三種

二十日庚戌入直

派題

皇太后畫荷一幅菊二幅 晤蘭孫

江珮琴來　天壇蔚受霞佑添派陪
紹景星　趙爾震　王璿　手接來
二十一日辛亥　入直　大霧　送黃仲弢石材
西四十七兩　徐寶晉來　永寶劉來　元板[illegible]
送馬紹雲眼藥　送崇地山箋屏　子英對
劉謹丞來　送箋屏出
二十二日壬子　入直　壺天飯　為錫厚
蒼作序　賠廣生　借青劍藏星畫
大風驟冷　換夾襯衫　永寶劉來

二十三日癸丑入直 蘭孫借青卿畫
上幸北海看前六起本日止 陰冷
蘭孫送看李復堂畫册 若農借去燕蘭
去取綴耕録二部一元本 一五本 復陸存齋又報書
二石拓本
二十四日甲寅入直 仲陵作豐字考
派題 送仲陵敦拓本四十九張
皇太后畫蘭二件 壽天頌 賜廣生各詞
列銜 王小宇來以雒青幀藏器屬銘刻

霜降戌正

送成竹銘屏對書二　答謝運高升兩

楊鳳稽來　陳厚徐來　換羊皮冠黑絨

顧銀鼠一套

二十五日乙卯入直　壺天與潤孫長談

陰冷　若農送翅子鮑乾羹　吳乃斌蘅浴之孫來

子英來　濤伯初八月廿信　復伯

初文沈子敦

二十六日丙辰入直　陰雨　永寶對

來　鄧小赤來　華風章來

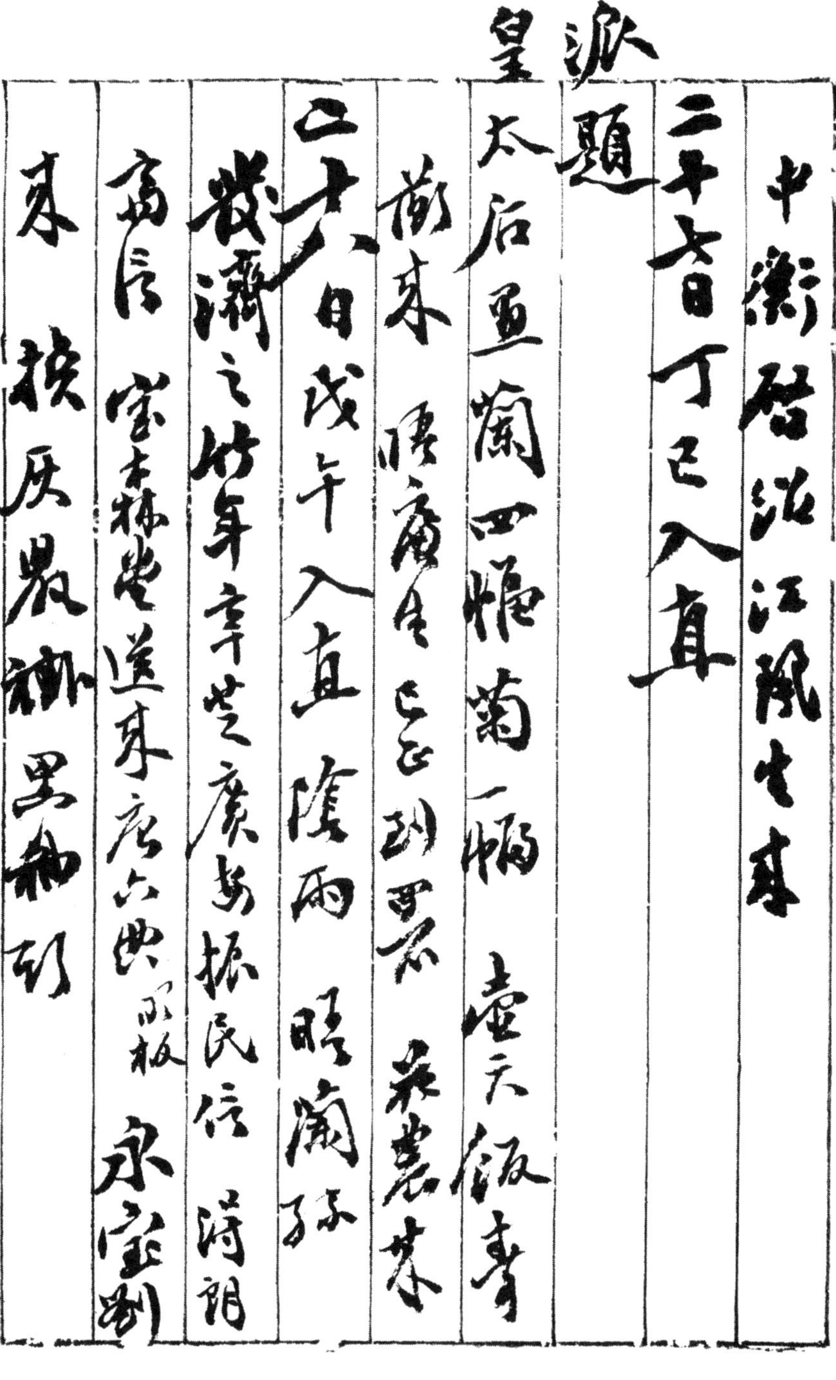
中衡䃠沚江阅七本
二十七日丁巳入直
派題
皇太后画蘭四幅菊一幅　壺天饭青
蔚來　陳彝廣壬臣到署　吴恩孝
二十八日戊午入直　陰雨　晤蘭孫
散齋之竹年辛芝廣安振民信　诗謝
高臣　宋本赫陸送來唐六典　(殘板)　永寶劉
來　校履泉補黑糊到

二十九日乙未入直

上出乾清門補服侍班

派題

皇太后畫菊上詩堂四幅

派卷

皇太后畫錢蓮九上朱歡珠福四字先儀之

年九月二十九日御賞字八五方虎五者

陸寶忠 寄臣張曾揚子石來 澤溥之明年三嬸

後即復聘叢益泉孫廣安後 廣安子青 冷筌如適

柬日表了

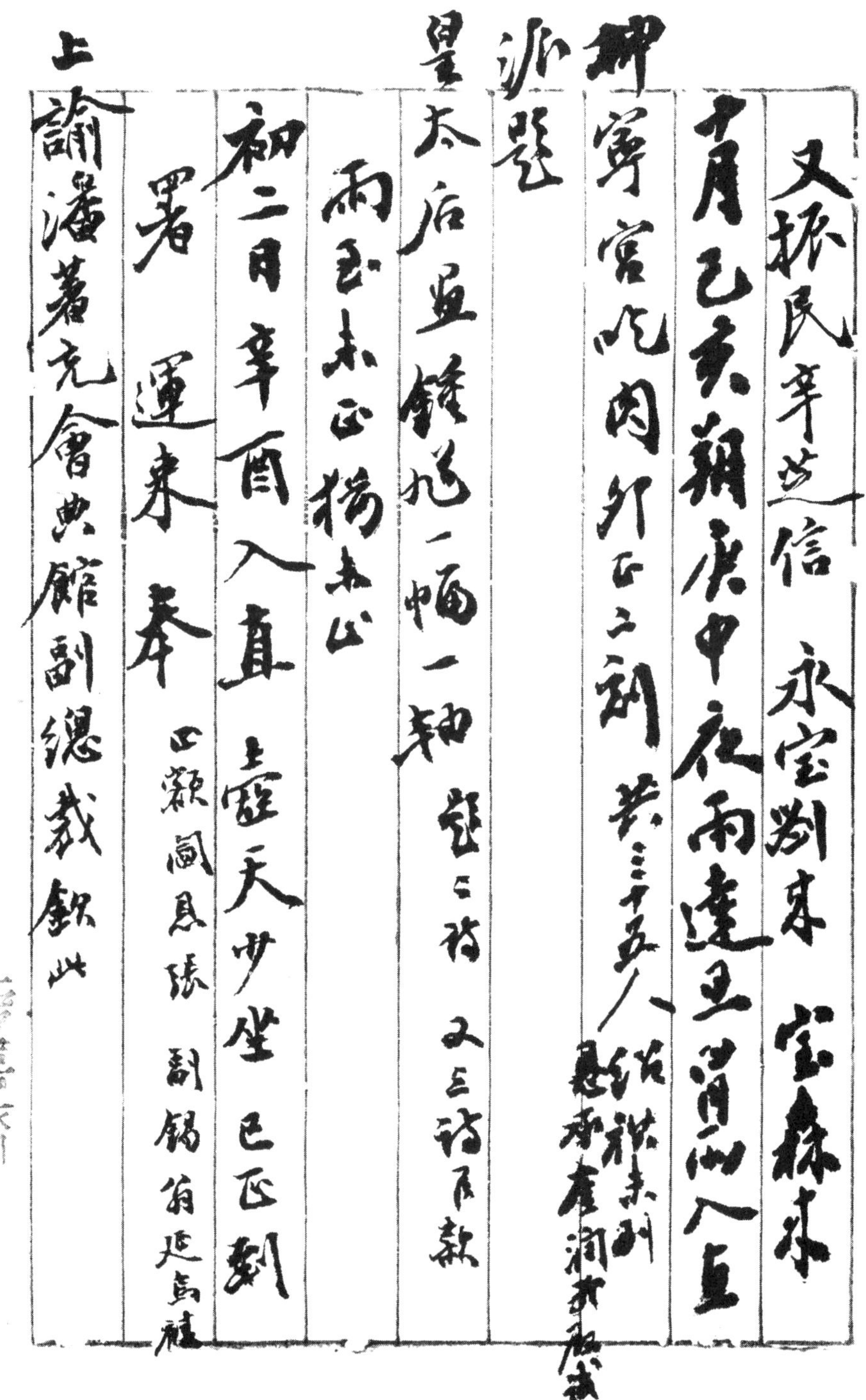

又振民、辛芝信。永寶、劉來。寶森來。

十二月乙亥朔。庚申夜雨達旦，寅正入直。

賜寧壽宮吃肉，卯正二刻。共二十五人。徐、孫、朱、孫、恩、承、崔、潤、奎、麟、載

派題

皇太后畫鏡九幅一軸。題二詩，又三詩，下款。

雨。巳正，未正接，未正。

初二日辛酉入直。上齋天壇坐，巳正刻。

署。運來。奉。正額、副恩、張、副錫、符延良、桂

上諭潘著充會典館副總裁。欽此。

初三日壬戌入直 公摺謝
恩 內閣具 永寶來以蔣若農
頒題 送仲弢所鏡言鑄拓本
皇太后菊四幅 贈蘭孫 楊錦江來 乙酉連捷孫
成竹銘來辭行 子英來 壽張承燮行
初四日癸亥入直 見時碰頭謝
恩 賜寫匾年 還 王以宇錫竹汀蒙學
永寶劉來 汪範卿來 黃仲弢來
胡子英來

滂喜齋

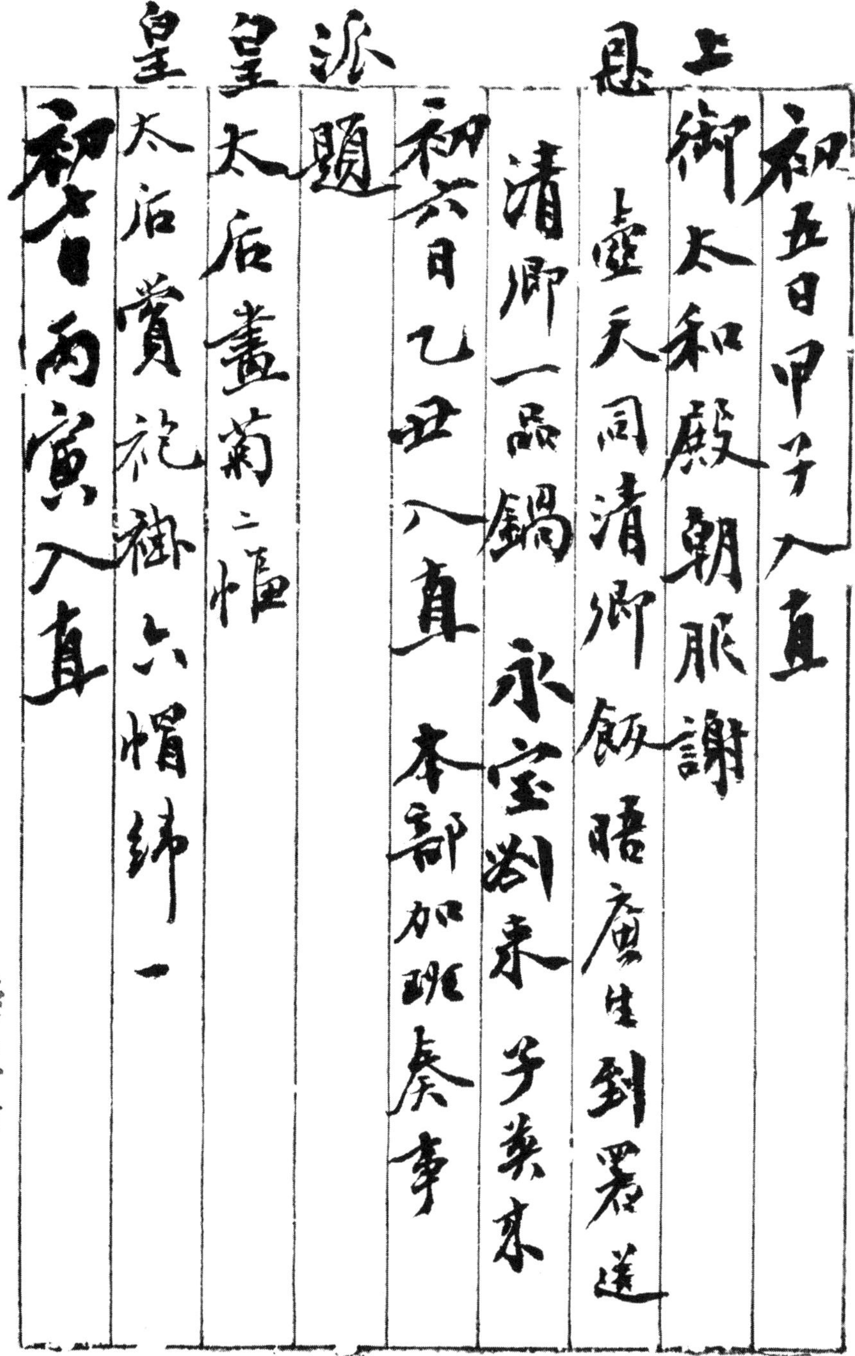

初五日甲子入直
上御太和殿朝服謝
恩　虚天同清卿飯　晤廣生到署送
清卿一品鍋　永寶劉東　子英來
初六日乙丑入直　本部加班奏事
派
題
皇太后畫菊二幅
皇太后賞袍褂六帽緯一
初七日丙寅入直

托伯敦

姑湧白鯉

晉公會

送毛少爺銀廿兩

派題

皇太后畫鍾馗一軸 詩斗一幅 二幅 仙佛瑞陽福開泰 福祿天來 二卷

汪柳門大人前冥誕 請卿 程卿 霍卿 范卿

黃彥和 陳花農 方勉夫 大毅夫 王靜卿

杜世兄 陶兄 如 劉雅 彭仲田 翁迪甫 倪來

初八日丁卯入直

派寫上海捐賑出版匾一幅壽濤

壽天为蘭孫 傅濟心 去楊 張

生 蔡胡 清卿 謹卿 程靜卿 汪樹鶴

菊也甫（花農）發矣　午詣到署

復吳培卿署石渠培丁憂終養息

助黃鈞久　承寶劉來驊

送吾農熊堂子二對　王伯恭來

初九日戊辰入直

派
題

皇太后菊一幅蘭四幅

皇太后賞菊一幅蘭四幅花瓣四錦々

世錫之信托仲韜作畫

[illegible]來借喆馮町羅拓本一軸去

鄧鉄[illegible]來　胡子英來

初十日己巳入直

懋勤殿行禮[illegible]如意　小雨

賞還

[illegible]南齋[illegible]摺[illegible]工部[illegible]　廣興

永寶劉來　斗南來　方[illegible]來

子[illegible]孫[illegible]子[illegible]江[illegible]

十一日庚午入直[illegible]摺謝

恩　[illegible]天[illegible]為[illegible]孫[illegible]

立冬戌正初刻亥

接廣孫，午初到。罷。譚滇之度

羊泉孫信，即復函。致辛芝、廣安、

胡子英來。錫之交到香稻石銀

文、廣安、蔣芾信，復廣安。

十二日辛未。入直。晤蘭孫、仲若，送鶴

銘、螺孜卷以譚亞翁拓本，送世錫之

席、酒票各一。永寶、劉來，振氏寶到五

百，張仲復。發南信。鹿喬笙來。

十三日壬申。入直。賀吳太親母生日，晤憲

齋蓮齋卓臣晨陰小雨芋英來
慶成頊來夜雨達旦永宗來四十
十四日癸酉入直壹天飯
晤廣生巳刻到署細雨竟日
十五日甲戌入直為蘭孫題文勤册
欵款送仲謨柘本百五十六種送廣生彭
柘本五種永宗來陳次亮熾來
十六日乙亥入直去
天壇待孫真人至午初以不來告罷

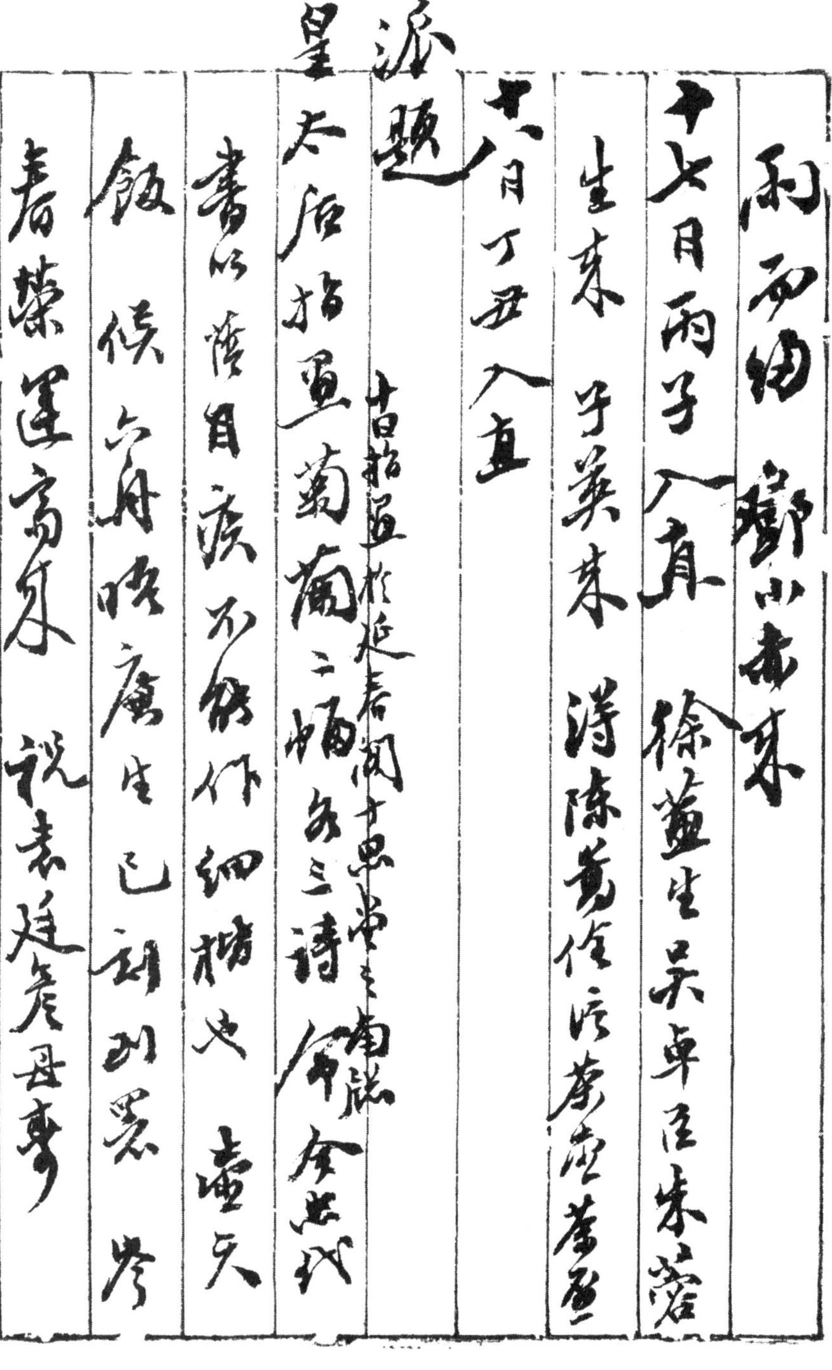

雨。西甸、鄭小庵來。

十七日丙子。入直。徐蘭生、吳卓臣、朱蓉生來。子英來。溥陳萬估彥筆函

十八日丁丑。入直。

派題

皇太后指畫菊蘭二幅，各三詩（十日指畫於延春閣，十思當之，南臨），命余並代書。以腹目疾不能作細楷也。壺天飲。候合肥，晤廣生，已到，副罷。岑春榮運高來，說袁廷彥丹事。

十九日戊寅入直　晤蘭孫　林蒼濤來

廷庵景蘇館進書記洗冤全書　孝達處來

得陳駿生信云十一月二初來　芬華來　對半

寶森來

二十日己卯入直

派題

皇太后畫菊一幅　引見時磕頭謝

鳳貴重　若出居借鬼谷子　江都秦訒

永寶來　選器數十皆與貴物甚不

精字但餘

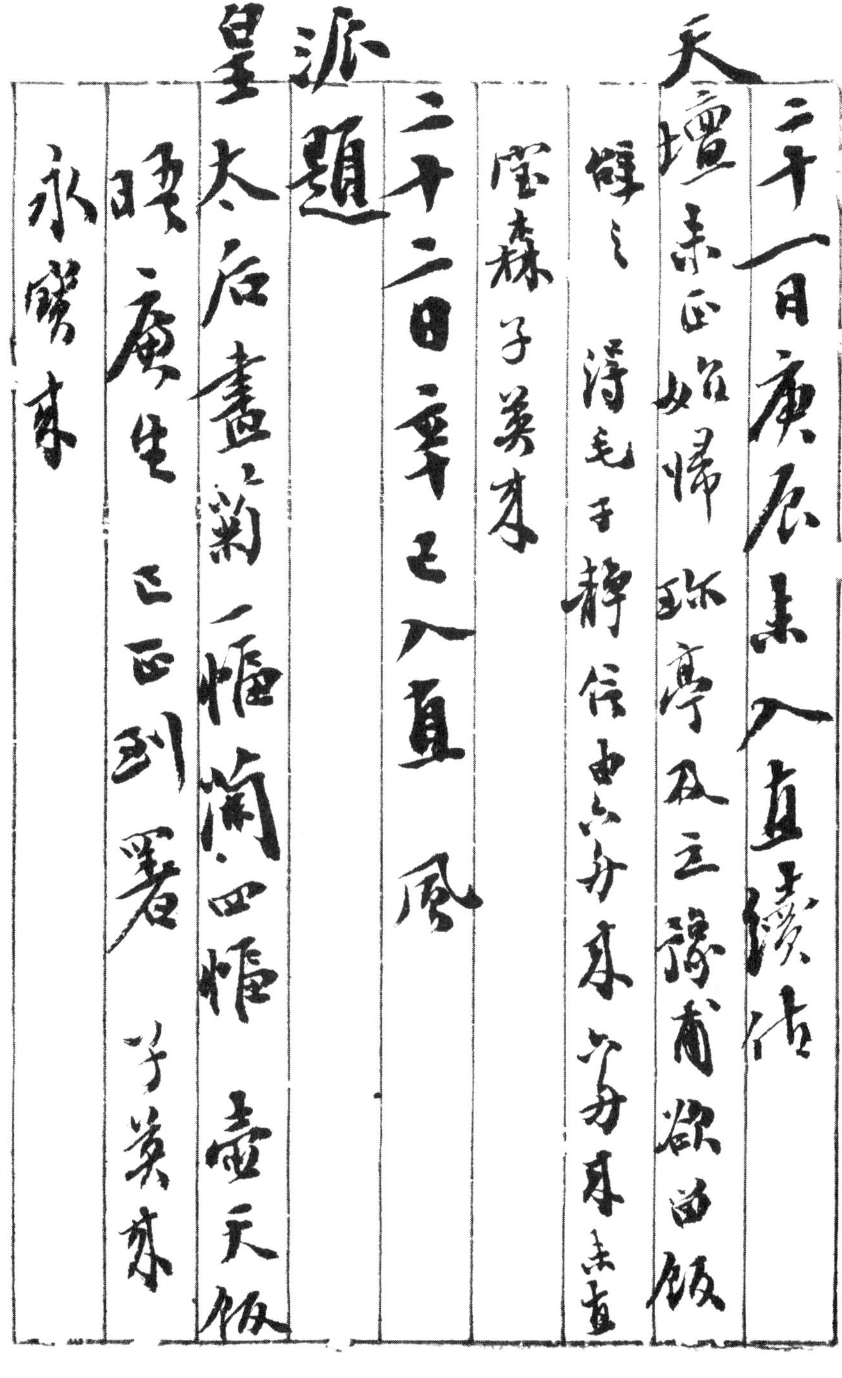
二十一日庚辰未入直續假

天壇未正始歸孫亭及三孫甫欲留飯

辭之 得毛子靜信由小分來又分來未直

寶森子英來

二十二日辛巳入直 風

派題

皇太后畫菊一幅蘭四幅 壺天飯

賜慶生 巳正到署 子英來

永寶來

二十三日壬午入直

派題 送仲陵 香濤 十三弟 壺杯 廿二弟

皇太后畫菊一幅蘭四幅

倫夢臣來 仲午生日 陶氏甥來 濟小舍

信公三姊病甚重 子英來

二十四日癸未入直

派寫甘肅平涼城隍廟仁敷蘇澤

派題

皇太后畫蘭四幅 堂天飯晚

睿生巳刻到署賀子余孫完姻濤濤之廣安振民琦允聊及廿五夜寶森永寶來

二十五日甲申入直大葉局奏驗大藥工直日派署慶邸撈鄺定

未巳刻查驗八旗駐防候同吉乃未出一人到

派題

皇太后畫蘭四幅畫院畫得卌幅一幅倫夢臣來給園牌查局永寶來人言西秦十月書面乞之而去

沈中复送坡戲木敫送大字二斤來
黄印付直十二千並送漢畫象六紙石
菴帖拓本各一 寄森林讀史雜見石
段錦 廣成集罷還之
二十六日乙酉入直
派寫 送六舟屏答金生洗寬等記 宜子望同
天壇齋宮十一言對光緒府獄聯
聯祖壽之黙刊吳穀康了說
如綜犒之鄭韓

派題
皇太后畫蘭四幅　賜蘭孫
王松溪寄專拓　復何文廣生
子美來三破不劉劉者　蘭孫借梅
花艸堂筆談人海記二書
譜琴主子倪士林送禮六色却之
得仲飴序並信何函及瓊菓五丁少
山房不經周易
二十七日丙戌　未入直　到火藥

小雪 酉初初刻

局完已刻。送三兆薄英分廿元。

發滬之小舍信。復仲飴，滂喜二部、

石林奏議二部、陶堂遺集二部、莊書

范注一部、六朝石拓二、造象拓二、唐志

一、董帖一，交其家人。李葉來，造象二、唐石一。

二十日丁亥。入直。

派寫潁州城隍 崇應翼護 安瀾

茂苑長蔭 元和 福堪數仁

吳 青山永固 匾 壺天傲

光緒三年十月

偕戚亭來

天壇查估工程 瑯亭玉樵勤敏不該

畦蘭孫 以錦瑩屏貿三百將托張

蔚裕 工部廣和人 交斗南 送若農明

釗一紙 手箋來 蘭孫送黄花魚四尾

十一月庚子朔 庚寅入直

徐道煜來 復陸壽高拓本百四十七

吾交陸學源 復季子静拓本卅八翻

交吳成章 陳六舟來

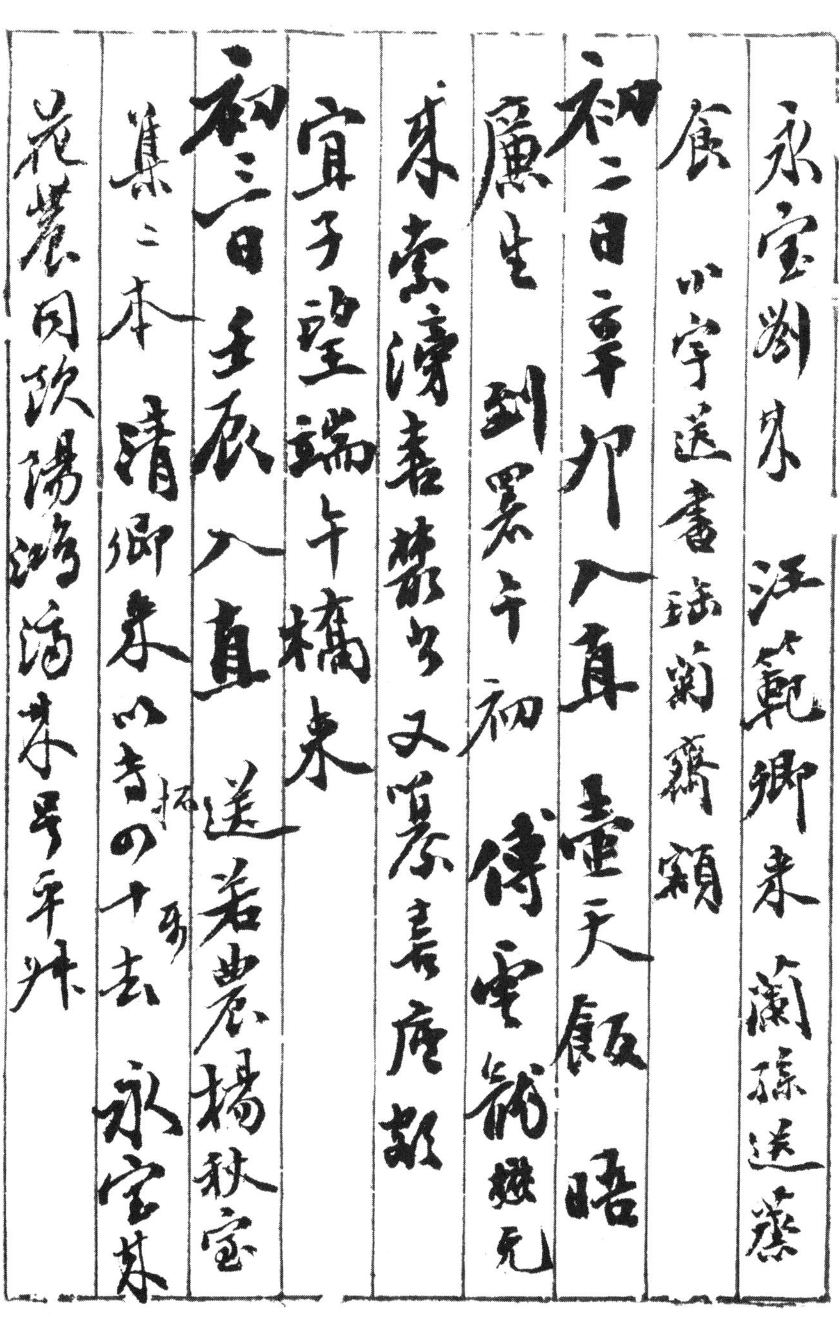

永寶劉來　汪範卿來　蘭孫送蔡

食　以字送書錄蘭齋額

初二日辛卯入直　壹天飯　晤

廣生　到署午初　傳電報 [illegible]

來索讀書齋字又寫書店款

宜子望端午橋來

初三日壬辰入直　送若農楊秋室

集二本　清卿來以寺の十（拓分）去　永寶來

花農同飲陽鴻酒茶號平叔

子美來付六十二兩爲一席請果府君建醮

初四日癸巳入直　壺天飯　巳正到署

瑞方見星台辛山來差委　清卿請初五同

睦運伯芳　睦庵生　送清卿大鏡石一方

本公一篇及拙謝食物等共十包　永寶劉

再付夏槃治欠百五十兩　運高梁

巨川請來　爲黃仲弢胥壽古

鎰稿本題簽　廟門始開門

初五日甲午入直　許雀棠來　還清

卿山農拓文節二函送獅鏡拓　陳駿生自汲來　永寶來

初六日乙未入直　偕清卿同世志

子千誼卿駿生仲午廣生午正散

若農送明碑類鈔來即還　頌閣送傳奇蒙書看　詩芸南信明日發

初七日丙申入直

派題　送歐陽平叔屏聯濟青里補金生

皇太后畫菊二幅蘭四幅　壽天欣

光緒十五年十一月

晤賡生送爵杯　巳正到署

發南信　濟之　竹年　慶笙　章芝　廣安　眉伯

潤古送壺天一覽書偽一段上下字畧之

蘇古以姚伯宗書蹟殘紙來直四十金一冊錄

以方　王伯恭來辭行　胡景桂許子元來

以漢書一部交胡景桂送德州王氏　以蓴記存佳

洗完送胡景桂　夜雪　聞世錫之去世

初六日丁酉入直　大雪　送請卿行

晤蘭孫　得仲小信　致陽平林

來劉清卿來辭行。半莫來。還蒼崖寶翰堂藏書考一函。還熉
劉傳奇備考。
同行印贈茶。王伯恭札知清卿來告。
初九日戊戌。入直。
派題
皇太后畫菊一幅。送伯希濤喜一部，
存誠均。送胡景桂、月舫，濤喜、功順
各一部，屬轉交定州王灝。去女求女狀
延後庚寅貢工部四員外

沈楚卿廷杞來 駿生到 即被家送羅
初十日乙亥入直
派題
皇太后荷二幅 蘭四幅 壺天飯內閣直
徽號稿 頤廣生 已到 到署
倫夢臣來 等李福沂信
十一日庚子入直 工部直日 晤蘭孫
大風 廷用賓來 致承德守
永寶劉來 付六十 欠一百五十兩 大崧右來 一破八百兩大分 我寄 付三十兩

司勳沈林來　申浙江顧生來

十二日辛丑入直　大風昨日具摺請

大雪午正初刻交

訓傳旨備查四庫未收書

派題　在內晤子高

皇太后畫扇四幅　倫夢臣以葛楷碑

呈來　王廷鈸來吾青友文叔之

姪　芋英來 付舅金清　李荊南來

辭行　程樂菴來以其橋梁

閒墳一摺看奏底

以下東陵日記

十八日丁未　巳正二刻回廣　程樂庵以南西門外搞屋工程摺來　受子英　永寶劉桂林　詩張丹林信

汪柳門寄到紅木六曲學海文到

倫夢臣來　羅□　查依然臣稿

程樂庵那涉來　寄南信

十九日戊申　大風冷　瀛孫來　永寶劉桂林　發南信滿收振聲四

函丈復硯庭與年叔孫 許子元來

二十日己酉 送子齋雄兔露益母膏送若農霽膏 蔣寶英 伯華 承駿生辰 晴 李潤均來 梁航雪 吳卓臣來 運齋 子齋 子英來 柳門來 共同所何見

二十一日庚戌 復命

派題

皇太后畫蘭八幅

派題研海四字文詩二首

召見於東暖閣 到署 清卿來

劫剛來

二十二日辛亥入直

派寫平谷縣瑞屏昭佑廟扁 寫年

差祥喜字四十件 函世錫

之 若劫剛憲高暖蘭孫

仲水寄紅崖所即復文摺差

花農、王仙芬、宜子光來。

永寶劉來。沈楚卿來辭行。

崇文門來。周壽僕[illegible]五少屢尚未付。

方汝翊來。子英來，以紅厓之紫

二十三日壬子。入直。

派寫陝西太白廟扁，宣括矩四字。

又寫年差福字四十件。

永寶劉來，攜大冊圖一冊、易一枚。

李年伯以孫竹孫序全分進。

若農　吳炳和來　長協甫乞書
岑及石刻　陸季門送房及
夏布　梁航雪晉卿送拓
十七房及嵎航序又崔青甸豆拓
文謄航雪十金　茹古送來三代吉金
一匣内阿武之漢鏡　采公佐陽助云等
及漢鈎黃小松百單溪所題皆偽也
即還之　答春霖　王同愈來
蔡寶善來　麟洲之孫

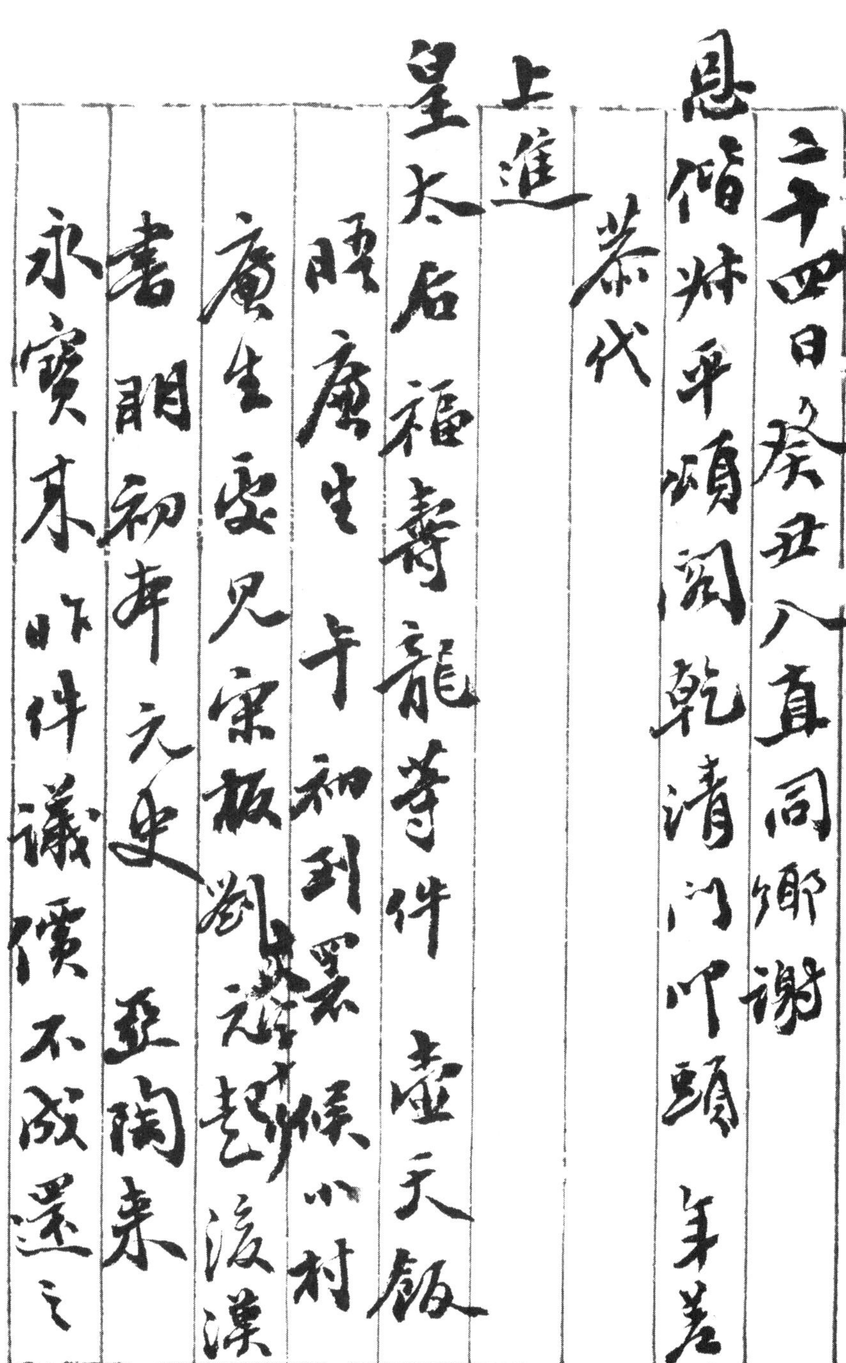

二十四日癸丑。入直。同鄉謝

恩，偕燦平、頌閣乾清門叩頭。年差

恭代

上進

皇太后福壽龍等件。壺天飯。

晤廣生。午初到。罷。侯小村。

廣生要見宋板劉元起後漢

書、明初本元史。亞陶來。

永寶來。此件議價不成，還之。

又以鼎拓來直二百 永寶又來

二十五日甲寅入直 寫年差單

晚蘭孫 明日

吳瓚臣任庵甲益招李璪小酌

上諭

齋宮 卯正二刻閱祝版 第一次

南郊大祀 子英永寶來 惲寒琦

次遠來 鐵登甫笑青來乞寫

大父戟孫珣彝器 孫東屏

來

二十六日乙卯入直。晨同果、李、吴同去。

上詣[illegible]卯初二刻

天壇宿齋宮。蟒袍補褂。申正一刻

侍班。瑞德堂、伯、孫、徐、李、果、吴同

飯艮罢。方燕昭來，夢花來。

二十七日丙辰入直。蟒袍。朝同不侍

班。工直日。

派題

皇太后畫蘭四幅。送榮公、濟公、寶公菓。

冬至卯初二

介臣、松鎮、文敬、子高初一由常熟來，以
吾其食物，文敬、子高、東陵收工
月朔請訓。程樂菴來。
永寶來，其影還之。得王益吾信。
錦景琦來。苟和拔貢，子英來。
二十八日丁巳。入直。壹天飯。
頤廬生。午初到署。張仲模措。
林新教諭、州府。送清卿幣幅禮六色，收果、袖漆，常熟袖漆一六藝菜。
方依民、莘庵七三種。蔣黍庵、莘庵。

地順湮　佳拓模・筆楷六三種
謹所送日本鈍但　承寶來
雷其蔚來　王子馥卿　西園之子世光
台北府　硯芹來　自浙撫　資果禮
英　鄭小村來　送以席　子英來
二十九日戊午　辛司員徽倫能又
承修之中衕至西安門之石橋
蓮花池之埧又免求水溢決
收工　送子高楹　送小村聯

自寫一張

屏謗書送福少農澗聯居
六三維以白岸鮮鰒送若農斗
南若二瓶永寶笵古來
海續廷來
十二月辛丑朔乙未入直
派恭代。
皇上御筆開筆福字四方
派題
皇太后畫菊花四幅若海續廷

滂喜齋

鼻煙口蘇四盒儀常語之信文清
卿寄之　芍齋令日請刊
遷出吉金倫南　樂出吉金之名跋
葉拓鐘名廣吉作臣
芍莊來于秋燕藏殘瓦四枚
夢詩臣來復帶記名又志彰
許仲韜齡身來　陳景墀來
文卿從來　清卿來
初二日庚申　入直　壺天飯

午初到署晤唐之 江蘇全
省在安徽藩府左長元吳
館請清卿宮不克到
傳雲龍繼元張端本子舜琳
中後風寒宵冷又連日本大
暖也 然燈身之火海晒亦漸
祠堂昨之宵安依之
本日邇年差 曇攖居處常氣
來新名皆有則見雅頭
工部記志彭倫五常 不記清藝衡彥

沚三百元用

初三日辛酉入直　晤蘭孫鳳少
賞袍褂料帽緯
賀號　吳清卿今日請訓去
內晤之　吳愙齋陸壽門
高文論王益文來
章文閔來送來桂洲絛叔急
良方將撕齋論俱收存之〻
初四日壬戌入直同鄉謝
恩留壽禮　招清卿誼卿

隆禹門西求拓本，許以來年

清卿贈全形拓本四幅

芋英來

初五日癸亥，入直，卯正

上詣

奉先殿，出內右門磕頭，以

恩，派題

皇太后畫蘭四幅，壺天飯，巳初

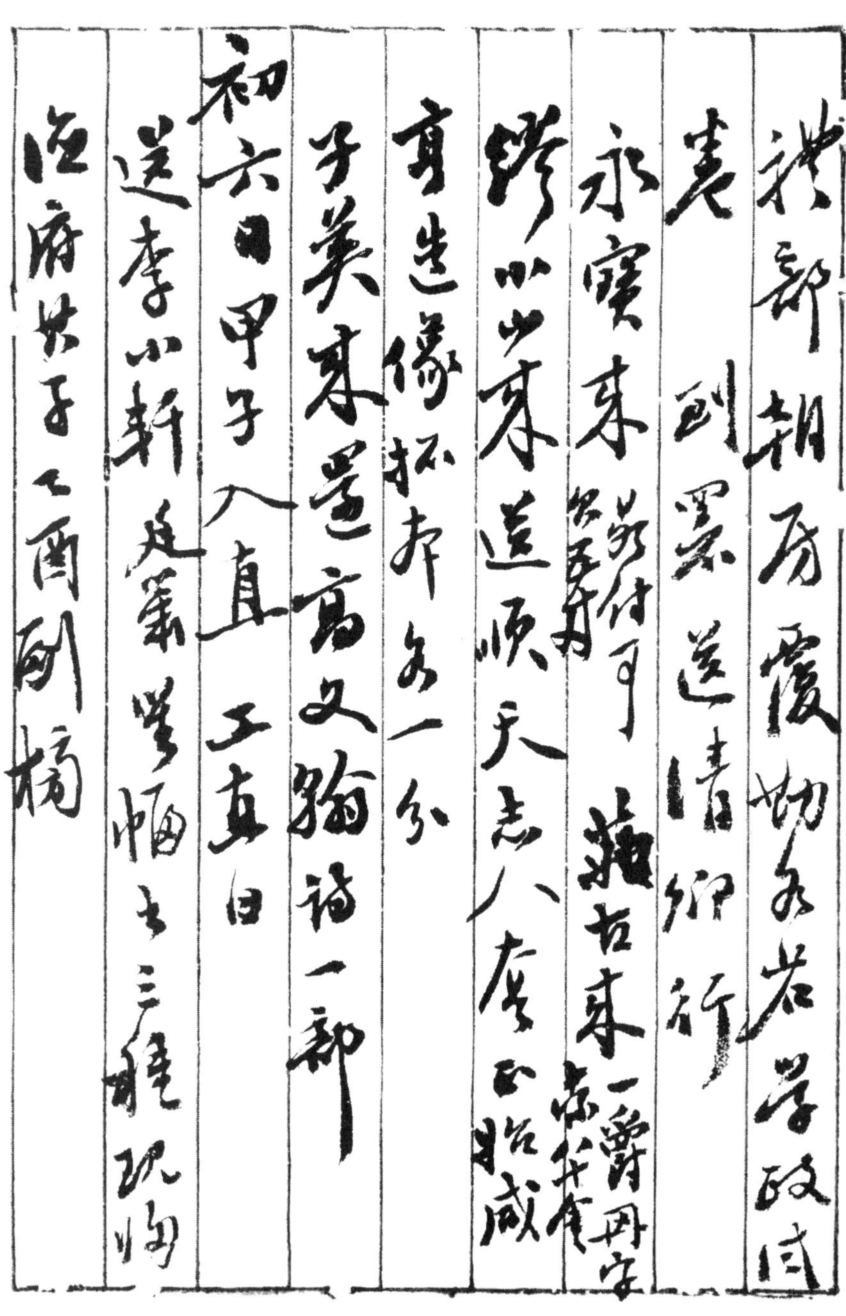

禮部胡研霞物色岩學政同
差 到署 送清卿行
永寶來 錫付可 錫至有 譜古來 一爵 丙字 宗伯食
踐以山來 送順天志八套 與臨咸
育造像拓本各一分
子美來 還高文翰詩一部
初六日甲子 入直 工直日
送李小軒廷蕭紫幅十三種 現陶
臨府某子 丁酉副榜

送仲韜堂屏書三條，芰子元。

許子元來，贈以一聯，春卿一幅。

清卿來，歸川手照舊料寶燒

紅烟壺一枚。茹古齋子方二方攜去，又一鏡帶去。

派

寶泉局工程同恩善，隨帶司員

仲衡 景星 啟鈞 程志和 趙霖 許子原

木廠恒順、萬慎店、聚興、和永順、恒興、陸佳字號、惠霖

今

初十日乙丑，入直。霞如名者試卷霞

蒸酥餅　中衡偕權來　芳英　手延

紱來送王文敏所刻六慶　子青孜

初七日丙寅　入直　壺天飯　午初

到署　傳心殿見景福庭　晤

廉生　以朱少愚信　永寶來付五百

送仲飴硃拓歲星畫印　復其寄

鄭有道碑猴頭蘑致其家人　卓臣來

緝庭來　寄德小峯信

初八日丁卯　入直　冷

送王文泉屏對 王青友聯幅 手書福扇等[illegible]

送家子高二葉二點

考伯允勤甫[illegible]以耕池扇文唐生

送胡月舫景桂聯幅手書福扇拜正之

上諭大高殿祈雪 阿克占來

子高送點心四匣 夜大風大冷

初十日戊辰入直 從子高來同場取二摺

寄仲飴館甥屏幅文若農聯文手字

人甚壯 許子元來 子英來

運齋來　遲摘南子績經送禮來生

十一日己巳入直

派題　潤古送卣玉壺天一字

皇太后畫菊四幅　壺天飯　晤唐生

午初到署　碧綠周瞭遞說議黃河

見朱又韓王筆機　戶工大以派會議河事

見朱艾卿十晉外國相年　寶眾而十五

午訓開三　永寶來

賁燕窩　王松溪寄鳥魚鮭

小寒 亥初二刻交

十二日庚午 入直 大風冷 泥壹所 晤蘭孫 遵商為張度朱涵等振册捐四千 趙爾巽來 鐵孫舉夫人遣以饃饃來去

十三日辛未 入直 磕頭 賀潤台卮壹笑

恩賞壺天飯 午初刻罷 過仔 楊士燮周 睽延清趙 年寒名有說帖

小雲來 晤外國務年行文注載

胃 陸壽門來辭行 志稿雲

弓孫毓麟來告廿二迎柩

送陸壽門點心四匣

送蘇麟棠席票酒票

十四日壬申。入直。工部直日。

派題外國將軍來引見。以藏眉

皇太后畫蘭四幅。

派内會工程。司員陸義、徵彥、那溥。

江槐庭、畢蕃、李聞均。本擬拒順高梁沿寺見，因發喘遂原

溥善、徵廖、承復、胡楳五、匯四畫幅

吳卓臣來。發南信，濟之、仲年、辛芝。

振民來。得葉貫卿信，并多度。

信函五十六川

王季秋來　潤古齋來　百五十五兩全清　洋三百 一万方

承宗來　濤浪峰屋漲未復　潭如空發

杜度　江陳生來

十五日癸酉入直

派題

皇太后夏菊四幅　樵勤取吃肉

大出所續印軍機處工同議河務

未初散　因以詹清表有器稿危之

孫來到　寶象開主赫士

芍英陳伯双來 得張沅清林
啟信 江風生李慕來
十六日甲戌入直 工加班
派寫山東豐祈福依雲門四字
派寫
御筆匾字 繼閑集慶 萬方介壽〻年
景雨慶〻春〻信長
賞福壽字 引見時磕頭 壺天飯
晤廉生 午初到署

朱其焯來丁丑教習原名敏修　夜子正大雪　汪朝模送花四盆

十六日乙亥冒雪入直　是初雪猶未止　廣生送茶花甚盛人擬擺佳所

閱陸鳳石年丈丁艱　倉英送花八盆

寄岱東信　即復　贈彤幅中石林春聯

陶堂訪范諸莊證　詩稿之瘦羊信十一月廿二所發　世述送蟠龍錦銅器墨拓直幅　雪正申刻止

寄馬東垣信贈以聯幅

[illegible]房

十八日丙子入直 大霧

皇太后賞福壽硃拓

御筆鍾馗 壺天飯 巳刻到署

永寶來 付五十九 張瑞本來 十五日驗放補郎中 自十九至廿三日

上幸北海 子英來 以賞件文祿

壽王錫九夢齡信 送聯幅

十九日丁丑入直 工新加班

賞花褂料 帽緯 壹匣

上詣大高殿謝雪 巳初
上幸北海出神武門不磕頭謝
恩 巳正 酉初回寓
皇太后出神武門不磕頭謝
恩 江聽生來 張幼樵來 豫東屏來
澤鄭蓮農蓉鏡信 王青及延鈺來並
文彝書平播明史紀事二部 索去廣陽
唐庠 運甫來 陰 小雪 時作時止
二十日戊寅入直 封印未去 陶
小雪節

滂喜齋

耀年精拓吾

僉閣工來專已正數付雨叟作

賀運高五兩先言佳賀頤蘭

孫燮濟雲請聯壽對庚子年伯

江艮生之父也　于羨來付畢爵只月五另存寫

卓臣來送閱振濟勸捐底稿

歐陽衡來　熙麟來

二十一日己卯入直

派恭代

御筆福字一方壽字一方　臺天般　[illegible]

致廣生 巳初到署 大風 甚冷
送吳慧生鄭鯨鱘 熏魚一盤
得合肥信 減月坪信 卅四俄
國將年以文云 武冒 花農來
裴古來 鄉以蓀來 同李作誠往
得璞臣信 得王作孚信 得褚禄信
二十二日 庚辰 入直 工加班議政黃河
派 派經理海運河巷 紀流會奏
甫郎送步銘 四葉 二點即送

吳經　彥秀　茂修
錢[illegible]

朱曼伯振錫　杜濤啓倫　江繹　添趙亮熙
盛精　浙中　阿志　張王許　某右林付信　倉清
諸李蒂蓮送信　以葉上募而遂慈展
又合送菊孫啓館來
二十三日辛巳　入直　甚冷　晤蘭
孫張蔚培代書聯屏潤數冊文斗
南錢伯潤數五寸　今年端節中秋俱
未送再寄信　不及十函　信亦均未答也
李金鏞來　號秋亭　吉林知府　張仲模

朱曼伯來

賞黄米糕。鳳麟來。永寶來，請假一日。崇文門交付五月、尾二月。運甫、斗南

李斗南放山東。送李秋亭幛幅。

二十四日壬午。入直。

賞大卷八个、鹿皮十張。蒋賀斗南。

送仲華茶葉、茶箋、小刀節禮。送芝房酒。

卯。中伯權江陰生來。子美來，五百楊儀。

陳駿生送花四盆。蔣伯華送花八盆。

蓮高送花二盆，許子原送花四盆，清卿、東屏同草改招紫東，以舊蓮彭甫、偉益之、子賢二侄、蓋孫、高來。付刀剪貝廿兩力。送蔣仙華對幅、食物。胡翔林來，得雲楣信。

二十五日癸未。入直。陰冷。送立豫甫山節禮。恒順送花八盆。李秋亭來，送以書三種。仲田送精本杭鹽。嘉載勷求助，以廿千。梅梁之孫也。

若農以書庭茶東北邊防要略來看即還

詩李殿麟邨以村信　送若農節礼

二十六日甲申入直　於　送德静山

節礼　晤蘭孫　許子原來並以方

方壺處以王雅宜手卷來看

玉有艇二兩來　彰敘風頫泖以造送

以洗究全生田補三種　佛華送

節礼　若以聯以言士言友居田幅

松鄰遊書來　病甫倉來見

王廉生來，新選廣西潯州府。

德靜山來，新放浙運使。

良介夫料黄煙壺，直隸太監黄元慶。

為一宗撰緗罌，送子英。

季直四哥罌，送以十六金。

崔國霖來，為壽江寧朱翊嶽。

李葆容礼四色。

吳均金礼四色。

馮開勋送良鱼等物。

二十七日乙酉　丑刻祀

神　入直　聞發內廷節賞

賞貂皮荷包手巾　同鄉分

恩　翁鐵庵未到　壺天飯　巳正到　罷

蘭孫送寫寫續蔣僎鈕魚子翁鎬

之代劉毅高之墨

送新子高禮四色　歲星圖一幅

崔陶來　仲韜來

濤濤之章之振民眉伯信　柳門

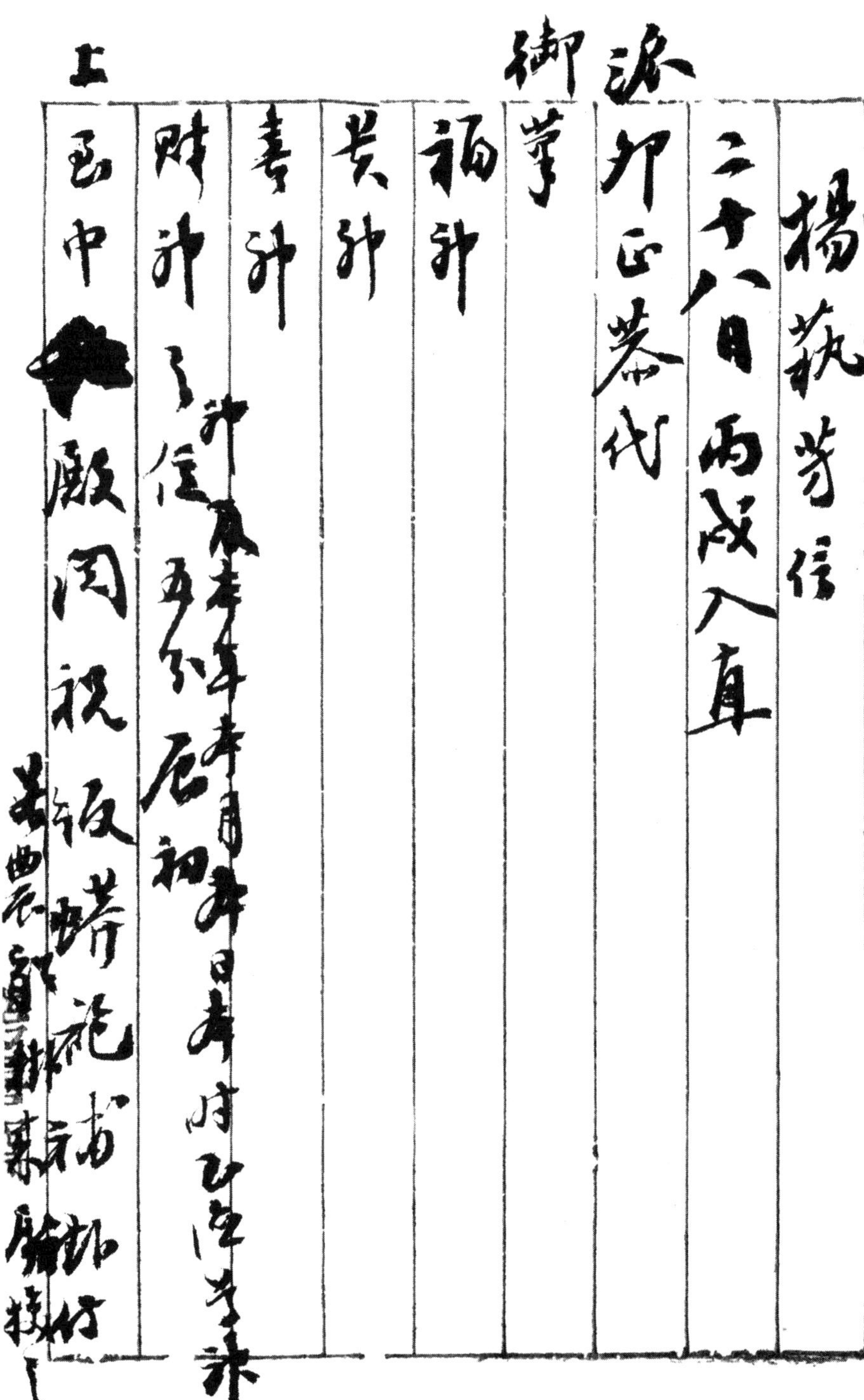
楊蓺芳信
二十八日丙戌入直
派卯正恭代
御筆
福斗
吉斗
壽斗
財斗　斗係五分[illegible]
斗方本年本月本日本時巳正[illegible]來
上至中和殿閱視祝版蟒袍補褂
[illegible]補褂隨侍

班回付磚頭、河蒼包

黄玉壺天閒散民票萬壽二張

子高送節禮，藏伯熙送牡丹梅

花杏四盆，蒼以食物四色

蒼花農四色，蔵星閣一幅

蒼亞陶四色，汪范卿食物四色

尋程以象信，蒼以賞幅，耶得送食物四色

孫變臣送酒二罈

笙森來付七角

晤許仙屏行　子授以所書心經
屏代交箋
二十九日丁亥入直
上諭
太廟始親行禮不待班
派擬八言對切鍾馗者
何潤甫乃瑩來送歲朝畫一幅其女所畫
徐花農來送以大衍
晤毛鳳清汀蔣與所緒廷

滂喜齋

運高、李小軒來　孫振青、胡高掞芸
臺信　承宗來　楊蔭拉來交付
五十名賞項　姚禮甫送菜四
賞麅鹿等領到　李等寶峯禮四色
賞荷包大小領到
三十日戊子入直
賞紙字
上御保和殿出　不站回班
乾清門時敬排備祀荷包

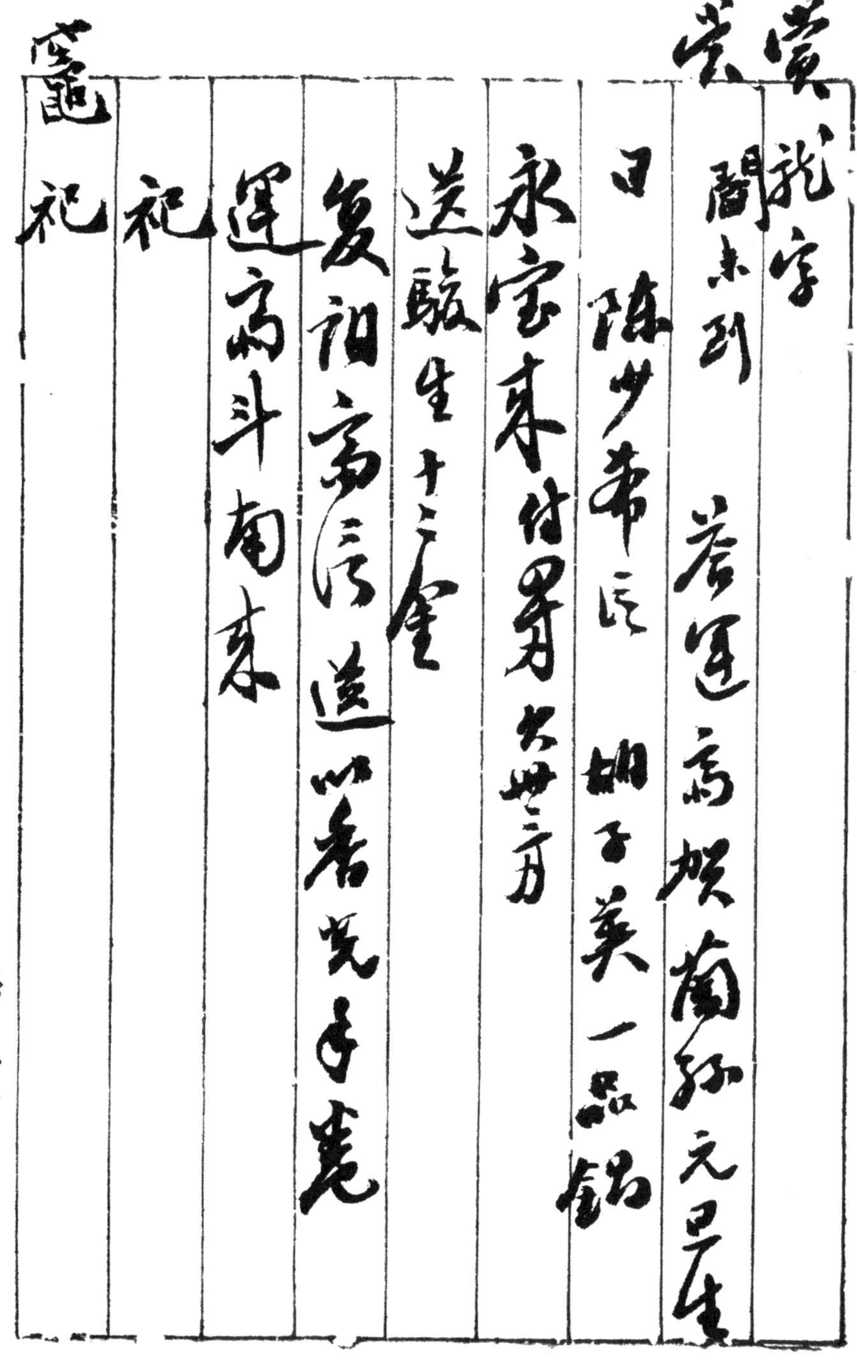
賞福字
賞關東到　蒼運高楓蘭孫元昌生
日　陳少希辰　胡子英一品鍋
永寶來付畀大卅二方
送驗生十二金
復祖高三信　送以香瓷手爐
運高斗南來
祀
竈
祀

祖先　益孫四十九　全清

滂喜齋

[illegible]

潘祖蔭日記・光緒十三年

（清）潘祖蔭 撰

光緒十三年丁亥日記

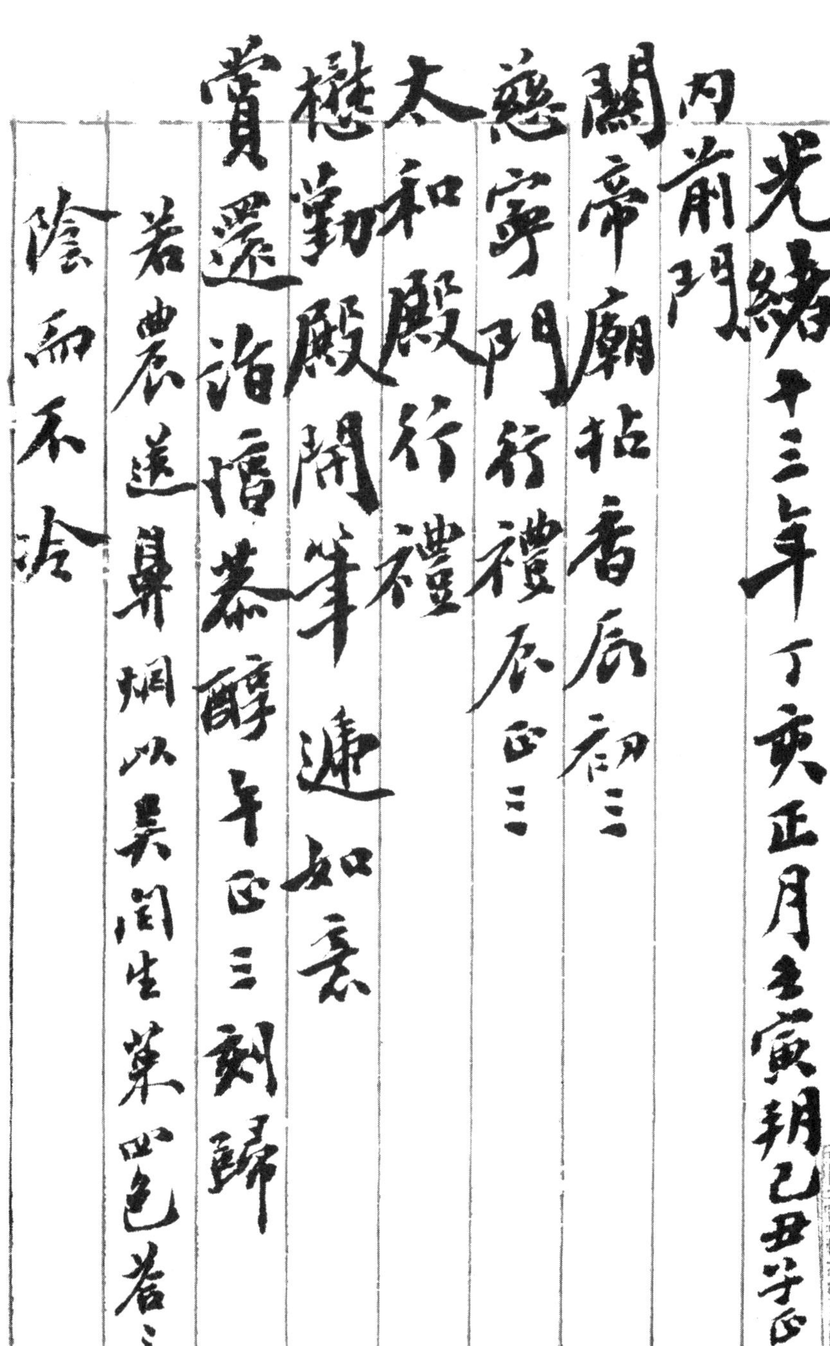

光緒十三年丁亥正月壬寅朔己丑子正入

內前門

關帝廟拈香辰初三

慈寧門行禮辰正三

太和殿行禮

懋勤殿開筆遞如意

賞還詣惇恭醇午正三刻歸

若農送鼻烟以吳閶生菜四色答之

陰而不冷

初二日庚寅入直 壹天飲臨帖
三幅 辰正三到署 軍機處送席
初三日辛卯入直 發信濟竹年麟振
汪己喜一方片
趙寅臣來
初四日壬辰入直 游滙東來 送遲席
初五日癸巳入直 大霧有霧淞
派
擬四川西充等處函七函順蘭孫
復柳門文運高函 致清卿 申
初六日入 疾未止 申伯權來

初六日甲午入直　雪止而未晴
派寫南岷昭佑源惠錫福扁六面
派擬四川郭津等處扁五面
德靜山送鹿尾等四色　仲飴寄
墨子狸拓贈　芝英來
初七日乙未入直
派寫獻捷西川扁
派題
皇太后御筆畫蘭四幅

上諭　仲午拜年
太和殿看視收乾清門侍班補褂
復衛之二嫂信文汪範卿寄
復仲飴信交以樞塩莊內拓本八本
初八日丙申入直
派題
皇太后御筆畫蘭四幅畫大幅
晤廣生　巳正到署　安徽撫卿
園拜客廿家以疲歸

滂喜齋

子元來　許仲韜　王伯恭來

初九日丁酉入直　都察院團拜未去　送崑小峯太夫人七的晉六幛　署燭酒　子英來

初十日戊戌入直　總理衙門外國會晤未去　晤蘭孫　工部加班奏事　阜臣來　寄王惠廣蓮夫信　子英來　以二水絹直幅求香翠閣月樓不十分重純向索十二金韜嚙

立春巳初

十一日乙亥入直
懋勤殿跪春
發下春帖子
賞運石來
十二日庚子卯初〻祝版
上諭午初
祈穀壇石宮侍班隨祀補褂
渫翁帖　瑞洽老作閣東
未刻散同仿孫〻南高四人

滂喜齋

馬東垣來。

十三日辛丑。入直。壺天飯。

派摺：山西洪洞等處雨。辰正二刻。

累香招，昨日加班。斗南來。

晚招頌卿、子千、櫻甫、仙華、駿生、宇臣

日飲，借梘甫廚。以下介駿記

十四日壬寅。入直。

派寫直隸西河雨。晤蘭孫。

賞元宵。楊藕舫、胡子英來。

十五日癸卯入直

皇上親政辰初二刻

慈寧門行礼巳初

太和殿行礼俱朝服午初

保和殿侍宴蟒袍補褂珠翎帽子

禾同吃到家未初　晚約蓮高早

臣子千經伯賤弋小酌

恩詔各加一級　十七日由內閣公摺陳謝

十六日甲辰入直　晝無天饍二下　午正

賜
廷臣宴乾清宮先詣頭門摺內
謝加級　是日酉初月食
恩即磕頭入座　東邊恩祐錫麟
崑紹祺　西邊伯彥訥謨祜[illegible]徐桐翁同龢許應騤潘
賞如意瓷器磁瓶[illegible]鼻煙並撤膳
賜
尋何芥帆李以青信
十六日乙巳入直　內閣辦事摺加級
恩
大風冷
上
於本日幸南北海至廿日止　得南十二月廿日信
[illegible]

十八日丙午入直　風。於祝賞以峯
大空棟鄴太夫人壽因頓閣便到
安徽館團拜九日辭之　夏禱竹
房叔辛筦度華碩庭蓮懸年伯孫振民眉仙
十九日丁未入直　因頃閣以後叢覺虞公
餉午雨甫攜甫　風午正散
二十日戊申入直
上召見於東暖閣　晤蘭蓀　大風
換染貂帽白風毛褂

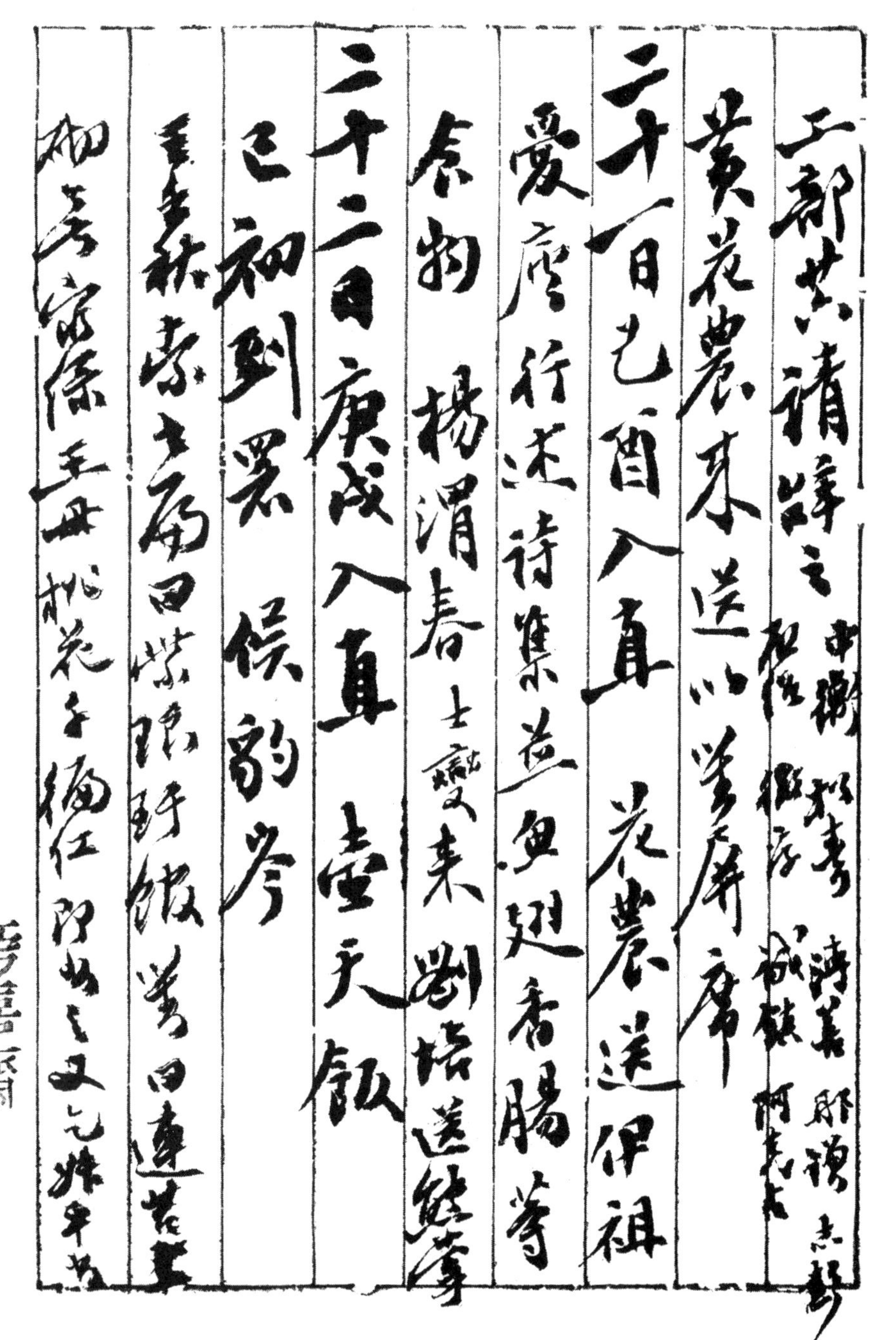
工部共請嶧之　中衡　[illegible]　詩義　那穫　志鈞　程[illegible]　[illegible]　[illegible]　柯[illegible]

黃花農來送小蘭屏一座

二十一日乙酉入直　花農送伊祖

曼庵行述詩集並魚翅香腸等

食物　楊渭春士驤來　劉培送鏃等

二十二日庚戌入直　壹天飯

巳初到署　候劉岑

[illegible]秋農來　大扇田[illegible]時[illegible]　[illegible]田連[illegible]

柳[illegible]王冊　桃花手[illegible]　仍如之又乞[illegible]

劉樾仲來　卓臣來　張竹辰來
二十三日辛亥入直　答竹晨送斗
南　招蘭孫飲　香濤　驗生　陪午
莊　徐花農來　斗南來辭
贈張蔚晚亭高筆偏各一　京年各
雪箋箋各中　楊渭春來為王
修葺箋　當用四十僅　孫渭畫文
芳英來
二十四日壬子入直　晤蘭孫

許御史丁丑

何壽南來　何雲裳榮階來

小宇送武梁祠拓本　王仙舟來

運高秋樵來　壽仲良信

二十五日癸丑入直　壽子仲信

派撥天津等處賑　順廣屯遞朱澂

壽天假午初刻罷　豹岑來

二十六日甲寅入直

派寫百福歸法函　工部奏施庵派寫

吳草廬　許子元來　芋蕖來

二十七日乙卯入直　上御書白　晤蘭孫

送菊花即送菊唐明川　江麗

生來　得偉如信並桂精箋即復

寄濟之振民陶祝民信即復明日發

二十八日丙辰入直

派禱善果寺雨　晤廣生　到署午初

撰恭跋來

二十九日丁巳入直

派恭題

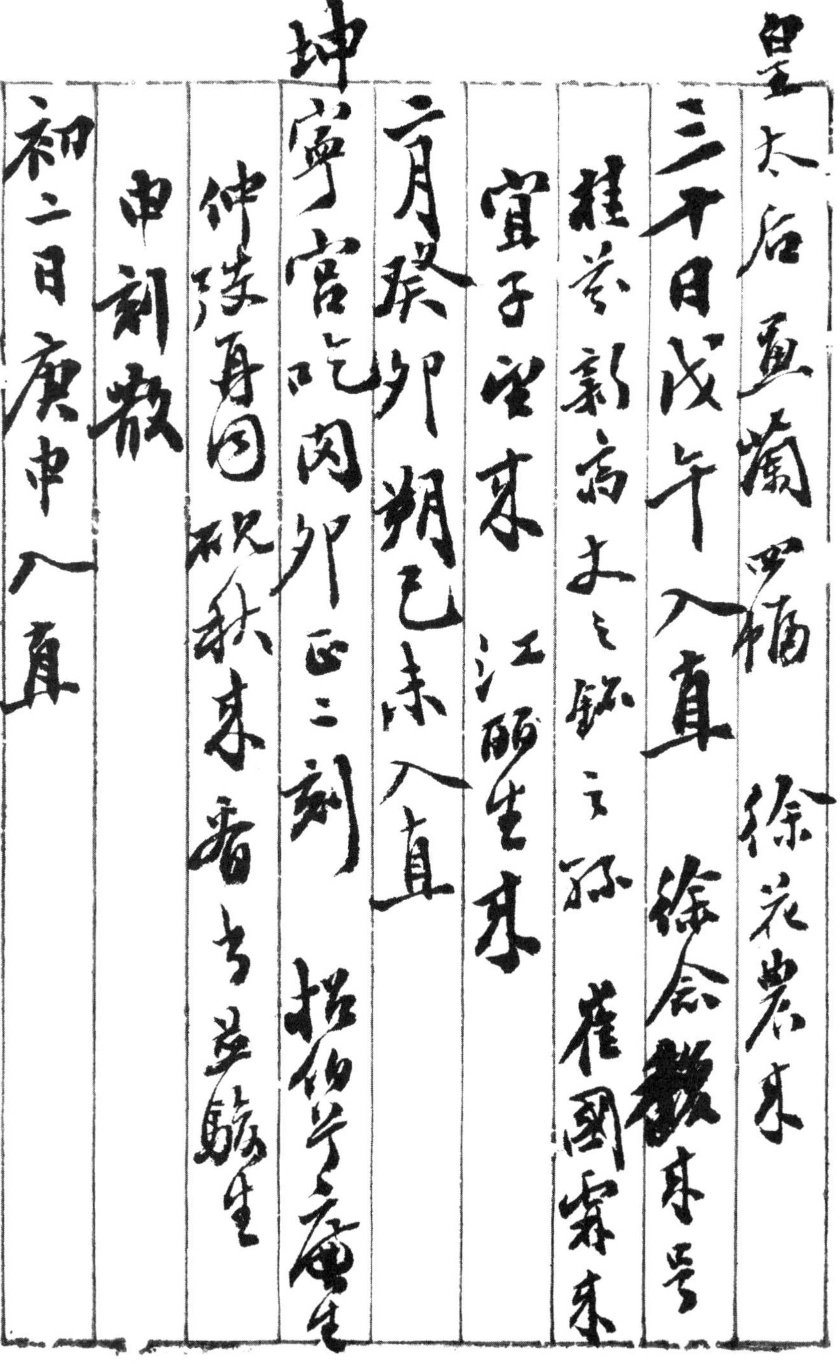

皇太后畫蘭四幅　徐花農來

三十日戊午入直　徐會灃來弔

桂芬新高丈丈鈕文孫　崔國霖來

宜子望來　江鄗生來

二月癸卯朔己未入直

坤寧宮吃肉卯正二刻　招伯兮、廉生

仲陵再同硯秋來　香亭並駿生

申刻散

初二日庚申入直

派
宮賞勳貝勒五十　宗濱受祜兩本
壺天飯　午初到家　雷姓蔚來
王壬秋來　中仙樵張貴蕃來
初三日辛酉入直　長元吳館祭壽
文昌同蘭孫招韻岑及程甫庵人飲
李姚二家共為之頌佳　徐亞陶來
午後雪止　閱內中云昨日園祠東市天美
初四日壬戌入直
命擬懷仁縣等處　午初到家

壹天飯　晚廣生　馮開勳來

女子馮國琛滁州吏目　運齋來

初五日癸亥入直　工部直日

蘭汀垣來為其姊李蘭氏乞節孝文

初六日甲子入直　西陵行宮畫賞

賜簽黃共八百餘件　廖炳樞來

吳崇垣叔琚乾炘料文格孫父鉦鼎

胡月舫來　得燿航信

盛伯熙借大銅琴錢留高罍氏去月

初七日乙丑入直

派題

皇太后御筆畫蘭一幅二首　壺天飯

臨廣巳初到罷　胡子英來

得張祥齡信　庚午優敦煌孫

初八日丙寅入直　祝運齋夫人壽

陰有雪意　卓臣來　子英來

運齋來　狀杏雲　子授出內庭

初九日丁卯入直　遞西陵二冊呈壽片

辰初 辰初雪止 巳大雪

上詣中和殿看

社稷壇祝版 補褂付班 壹天飯

初刻罷 晤蘭孫 梁有常

錢駿祥來 馮開勳及伊子國璟來 付信

付明美八

初二日戊辰入直 大雪 寅刻起 巳正未

止 未初歸 正寄清卿 文韶卿

壽鶴之以年撫氏旅孫廿二二日謝箋又

廣安寄送 胡子英來

筆書一紙

上 十一日乙巳入直 辰初一刻補服侍班

派寫善緣寺、廣雲寺扁

派寫黄郭莊杜園等處扁三十四餘

松翟發蘭裴、陸蔚庭來

胡子英、閔雅垣來 程棨履昇

十二日庚午入直

派寫鋪店、染房、永福等處扁四十餘面 辰初一刻

上至中秋殿閱 朱平來 殿壽蒙語

記事簿

賞香橙

聞命祝嘏補服付班 壺天飯 同

廣壽(?)病 晴 巳正到署 酉(?)唐 阿桑 胡翔(?)

子英(?)來 頃聞進(?)鐵(?)學文殁(?)生

十三日辛未入直 直日 奏改派院(?)

慶邸 志(?)邸 請假 丈母(?)拉(?)郁之母(?) 送朱曼伯(?)廉治(?)靜山 廣照(?)吾丹(?)蓉(?) 端甫(?) 曾(?)鑄二端

派潘祖蔭

派守南西炷(?)落(?)八件 運(?)[illegible]來(?)

子英(?)來 自牧百世庵 夜雪

十四日壬申入直

派寫佛堂二件　賞壽文

派擬

皇太后送日寫吉祥四字　玉印一還

四字詩爲了靜風清印復文指壇

承寫春一紙應字慶春字樣

罷〻

十五日癸酉入直

派擬嘉義縣等處匾　臺天假

辰正到署　晤蘭孫　中伯樸徐

汪喜荀

花農來　陳夔龍來　寄碩卿信　子美來

十六日甲戌　偕福琳亭續估光農壇　復碩卿文　運齋　濟南信　派濟年之

十七日乙亥　入直　工部加班四件

派題徽亭玉撫勤敏西言摺稿

皇太后畫蘭四幅　師鳥泊雲　復順伯

濟之辛楚二函以詹　陶民夫人七十壽

濟之送十元　翁足指爪　江槐庭來

辰正後雨　午正後大風　陳恒慶來
得大蘭信並拓本　運齋來
十六日丙子　入直　壹天飯　巳正
到署　陸鍾岱來補學正　林手送
湯化為化了稿　再寄順伯　椿卿　以冠
英貨老寄茶　文運齋寄　復
梁于渭　交濟華寺拜　完西清卿　交誼卿
復陳九蘭並功順及鹽商外編二本
交陳起田恒慶

十九日丁丑。入直。昨派戲亭代往地壇陪祀差使。賞大卷二。芍英來。四塞駿古真熊蹟經振聘松運書子千孚臣驗擬仲華並借姚庵。許子元來。手延跋來。

二十日戊寅。入直。引見時禮邸以賞。巳初到。罷。松、吳、陳、蔣、姚同飯。午正飯。以妹年所助吳子重廿金。望運齋又脈仲良手復。斗南交摺差。手復顧筱妹、文、王芾卿。

二十一日己卯入直 工部直日 [illegible]

又陳請[illegible]

晤蘭孫 顧緝廷 運 高 張承燮來

二十二日庚辰入直 候合肥

派擬三海等處扁六十五件 對八十五件

胡千里送書及物 罷

二十三日辛巳入直

派題

皇太后畫蘭四幅 巳初到 罷

胡千里 阿克占運來 朱其焯來

二十四日壬午入直　遞

派擬三海西園門等一百廿件

芽葉末

二十五日癸未入直

派閱御史卷廿二本同福錕童　張家

華學一　乙正列呂　岑春澤末

詩鏡如信

二十六日甲申入直同孫亭奏續估地壇先農壇

工一摺　工部加班二件　瞻蘭孫

沈書一片

復清卿內招本二家 李少荃來

丁硯生來 晤鳳石並蔡燁

二十七日乙酉入直

添寄鈞天普慶等兩冊 丙午已丑文昌

江蘇財蠲圖拜均未去 叫斗英來 又

崇文闈元極廣均均買送看 丁未張

徐二丈卅日福壽堂招

二十八日丙戌入直

添寄南海芳受業十付 辰正到署

蕭韶來　送以聯屏書　運來
芋英來　寄毛鳳清濤喜文
緝廷　送緝廷聯幅礼六色　樹南
去世來報
二十九日丁亥入直
派寫勤政殿等〻侍貼落一件　賀慶
野五十壽　直班未歸　潯濤之瘦
筆信即復　並年芸一函　廿日發
卓臣來

三十日戊子入直

派寫瀛秀園扁一面　吊樹南共世信

序卿吳鄭福壽卷張樑丁未請日任齋ゝ

時巳刻主人爲朱刻也　發南信

丁立幹來　碩桐華來

三月甲辰朔巳丑入直

上諭奉先殿　晤廣七　辰到到罷

晤蘭孫　穗來　洪禧來號海帆求宮

屬歙孫人　吳樹番來　韵岩來

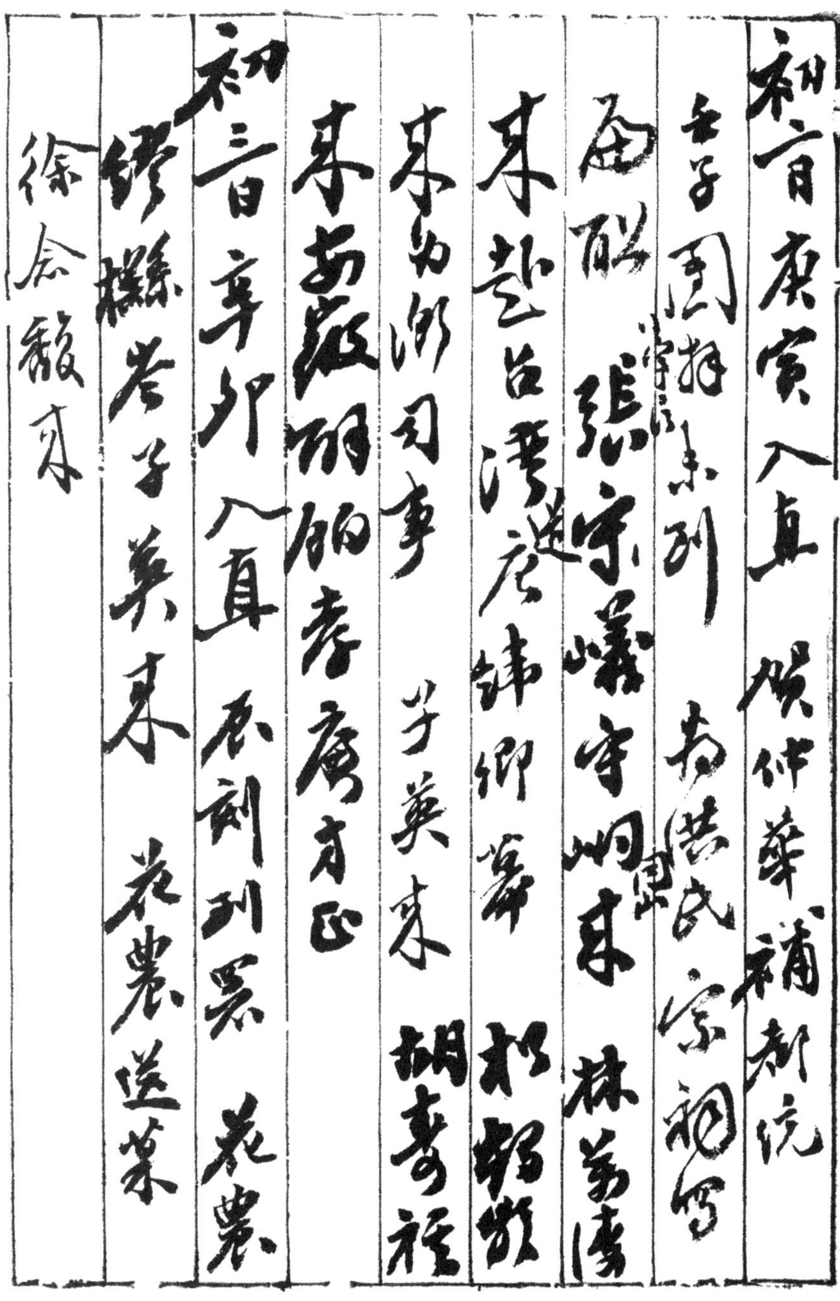
初一日庚寅入直　賀仲華補都統
壬子同拜

初四日壬辰入直 工部加班帶引
見四排六名 奏事三件 換貂冠藍絨領掛
花褂 晤蘭孫 崔國霖來 德靜
山來 惲寶植來 中壁龍趙許來
奉眾上諭明日文
派從耕大臣 劉光度 徐佑奎麟祁
初五日癸巳入直 臣臣列署 丁麗生
送篁江上字卷 蘭孫送食物 松
崔齡來 潘培卿信

十六日甲辰　以上西陵日記　蘭孫來

許子元來　運齋小宇來　松

崔齡倫夢臣來　陸廷黻來

伯權樂菴來　子英來

十七日乙巳入直　全牌子請

安　王直日　户會議款鑄　與福翁懋勤談

派擬承福寺等扁八面　得郭壽棻

樹榕信　李潤均來　穗來　宜子望

來　薛尚義來為欸，得即結局　卓臣來

派查佑雍和宮　江槐庭來　讓派翁松　松居溥　徵那　江　程　趙　熙貴謹瀑一冊

萬際軒來號雲生　桃坡門人　楊渭春來

十六日丙午入直　晤廣生　巳初到署

晤蘭孫　吳德貞來之癸酉丁丑教習分

貴河南　高文翰來　王守訓來

陳景墀來　謝小洲來

十八日丁未入直　馮荊勛送河脈送蘭孫

先農壇演禮　夏玉瑚來　沈曾桐

崔國霖　胡壽祺來　胡以何藩張

泉信去　送沈曾桐昆季功順二部

二十日戊申入直

派寫隨州福術唐城府晤唐生

辰正到署看廿二加班摺二件

寄仲飴文唐生纂全拓　朱其焯來

寄愙齋高氏瓦罐拓九分

二十一日己酉入直

派題

皇太后菊花八幅　亞陶鹿高生來

張兆奎來癸酉分發福建同知

高文翰來付去尚欠貳百七十兩　運齋來

胡壽祺來　傅雲龍來索功順古文攝題

二十二日庚戌入直　上齋加班　督修國子監　松壽　梁有常

上詣　子青云張鐘赤

中和殿看祝版乾清門補服侍班

午刻

先農壇演禮未初二散　吳炳和

來直候補道仲仙　子英來言

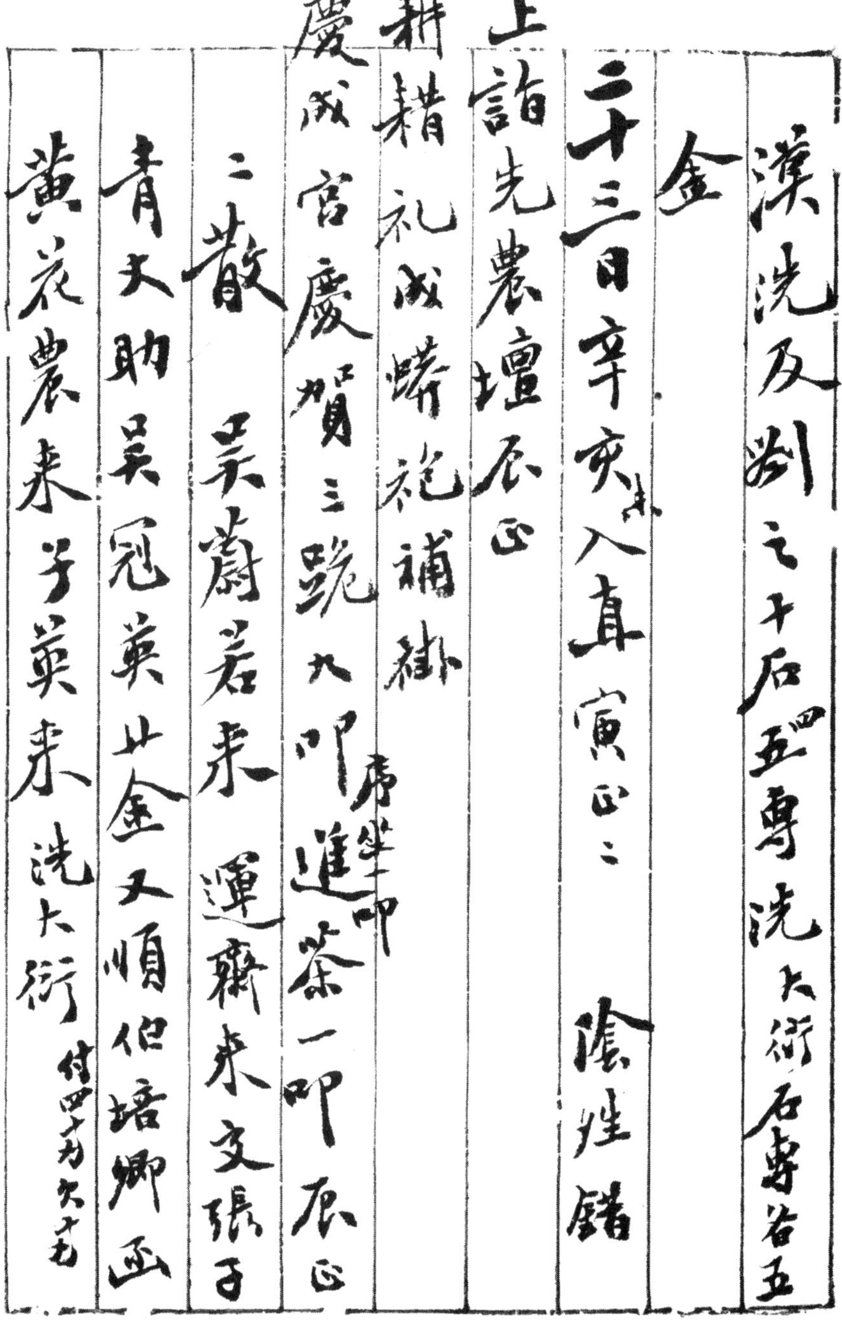

漢洗及劉之十石四五專，洗大衍石專沿五

金

陰晴錯

二十三日辛亥未。入直。寅正二

上詣先農壇。辰正

耕耤禮成，蟒袍補褂。

慶成宮慶賀，三跪九叩，序坐一叩，進茶一叩。辰正

二散。吳蔚若來，運齋來，文張于

青士助吳冠英廿金，又順伯、培卿函

黃花農來，于蔭來，洗大衍付四十另欠十元

二十四日壬子入直　偕續燕甫及所帶桂文圃、高壽農、文康、孔繼驥刑部及工部九人查估
頤和宮工程，卯初去，辰初到，午初歸。藕來。
寄清卿函去。振大齋、文詡卿、
徐念馥來。龔蘧塘來，號又勉覆。
中三子人潮州現署大埔。
上諭北海建至廿六日止。
二十五日癸丑入直　工直日　韓鏡孫送聯　以荷若農送聯
派寫吉羊四字扁廿五分　晤蘭孫　蘭孫送聯
二十六日甲寅入直　若送南花菇

派寫黃新庄行宮盡滌龍王廟永福寺等扁八面　晤廣生　巳初到署傳心殿與燕甫面商查估

寄劉仲良淼錫侯屏聯又徐桂岑念觀

葛文翰來二百廿金清送對一付彼送所譜一部又為負大興護照一紙

二十七日丁卯入直　偕以峯子高吉甫到署面商衙門一摺巳正散　廣庵偕廠少保年譜送四蝦一甎

穀雨 三月初三刻

復濟之、竹年、辛之、振民、廣安、碩庭、照年、采孫、吳德貞來 晏劉覲臣信 發裕壽山信 文壽田、發江容方信 文子元、文星北為碩兄昌也 阿花農宗丈殿 惲寶楨來 号鶴石、伯芳三子之書 廣讓堂兩又對所贈郎之 花農送丈殿貲二子元十 徽厚啟緒松壽來 換季

二十八日丙辰 入直 風清明日風則無日不風 許子元來、文還容方信 文葉、

山蘊來　王芾卿　徐花農來

倪豹岑來　張丹叔來　芋英來浣

付四四十只十

二十九日丁巳入直　偕續奏查估雍和續見

上出乾清門補褂侍班　風　以高文翰印

郵送駿生以所得高鳳斤造象軟拓十四

幅送廣生　謝小洲送印合撇拓磁煙壺

端研四色　丹叔送四色及書

四月乙巳朔戊午入直　辰到署

答張丹叔長少白庚松森 蘊末 瓦付十六分 欠習

送廣生瓦去拓九幅 吳德甫來取

信去

初二日己未入直 加班奏衛司史吳啟曾互刑

部 仲華來留飯 馮蓮塘來 浮花橋

信 陸繼高來去 峻甫少原師之子

初三日庚申入直 辰刻到署 子英來

初四日辛酉入直 工部直日 晤蘭孫

趙鴻臣 時正來 選平樂府 浮清卿

信。黃。戊拓一即復送彝三漢洗八專四

初五日壬戌入直　借仲弢所得仰山古器拓二本即還之　送以古匋拓大洗拓一瓦拓

六　繆右岑來　芍英來劉姓以寶欲售

十石真拔　得濟之信即復　並寄辛

逆振民熙年錄孫　高熙廷來視川學

張次雲承熊來

初六日癸亥入直　辰刻到署　晤廣生

寄彥士信內拓本卅二紙

王伯恭吴卓臣來

初七日甲子入直

派題

皇太后御筆畫蘭八幅

上召見 寄清卿函文運運來

初八日乙丑入直 到署 考張鍾赤（其弟名昀 河南糧道 己卯）

惲鋿石 寶楨來 發安徽知府 屏聯送去

少白庶○ 張丹林聯情○ 王曾仁來 振録

元徵 周生霖 高搏九來

芍英來付六十千 劉三石十一件 全清

初八日丙寅入直 答周陳彝周 送長少白

屏眠丑補浣宽 風 癸酉乙酉團拜

辭不赴 送席二以送張丹叔謝小洲

又二席一送陸峻甫一送高搏九

延旭之提來 陳慶禧來號榮卿辛未

麽帶選楚雄縣 雷緯堂以縉來

初十日丁卯入直 答雷緯堂旭之 馮開

卿送河豚 梁經伯蘭緯垣來

十一日戊辰入直　晤廣生　辰正到署　謝小舟來　芋英來　運來

十二日己巳入直　工直日

上諭大高祈雨　張丹林秦礼廷來　王藝菴芝文來　筆彩來　夜雨

十三日庚午入直　夜雨達旦

派寫義屬湖州會館

關帝廟匾　渭宇澄清匾　得仲飴信及鄭

立夏 寅正二刻八分

有道碑石印 阮器拓 子英器拓 復仲飴甸
敍瓦 宋輓拓十五本 探路記一部
雨竟日不止 送廉生寫六本 函寄清
卿輓四方一匣 穆宗集二部 内飲拓七本 撫文
謝小舟寄 為謝小舟書屏聯 陳識箴
鑒寄用絮 屬書寫 雨竟日止亥刻
十四日 辛未 入直 辰正到工署 雨後道
難行 王蓮生庭 彭沙泉濟孫子 湾孫 子英孫孫
勝非墳來 胡月舫來 以王氏梏書月

劉又一鏡之六字三品陽燧一塊字跡還之

酉刻雷雨數點 吳康壽幼紫送黃葉

村集及土儀

十五日壬申入直 晴 慶生以看二點二

叔平師送吳康壽 吳幼紫來云云顧蘅蓀

驗之惠第時軒之脈禮之 朱其卓來分發

河南 湾寄年長畫元寶一錠 一鄧紫森文本

十六日癸酉入直 户部會奏兩局鑄錢 判

存儲備用一摺 原正到署 明日加班二

件看摺　郭光輪來　乞丞峰　分湘汝孫

運齋、馮蓮塘來　子英來　夜農子莱來　民樣印

十七日甲戌入直　工加班二件　晤廉生

發南信濟、竹、廣安、鞠常　夜雨

十八日乙亥入直

常雩大祀午初　蟒袍補褂同直四人食瑞德堂

上到齋宮未初散　阜臣來　爲子顾借　晚大雷雨

十九日丙子入直　黄建笎、宗到　酒之、寄來肺

露一滴無雨　辰到署　運齋、鄧紫東來

來求 濤清竹辛芝瘦羊永孫信印復

二十日丁丑入直 工部直日

上年 筆彩來鼎一 大行 文運清卿信内

秦鼎拓一 以字以兩面武兩面安藏一濟陰一安

藏來還之 吉美以劉〻之易來

派查傳供用庫工程

二十一日戊寅入直

派寫東古孫海岑張信函 陳蘭孫 [illegible]

山内府張目 筆彩來鼎五十清

記[illegible]

以文影寄清卿文選

二十二日乙卯入直　到署　查估松啓泉

程趙小雲何子莪書吏播香岸

寄時軒五嫂壽分八元文熙年泉孫由濟

之會又廣安振民各月季花譜一本

尚昌懋來號仲勉　陸峻甫繼高子英來

子英來　運來　熱

二十三日庚辰入直　發南信並月季花譜

八本濟竹辛振廣泉妙廣芊又二本送若農運齋又四本送子青

駿生二本蘭孫一本　王念庭來送瓦一錠八一
潘押一拓一包送以譜一本又一送伯寅一送廣生
芍英來討百鼎真也以劉二盦本文去收
拾　高熙廷阜臣來
二十四日辛巳入直　弔福綏庭　送廣生秦
鼎拓一伯盂一念庭又瓦片拓一　蔡來　為吳頤
高趙蕅臣爾雅　寄清卿拓益瓦片廿
五弟文遷信寄蕅　曹福元來
二十五日壬午入直

泥三百一方片

派管理八旗官學大臣。本日改早衙門到署。陽許子元宗涵摺。寄成竹銘信業楨。帖寄才作月季譜景夢寺院，碍不到崔子與藏星圖，均交陸峻甫繼。子元、峻甫、王藝蓀來。

二十六日癸未。入直。具摺謝恩。陰，小雨。張徐滂圻邑長允升、張曰蘭孫、王世驤、朱工部壽豐霖孝鳳之子、陸鍾岱來晤。袁敷去工部。子英來。

二十七日甲申 入直 引見時碰頭謝

恩 辰正到署 賀李和蘇山嫁娶

長允升來 管學官 朱其焯來

張樹朱百蕡來

二十八日乙酉 入直 工部直日 藻軒來

運齋孫詒績來 長允升來 陳其敬來

号璞水廟日丁丑教習

二十九日丙戌 偕萬檳山查估供用

庫 並拜管學官 午正歸 寓匏

之來。端午橋來。子英來，以劉姓鑄[illegible]。非里雅盤來看。裁縫鋪以陽文六字大敦來看，拆而還之。

三十日丁亥。入直。派擬匾一百面，寫外十五分。候王文錦到畢。晤蘭孫。王可莊、福少農來。曹秉濬來。曹秉哲來。鍚右來。蘇來。

閏四月朔戊子。入直。赴仲華招，同子和、蔭軒、蘭孫、子禾、小峯、恂乙申、細文卿

來。鑑古齋角蓋一、卣一，二百卅元。[illegible]雀学文和

初二日己丑。入直。帶引。撰寶坻鈔文。

見寶源局公文。楊彤桂一名張錢壽文。寄清

卿角蓋拓一文。運齋。鑑古齋來，付手[illegible]吳文。

初三日庚寅。到鑲黃旗辦先官學，到者[illegible]

拜諸葉允升、電舫、吉甫、禮文雲、[illegible]

蕅午刻散。蕅來，付瓦罍全清目錄[illegible]

壽。吳卓臣來。趙爾震來。

初四日辛卯。辰初至張山以[illegible]旅故

廠估敬子爾齊同到貨分東西

皇城清道收工到署 得辛芝濟之振民信即復 又寄清卿卣拓

若農來 鑑古來一遽卣索七百不成

初五日壬辰入直

派寫鑑古樓壽柯叔等一百廿面

朱其焯來付劉葉良信 駿生述及徐王子璋鐘五具柯太史托問宜昌出土去年楊守敬

省齋直一千須先付恐其難集也 吴卓臣來

鑑古來 一醇士偽卷還之 德小峯來

初六日癸巳入直 工部直日

派寫春大對 偕蘭孫 夏鳳石 文[illegible]甫

惲劍石 寶楨 取阿笑山 張竹居信

徐花農來 芋英來

初七日甲午入直 到署 遇生霖 端方來

鑑古來 芋英來 篋誤成三百 未正後雨

初八日乙未 不入直 兩西四旗官學到任

廂紅學 甎塔胡同 管 王仁堪 編江 謝昞

廟藍 西斜街寓 福楙翁 陳樾侯

正紅 拆子胡同寓 長芥舫 洪但充 朗鴻

正黃 祖家街寓 高釗中 翁仔致清 倪劉

外初到 巳刻畢 冒雨而歸 李經羲來

晉仲仙 少荃之姪 選永甯道 蘊秉 煙

十斛五刻廿 鑑石來議遇角 得藏芳

信即復 運來

初九日丙申 入直 到署 遇生霖

芋元來 花譜 子元二部 閬二本 小宇二部 陳四本 小宇來

王穆之号仲彝伯羲中來 胡月舫偃
來 易佩宣 集朋 振還之 刀筆 摺簡還 六日
楊渭春來 趙瑞榮 子英來
初十日丁酉 寅正起 子卿刻到廟 黄古學文
謙和 劉次方 錢汶英 王雲舫 王可莊 萬勉
之 丹表甫 長季 福仙 楳洲 先後到 回飯 已正先散
陝 陶潤生 霖來 河南陸調府丙午年癸丑卅调
運來 鑑古來 浮眉伯寅 福振 叔孫 信
十一日戊戌 入直 到署 遇生 霖 伺生祠

答德小峯 問徐小雲病 同敬子病奠

皇城左右翼查佐領工摺一件 穆來

得偉如信天順祥來又八妹信即復

鑑古來自四百先付四十 子英來 村篆呈勇

十二月乙亥入直 子刻雷雨 予青文招福壽堂謝

之 晤廉生 得仲飴自山櫃墊店寄來

信並潛南集印復並寄以盦特了叢書叙

張豹二首雨字共四招又月季花譜一 午刻雷

雨至申止 端午橋來

十三日庚午入直 遇生霖到署時辰初二
晤蘭孫 發鄭樹搭益齋信 石查 楊雪朱
丙壽 德泰 李瑤泝 王伯恭 王小宇來
鑑古來 付千 發南信 濟振二 象辛 五函
十四日辛丑入直 工直日 辰正小雨
汪範卿來 鑑古來
十五日壬寅卯初到鑲白官學 洛英
林贊虞 雲舫 可莊 禮和 勉之 允
升 吉甫 幼農 到 飯後先散 午

劍歸　端午橋孫勝非孫子授來
小峯送禮　崔國霖來
鑑古來　又付豆民手
十六日癸卯入直寅正後大雨入直惟芍農
到　晤廣生還五月娃壽　鑄鈞言到　又有安侯
署　苓春澤來　穎來二韓皆偽還之
函致若農曲園文卿蔚若駿生伯葵　斗英來
十七日甲辰陰雨與蔭軒約定到
正藍旗學王雲舫瞿鏡文郁田

蓀軒可莊不到 辰正散 花農 翟刈翰林官應差發到
伯蓀葛聯寶爲小欽來 送孫允屏對○
十八日乙巳入直 到署同小峯出署 派
大婚典礼司員偕滿漢各四十員 午初散 横泄
田庭和官報皆全完 批鑲白課卷
十九日丙午入直 傳心殿晤芳齋樂甫
到署晤蘭孫 送湛田屏 許仲
韜來
二十日丁未 查正白官學管升允

翰林朱百遂來到。可莊、雲楣、允升、勉之、汝英、禮云、幼農陸續到。飯後散。素雅、虔來。湛田來。發濟之、辛芝、豫泉、硯農、廣安信。崔國霖來。

二十一日戊申。右安門石橋收工，予齋未去。擬明日奏。又供用庫亦明日奏。方子嚴來。答許筠菴、晴蘭、孫仙槎、承爲棻。

治十三年二月

生先農同來 鑑古齋 王藝蘅辭行
二十二日乙酉入直 三部直日 松森招
廿六音尊辭之 若農來並晤駿
生 愔仲送素菜點十色 手复蘉
軒 節五月三日函商 若農函詢廿四右
見事 复濤辛振民又致廣安再為僉
石 擬鍾黃課卷
二十三日庚戌 查估
雍
和宮收工外刻刊之刻歸同續熬

甫 趙尔震來 穎再來

鑑古來 自盖子孫索六十 尹彭壽求陶斎 廿一号 已題送壹

二十四日辛亥入直

派萬福佑恒農惠溥萃津咸宣

碤石扁三面 到署 孫勝非 鈕家

爕來 筆彩來 許子元來 以經韜

試古去 屑驗生抄 其目 穎來 重申二字

仍還之 不再見 只當為偽也 若農來

鑑古來 付四金

光緒十一年五月

二十五日壬子入直偕續燕甫復

奏雍和宮收工摺 寄清卿一函內次佳所送偽

壺拓一 徐子靜倪豹岑李次經來

二十六日癸丑入直到署 子英來以方

子駐王念庭拓石本交之粘冊 由和文到

皇太后賞絳色緞一疋絳色芝麻紗一潭紗

二帽緯二駝色緞一駝地直徑拔紗一葛

布二藏香一匣宮扇一柄 子英來

曹吉三來 彭放河北道

二十七日甲寅入直 引見 時雨齋磕頭謝
恩
梁經伯 啓廸 商來 文卿來 得克子
靜信 燥熱 遣人問仲華足疾 送月季
夜潛

二十八日乙卯入直 到署 換亮紗褂
蘭孫不值
賞
袍褂料葛紗葛布帽緯等十件
鏗士表來 付是月[illegible]分 胡月舫來
運商子英來

夏至丑正二刻六分

二十九日丙寅入直　到署　遇吉霖　晤蘭孫

芷菴送六合　誠鎮送六合　送仲華六合

五月丙午朔丁巳入直

上看祝版乾清門侍班同時磕頭謝

賞　工部奏　井吉甫劉次方來

方長孺來

賞角黍　菊裳頌閣節禮　菊裳之子送勰臣

初二日戊午入直　到署　巳初雨即止

潤古來以阜梅一求售　還之

培卿送派卷二幅以呈蘭孫

開發內廷節賞又穗拉五十六金

初三日乙未 入直 玉鑲紅旗監斗與

薩軒面言一切派差禮管雲舫允升

仲農總之可莊壽甫仍到者七又裴士

說文建首四百分病藥壽多十瓶燬

藥廿二萬應寶各十瓶 子美來 刻說

文建首冊 又全生集八分文洛英 付清

業師藝來（交子静石齋） 蘋泉花均還之

王伯恭來

初四日庚申入直　到署遇星齋

送駿生廿　黃酒館二百七十千

送方子嚴菜點八合

初五日辛酉入直　賀節　運齋來

蔣文英札玉學家集中省之子

韵岩來

初六日壬戌入直　晚廣生　小峯　紱雲

茗山　吉甫　星甫（大椿濟汭深甫安甫十人闈）偲卿人　譚鴻竹辛

振四月廿八信，即復，又致生信函至頌閣也。少英來。菊裳說文建首八頁已寄。

初七日癸亥。入直。贈蘭孫說文建首廿分，以血子鳳頭菜送菊裳，以說文建首四分交濟美分致六家。送蘭孫、雲蓀以極胎集字一分。徐小雲、子文、月季、潔。熱而不雨。吞蔣文英，号夢若，申甫之子。葉彩林饒齋齋索廿幅一枚，還之。紹石安、榮來見。夜大雷雨。

初八日甲子入直
派寫鈞天普慶瀛秀園扁 到署
遇生霖 文卿來 夜雨
初九日乙丑入直 工部直日 陳培之
來 駿生之兄 王伯恭來 索去滂喜
齋一部○
初十日丙寅入直 朝房晤壽山 到
署 辰正小雨 蘊東 仲飴寄古磚
六 余誠格來

十一日丁卯 入直 晤蔚孫 梁航雪來送瓊州章魚即送若農、蒼甚茶澤治癖

十二日戊辰 入直 到署 遇生霖 子元來 亞陶來 曾景劍來 鑑古來

十三日己巳 入直 鑑古來 還其卣蓋 昨以荔支枇杷送蔚孫 詩至草承孫（小津）信出聯月季花等件 卓臣來

十四日庚午 入直 到署 遇生霖 夏濤

之永孫照年小會培卿振民文辛之
為培卿書吴氏宗祠扁等三件
申正雨數點 程藻安子名慶祺號賡雲
送茶禮四色 得柳門信 瑞州石室一紙
十五日辛未 入直
召見於東暖閣 巳初雨數點
吴儀張來 田司號廣承
復柳門文誼卿 復鳳石文敬甫
蘭孫送荔支 送誼卿卅枚 運來

沈景房

十六日壬申。入直。到署。
復楊旦、黄同福。頌以拓石本十八、又十
六番文宥鴻之年。仲華送直永挌差。
陝處以集聯。輝次瑗來。蔭甫來追影。
挂屏探甚精，偽也，還之。楊同轍孝廉來見。
十七日癸酉。入直。日注差。到蘅嶺昇晛扇。
日鍾活英管學同人陸續到。
已刻散。陳冠生來，文之潘振聲氏。
表九十和。文文禮雲樂、黄士列五本。

十六日甲戌入直　到署遇生霖　蘭孫招
同韵卿湛田子禾來刻散　致程為高
為伯荅蓋文慕七三種
十七日乙亥入直　到署看加班摺
伯荅來送以十一月云廿一行
十八日丙子入直　加班矣
大婚事宜賞兩紅裏一搭二斤綠綢標手印
旨片也到上庄成業請
倪世林來　長業彬　芮箴韵卿之子　樾甫來

二十一日丁丑入直　到署晤生霖

荅廖穀士　晤蘭孫　花農卓臣來

熱甚　廿四日　上祈雨

二十二日戊寅入直　寄清卿專招二百文

誼卿　得張午橋　蘭常　信　楊同楊春另

識甫　丁憂門生

二十三日己卯入直　到署遇生霖

鞠農　祺來　季唐　雲藻　敷之　子　敬南　信濤

竹亭　麟　振　碩庭　泉孫　並若農　說文建首不符

笋書　在寸

初伏

又寄翔常信文選

二十四日庚辰入直卯正

上詣 拈香 送箑屏扇韵芩

大高殿祈雨 晤蘭孫 送箑與湛田

又陳笑生胡壽 頌閣 潤生 蔣梓岩 文英

楊調甫同撥 又廖穀士茶四包

二十五日辛巳入直 工部直日 八旗貴学

閱奏稿數摺手以郵司正 招卿金鶴

催代館姻眼亦給係代館真蹟 寫山

廿四日庚　運來　仲殷索沈鄦鐘拓

熱甚　偕修大高殿　派松　王瓚

二十六日壬午入直　到署遇生霖

彭仲田還甘肅秦安　屬駿生校對叢書

所刻左氏讀本以付官孚校出錯字

五十處　潤古來一敦一匜　偽　却之

二十七日癸未入直　王延獻來為其徵譜

林藝占卷面畢青友文象之娘

潤古又一甬付十兩欠四兩　廖穀士來　却之

日躔井六度　月井廿二度八分　木角五度　火尾十度四十分　金張四度五十分　水鬼三度三分

二十八日甲申入直　八旗官學送讀一摺片　卯正二陣雨　到署　小雲銷假　雨作歸　辰正三刻晴　陳笑生培壽來　濤齋方信來　未刻又陣雨至子刻止

二十九日乙酉入直　八旗官學奏事
召見於東暖閣是日煤閣分　晤蘭孫　許子元梁抗雪來　亥正後大雷風雨即止

三十日丙戌入直 到署 夏宗方 長雲

樸鐵共帖 探路記 自集漢隷四 說文建首四

文〻〻宗人陳福

六月丁未朔丁亥入直 果服可耕於黄陵館 屏對扇書 德小峯

對橫〻扇書 鉛石安 對橫扇書 廖穀士

運東 褚壽山來 答陳建侯仲韜 王堅鈞

陸費〻馭 程慶秋 答春澤來 黄仲陵來

借去積古齋清二函 對扇採路歲星 徐棣華部

函致薩軒為江陵四書講義 復以志在必成

中伏

梁航雪來

初二日戊子入直 到署 陳仲穊來

汪範卿來 送壽山席 仲田來

初三日己丑直日 到廟 薑學 蔭軒 均楚

可莊 伯双 洛英 姻禮之先後到 未刻到 志去

甫雲 筱總之 允升來到 匯海峯 辛芝 … 談 … 來

韵岑 胡月舫來 送陳達侯 仲穊 營 橫卿 嵩

表侄送蘇酒

初四日庚寅入直 到署 丑刻雨 黎明晴

題楊忠愍身後墨跡 文月舫世兄跋
表可刪宜勒石諫章書也又不令宗
椒請展設赤制錡十一本 罢過 以前一本
得仲飴信 巴君盉拓一分 得振民信
復仲飴信 溫雲研集聯一分 沈兒鐘拓一過卣
拓一 子孫卣拓錢萬文一 文仙源信 申刻大雨
雨中復振民并濟之竹年辛芝信 王廉生頌度華
初五日辛卯入直 若裕壽泉長壽以
道跡之難 廟黃頭館跋習王楠英來

並遞呈　溥清卿信扎八十五分印象
卣拓簠拓　王益吾寄書五函
初六日壬辰入直　傳心殿晤蔭軒王掄
英所遞呈屠雲舫兩莊查辦
王定夫聲鎮來　任蔣橋信甫之壻
發南信　未刻寒暑表八十五度　夜雨
初七日癸巳入直　辰正到署　蘭孫送
荔支　欽天辰二次封奏未　花農來　運齋來
月初四午宮井廿六度　月軫十一度　土井二十二度　木角五度　火井五度

金張十三度○未分　水井廿四度　木

初八日甲午　入直　工部加班奏供用庫一摺

派福綠　曉蘭稼　午初大雨

卓臣來　並培卿信　至夜四次大雨

初九日乙未　入直　巳正三到署

孔昭乾來　夜雨　子英來

初十日丙申　入直　雨時作時止　歸途大雨

十一日丁酉　入直　工部直日奏

大婚綵綢換緞三分之一摺　並開單

留中次日　發下依議

道路難行　芋英來　屬大衍求付　酉雷雨不大

十二日戊戌入直　辰正到署　楊同樸來答

陳仲穆送伯副蔡葉說文提要劇漲飯下

得王益吾長文大衍　江槐庭來　夜小雨

十三日己亥入直　晤蘭孫　復王益吾

梁經伯來　申初大雷雨　雷震滿之振氏

辛之題年泉孫硯庭詩廣安序

芋英來　夜雨

十四日庚子入直　寅初時大雷電冒雨而歸

記[illegible]五月

運齋來　又仰訪宗驗生並函告其多

制丸藥扶陽下濕之類

十五日辛丑入直　辰初到署酉正四畢

得南辰清本鏡如處畢四書文件

發南信　得陸心源信及金石學錄補

蔣夢若文英來　寶墨款又交衣度

繆椒岑陸蔚庭來

十六日壬寅入直　再函新篇數

尚梅孫協揆來　復陸存齋寄以建昔

溫雲孟晶鑄之簋還自一古匋九

海康朱瑞亭之子工部費銀號仲安

曹朗川來　寒暑表九十三度

十七日癸卯入直　到正藍官學驗之落

拜幼農表甫雲舫海箕祉之先後到

季超耿狼可莊以經蓋來到趙爾震

尊以瓷龍尊爲三瓶文以學文蓬野

三瓶文子授靜湖臣爲方昇

寒暑表九十七度

立秋戌初三刻十分

十八日甲辰。入直。派擬萬壽山前殿三字四字卅面。辰正到署。蔣夢岩又英來。韓來魯詹之孚丁一父已不甚一字小石蓀翀。寄二板六十金。又函致静澜為孔賡鏡。接前任劉世兄交孔貽楗半莫來大衍。

十九日乙巳。昨日夜大雨不止。入直。冒雨而歸。辰正。直日奏。大婚織成之綵綢，採毛文蔭杭織造綵綢之

一萬一千五百疋棕毛文江蜡廿二万五千斤

賞燕窩　夜大雨五次

二十日丙午雨時作時止　徽學程志和來

夜雨不止

二十一日丁未入直　衣初到署看廿三

加班二摺一件兩庫月摺一件核覆

古北口練軍等項　送卓臣信

桂宮侍月詩全覆滿硯松雲承玉堂　送驗鐙

葛里槎游根持信　百層樓上屬元龍

歸途遇雨 詩程為高廖穀似信 夜雨

二十二日戊申入直 連雨五日不晴

手復程為高說文建首温虞公字聑月季

花譜為之二分 趙藹臣來辭行

二十三日己酉入直 工部加班奏事

寄清卿河間遼經幢金石學錄補温虞

集聯月季花譜文蔣夢岩 送駿生箋

太白廿三日辰初二刻二分入辰宮景文慶

殿秋樵佛昇 顧阿克占來

末伏

二十四日庚戌入直 辰正到署 遇小峯運來 仲田來 送阜臣喜禮 力四月

二十五日辛亥

閣是樓聽戲 辰初入座 三十二刻 未正三刻散 住壺天 羅貽冠 慶生來

二十六日壬子 通小意

賞還 辰初

上御乾清宮受賀 辰正入座 三十三刻 申正二刻散

閱是樓聽戲

賞如意帽緯花褂料花瓶手爐藍料碗荷包八件仍住壺天廉生仲田來

二十七日癸丑入直雨徐吳未到晤蘭孫得南海竹韋辛又四函飛龍唐賦等件發託禾八包唐賦二百即復即發卓臣來午又雨張懷來係韻舫友山之子玉山之姪又楫福知府以友以辰

二十八日甲寅入直本日推班辰初雨

恩銘來号新甫癸酉山東同知
楊渭春來
二十九日乙卯入直　羅胎花衣　上滿出
上看祝版乾清門侍班　辰初到署　以雨
長允升來　文玄孫託百部唐律十
部　運來　劉佛卿嶽雲來
繼登等來　初三朱學佩孫託百部唐律來
七月戊申朔　雨　辰入直　工直日　遇仲
華於朝房　辰巳間又雨

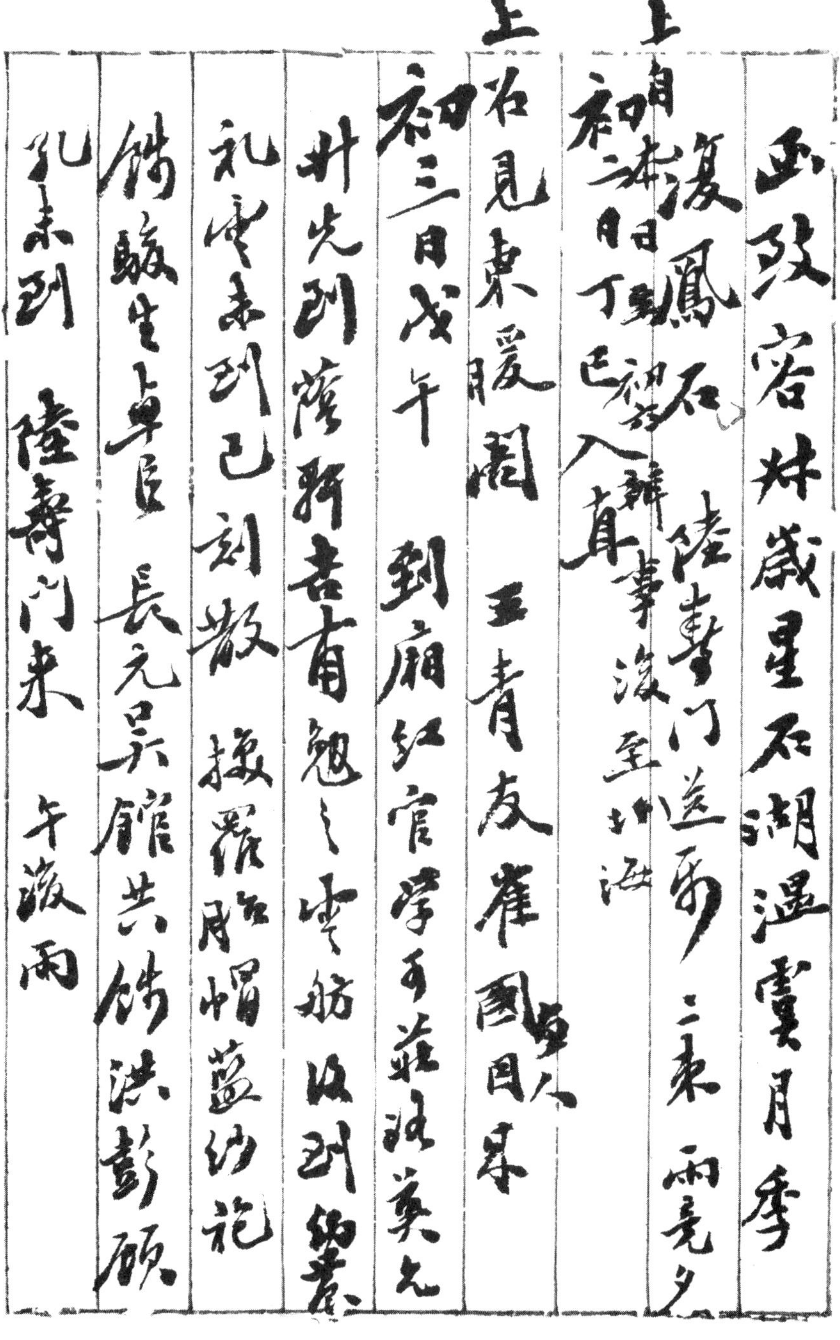

初四日乙未入直 辰初到署

初五日庚申入直

派寫賞張之洞扁壽遐錫福

派寫 芷菴文卿來

牽牛河鼓天貴星君

天孫織女福德星君神牌 裴大中浩亭

來上海人送以答楣書安霞邨人

答廉夫 譚文卿○ 答暢夫 譚退齋○ 桃笙齋

答洗全 鳳彰甫○歐 又張信○ 韵舫 友山之子

初六日辛酉入直 辰初雨 晤蘭孫 送湛田行 得清卿信 拓廿紙 復即交運齋 內古匋拓十六紙 送壽山扇對書 送丹振之扇對去 雨至申初未止 夜雨達旦

初七日壬戌 以腹疾未入直 許子元來 得濟之 辛芝 麟生信 即復 初十發 繆祐孫柚岑來 夜又雨

初八日癸亥入直 辰正到署 小雨

蓀子與默 駿生 卓臣 鮮荇 穉禾 烟刺芬

花農來

初九日甲子入直 工部直日

仲殳六旬冥誕就永寺念經 駿生同送

珊瑚蓋蘭花煙壺藍玻璃壺各一枚

鮑彦愉吳仲怿花澤子鹽大使

初十日乙丑入直 招文卿仲田誼卿範卿若山誼卿香訪川來

十一日丙寅入直 文仲田寄鼻烟藥窩辛臣處藩公集以及部堂等 振民士驊及陳仲穀等松 河間經情等松

上右見東閣　歸途雨　送仲田答辭出（文卿十六日行　卓庭借十千十四行(?)）

派寫惠學寺扁　初十日　午未後大雨至夕止

上自本日至十六幸南北海　卓庭來辭行

十二日丁卯入直　朝房晤黎蒓齋　晤蘭

孫　裴景福來　號伯乾(?)洪亭子(?)州拔貢(?)進士

十三日戊辰入直　辰初到署

甫邨(?)贈拓本六分　拓以下五十二分

黎蒓齋來　胡子英來

十四日己巳入直　柯逢時來　孫(?)廚(?)[illegible]　又姚(?)[illegible]

十五日庚午入直 端午橋來 大順廣
道羅錦雯來 黎蔬高送書送以
扇◎ 送蔬高扇對◎七言屏四幅◎
十六日辛未入直 辰初到署
送蔬高二扇屏 送孫廣雯對◎金箋◎
送方子嚴對◎ 功順全洗年譜◎
陸壽門錫康來
十七日壬申 工部直日 注差 到署 黃宦孚
張高甸之來 到巳刻散 運其恩新

甫鈔來簽〻　曾景劉送舅姊宗藝 繕本

名闕集 宋眞版 明翻本

十八日癸酉入直　伏魔寺吳太翁冥誕

晤蘭孫　裕壽山來　子宜來　方子巖

來　孫子与來　送子宜衣物　萱送骰茶 淑庭行

十九日甲戌入直　辰初到署　小雨

運來　夏出閣　並爲葉〻抄古函文花卷

陳劉來

二十日乙亥入直　工部加班　朝日壇一件

[illegible]

劉幼丹心源來（送年譜呈補詩全陵原本存稿郵抄） 胡子英來 八姚來

二十一日丙寅入直 付姚尉函

派寫條幅

關帝廟作周淮泗函 蔣伯華來

蔭來付芬如函 發南信濤辛振

又文作福寄叔參物識 陳仲韜來

二十二日丁卯入直 辰正到署還吉甫

運來 得濤之辛楚碩庭信印發

廿五日發文度華碩庭信

二十三日戊寅入直。晤蘭孫、小宇。索

全生《洗冤》箍本，付用只十二月。

李泗湖、杭旨一日來。援孫壬子、李擐之子李潤

均堂等。陳瀏借炘房湖南甯古所信夫楊

秀暨仙來，兩飯却之。都遊垣來。

二十四日己卯入直。賀良寺。爲翁仲淵炘

家八肆。辰正到署。巳初雨。箍本付才丸父者。

孫子與來。

二十五日庚辰入直。雨。工部直日。

林萬濤來 繆撫參餞行 陸壽門來 [illegible] 崇文門 穎已

二十六日辛巳入直 陸壽門來

二十七日壬午入直 辰初到署 晤簡

孫揆麻地沙 謝元福來辛巳翰林

江蘇候補道 孫子与來

二十八日癸未入直 在內遇黎筱高薦孫子

与 蔣伯華 汪範卿來 黃耀庭來

延 曾來 有德靜山信

二十九日甲申入直 送秋皐崇扇卷

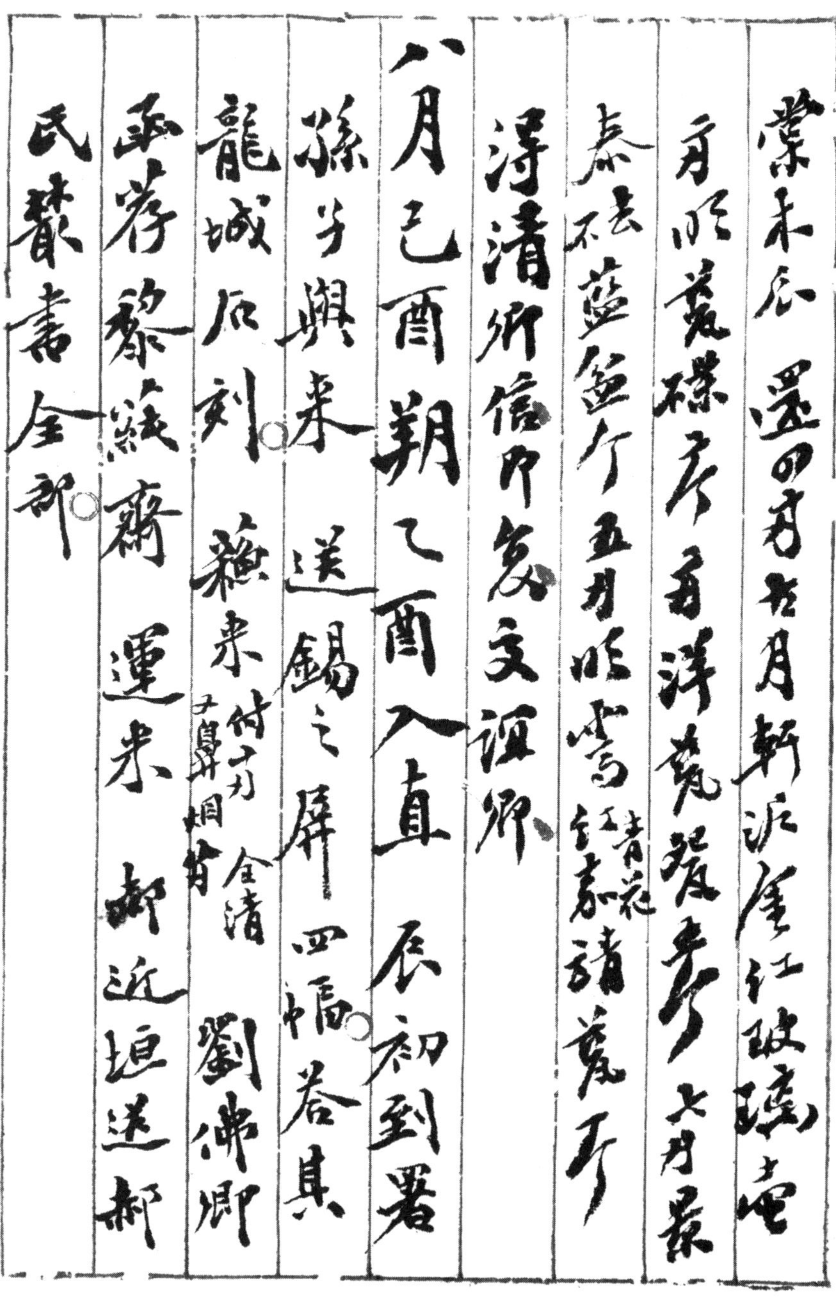
棠來辰。還四哥古月軒泥金紅玻璃壺，哥明黃碟，哥洋瓷盤子，七月祿泰去，不藍盌一个，五月明窯紅釉青花彩請瓷下。
得清卿信，即寄文誼卿。
八月己酉朔。乙酉入直，辰初到署。
孫子興來，送錫之屏四幅，答其。
龍城信到。藕來，付十刀，全清。子鼻烟甘。劉佛卿
函存黎紱齋運來。鄭近垣送鄭
氏叢書全部。

初二日丙戌入直

初三日丁亥入直 是日約仲淵開甫長椿寺遊 約未去

上看祝版

乾清門侍班 到署 朗日喜 晤簡孫

縵孝甫諸來 未刻運來 仲午生子名樹學

字子甫 號蓋多 張蔭僕來 李澗均來

閩汪雨卿鍾垣來 發辛滴竹年信

初四日戊子未入直 工部直日 謝差 明日

到廟蓋學後校數習了值生二人

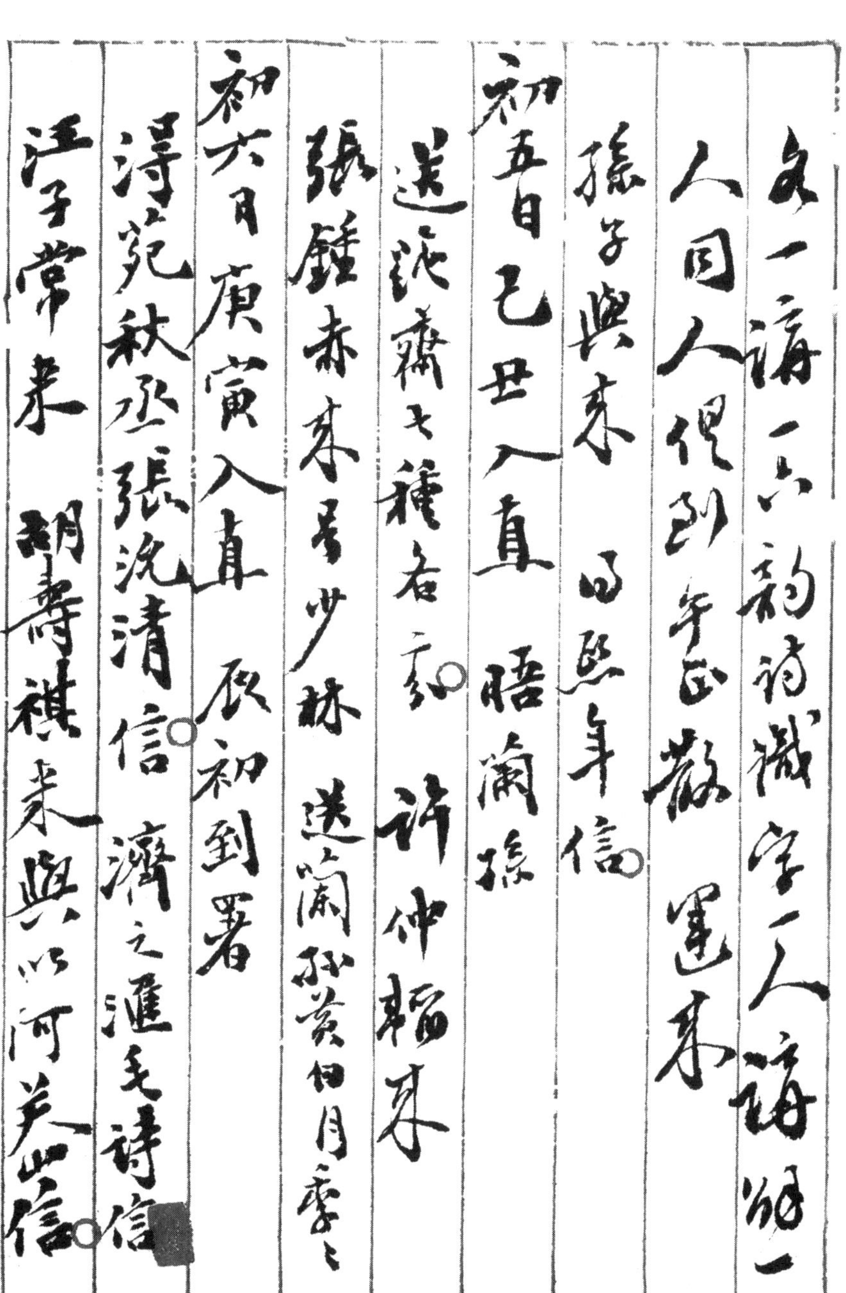

各一論一六韵詩識字一人論附一人同人俱到午正散運來
孫子與來　西熙年信
初五日乙丑入直　晤蘭孫
送沅齋七種各二部　許仲韜來
張鐘赤來　晤少林　送蘭孫茶四月季二
初六日庚寅入直　叚初到署
得范秋丞張沅清信　濟之滙毛詩信
汪子常來　胡壽祺來　與以河芝山信

秋分 酉初一刻

子宜來，与以靜瀾信。

初七日辛卯　入直。會吏部霞姻伯章蘉老逢延一揖。撰仲復荐子常、子芾送月餅、火腿、茶件、茶仰、西瓜（上美合）、橙、橘。將伴信、浙、印象。踏以燕窩、雲霧茶、金鏢、烟壺、鐵金常、板文（庚生處）來作。江蘇濟補陳世崇來（正之）詒

山理莊姑丈之於墳也

初八日壬辰　入直。換寶地紗。爲徽和齋厚書對幅。汪肩伯來。蘭孫、若農、吐菴

澄齋日記

派

送節禮各三　並答頌閣誼卿勰臣

霞勘朝審　復培卿文誼卿

初九日癸巳　入直　辰初到署　濟宗寄

枝信　答以屏幅扇聯四事　孔昭乾來

濟偉如信　並八妹信　文天順祥　印復

初十日甲午　入直　為黃耀庭作書致

仲良　錫侯　文仲約　羅郁田許子

原來　運來　貴德保來　蘊林

廖炳樞來　爲首左祠函請奏撥款

十一日乙未入直 到署 考張翊宸 亮基之子 奏留
敕還陝以雲 議款生來交御覽
闕發內廷節賞均由銷假後均銀冊 十千作
商言詩來責以將琴門人誤將去
作濟之於年辛芝麟生札
十二日丙申 入直 工部直日
賞帽緯大卷六件 發南信 函致偉
文子 宜子宜本日以知府引見
朝房見福琢亭 字十六收工 見藻軒

十三日丁酉入直。晤蘭孫。檉甫送菜四色，以其二送蘭孫。付檉廚力。付黃酒館芳。多付四月，歸入下帳。得李育山信。樂道堂送萃錦吟，答以滂喜四函。

十四日戊戌入直。懋勤殿設席。叔平過談。

十五日己亥入直。子宜來。得濟之、瘦羊、泉孫、陳容叔、駿生信。

運来 即發濟之麟生藹人卒
之駿生泉孫小畬信
賞食果月餅 又適得藹人信即復並
題其縮臨大成宮 延煋辭行
来少愚信
十六日庚子 至
祈穀壇收工並查海墁未初方歸
歲亨巳刻到
十七日辛丑 到西白官學一一考梁步

瀛飄之管學生教習不留文禮雲來

到 馬筱沅光勳來 酉刻雨

十六日壬寅入直 辰正到署 上六政晚滄

連文沖來 陳冠生來 劉佛卿來

夜雨 付眉伯松峻峰信並屏聯

十七日癸卯入直 晤蘭孫 霞蚡韻

審會奏 岑雲階春澤來 得彦卿信

午初三刻又雨 晚止 王瑞麟來 莊之之子號仁齋

自山東候補道來 去年九月十五曾見

二十日甲辰入直 工部直日

若農來 徐花農來 王仁齋送礼

六色收茶葉許詷

二十一日乙巳入直 眉伯肆行赴保定

召見 朝審班未去

清秘送來敦一簋夏字 杠頭一

畢劬闈話策來 孫帆帆之姪 孫濤之甥 如又有

靜瀾濤之侄 詩濤於辛麟碩信印

復閣寶穀承翰書世 又發振民信

滂喜齋

運來　芝英來　陳初頤來書索峯
乙酉拔貢，住易州　閱鄭州決口三百丈　廿四起
寒露子初刻交
二十二日丙午　不入直　朝審上班，巳正
散　到署，同徐小雲、孫子與來
崔國霖來　清秘堂付五兩又　敬一　紅頭一　廳目一　庄清
二十三日丁未　不入直　寅初三刻赴
地壇　辰初到珎亭　辰正來　散巳初
送樂初屏聯　蘊來　一扇字　小銅只　二刺浮烟明寄下　寶源
局來　三刺浮烟　一大二小寄　送静瀾屏聯

道光二十五年二月分

撲悔文子函　聯芳記年譜　陳棨篛　王仁甫　蘭丙卿書

二十四日戊申入直　賀運卓臣完姻　晤友

蘭孫　撲戴暖帽　于宜泉云廿六行文

以靜瀾屏寄悔　寶恒甫來　舅男已付　欠　其五兩又一兩於五條二打　煙

吳丹監攀桂來　李廣方正　陳景墉來

二十五日乙酉入直　宗室滋函　帶寶源局監督引

見

張翊宸名奉澤引見　招劉佛青來

楊味春來　王忠廉名奉澤來

祁仲約　戚伯來　正藍翰林　林　蓮舫

清秘雀來一鼎一無字漢洗還之

二十六日庚戌入直 賀續燕甫嫁女 晤廉生 辰正到署 江槐庭來 芋莫耳

二十七日辛亥入直 竹年到 樹勤取談 劉佛青楊渭春來 來 如子 鄉莫 林耕

二十八日壬子入直 胡月舫晤姝平 沈守廉來 工部直日 竹平以擱稿來商

二十九日癸丑 偕姝平封書

召見 蘭孫 摺子於子庚 蔭軒 錫之
仲華館北學堂申刻散
三十日甲寅入直 辰正到 罷
派寫養心殿嬪[?]芝[?]宮[?]貼落三件
命撰養心殿聯[?]二[?]件 擬[?]奏祀社[?]
馬筱沅來 運棗[?] 復清卿札數[?]一易[?]
一杠頭一 申刻大雷雨 竟夕
九月庚戌朔乙卯入直 辰初[?]仍以雨
派寫養心殿七言對一付 未正二雷[?]

光緒二十五年[?]一月[?]

明日樹華松滿月運丈把剁[illegible]

初二日丙辰入直　賀德以善嫡妹煦公之子　晤仲復　長元吳館蘇府以請仲復未初二刻散　寸英來以季卿拓七冊屬裝六冊

八月廿六交清卿拓一百十一張　廿七交山農拓一百廿六張　是日女客數席男客未留

初三日丁巳卯刻赴正黃學辰初散　覆奏去年十二人　薩倫及談不先改到　禮云未到　散　同鄭樹檢

初四日戊午入直奉

上諭潘祖蔭著兼管順天府府尹欽此

辰刻到署 賀蘭孫禮尚 謝運高及

同鄉 王笋卿來 許子原來屬繕摺

歐陽潤生來 朱濬來 夜雨

初五日己未冒雨入直 具摺謝

恩 朝房晤搏九 晤蘭孫 世敬生春來

運來 發滴竹年麟振丑年小舍

信 王忠庭 罢歸島 楊某久候聯 查光太

治中 賴承裕完 孫如楷大千文光經歷

葉兄 孫少林鏡赤來

初六日庚申入直 工直日 到順天府任事

搏九 候何小亭 陳伯蕃送課卷來 七十三本 即日送清文

文高勉之 孫燮以功名人瑞來 候補王

芝祥來 為祖蔭中和題匾 彭汝棻 丁酉前洛中 魯南

子授來 魏臣來

初七日辛酉入直 復培卿信 文運高

穗來 讓翩之還之 啓迪高 田季聽 壽鑰 壽荃來

霜降丑正一刻六

田心農來　萬博九來　王仁高來

付以韵岑信

初八日壬戌入直　辰初到署　蘭孫來

容雲　高醴泉六十二歲來　浙人　號高粱　運其來

初九日癸亥入直　卷戴毅夫　萍卿　鐵香

鄧詠春來　發辛麟　澹竹信　許台衡

身許行四子　祺身來　子元　肥兄弟　穗來　鏡二華

陶見曾來勇生子　陳彥瀛北莊營有來　發

近侯　研農江寧來　南旋

初十日甲子。入直。朝房晤福、李、徐、許、翁、曾。到工部，無人。拉樂叢、蒼生。寅臣來，商順天考倉房屋事。金星在巳巽一度又八分。發衛、二姊信，又汪范卿、又汪靜山信。送黎蒓齋、王仁甫行。以王南陔《說文段注補》屬劉佛青代作序，並貽以《幼順堂文》《季論文》《高學錄》一本，以備考。中伯、權御來，仲韜、何小亭、梁錦奎、薛撫平來。

十一日乙丑入直 朝房晤搏九 秦霞 如貴 閲堪 添吕 合相 派上書房 訪安養仲韜 翰甫、諾大等未晤 劉佛青 麟芷菴 何其翔來 現任大興 仲韜來

十二日丙寅入直 同鄉謝

恩

吾汪子常 袁農來 仲韜來 子英來 蔣伯華來 趙欽舜來 三面

十三日丁卯入直 高搏九 王詒序 高陞 買民房増号舍 吾宮王景賢 徐壽彭等 王青友延銘來 蔡來

十三日丁卯 草烟仝請 以唐大謨仝校抄

辛芝亭下 善本文青友玫文泉 王璐程恭和來

十四日戊辰入直 壬壽直日 客完

蔭軒招同蘭孫錫之仲華小峯

子禾來 初散 恩良來 沈宗蔓霖

蔡壽祺 芝罘罘罟 陳鴻保良來

中伯櫂來

十五日己巳入直 順天府貢院 奏 偕工部 勘估承修

又買民房廿户三百零八間由薛奏款內撥價了

朝房晤撫九文似之与福公商河南救款原庫平
了。辰初到署。恩亭來。潯伯恭信
十六日庚午。入直。晤廣生、楊錫九來。保峻初已來
許子元來。劉佛青來。劉文
琮來。補三河。復胡雲楣及說文
段注訂序。交胡翔林寄子英來
十七日辛未。卯正起。身到鑲白官
學。該英去有所莊總之雲村久
升蔭軒陸續到。午正二刻歸

陳銑清來南陔山東人 寶選來

十八日壬申 入直 工部加班四件

函致蔭軒 言廟黃管學 賴永恭

來 張兆雲來通州 沈履福來江西 宗垣查災

得振民信 劉枝彥來武進孫妙

歐陽霖來

十九日癸酉 入直 答客 辰正到工署

俞彬來 蓋臣來

二十日甲戌 查正藍官學 禧伯約洛

立冬 丑初三刻

英可莊季趙先到 雲舫翹之竹農
吉甫（潘譯）清銳後到 午正二散 穉來
岑春榮來 張如枚馬序東來 崑
山華來 趙儀年來

二十一日乙亥入直 送沈中復 張璞
君來 復王伯恭送弟怡文楊味春
王芝祥來 龔蔭培來（梅）蔚如 朱聯
芳來 澍湘（通善）侯召 胡子英來 復眉伯

二十二日丙子入直 工部直日 黃褂一件

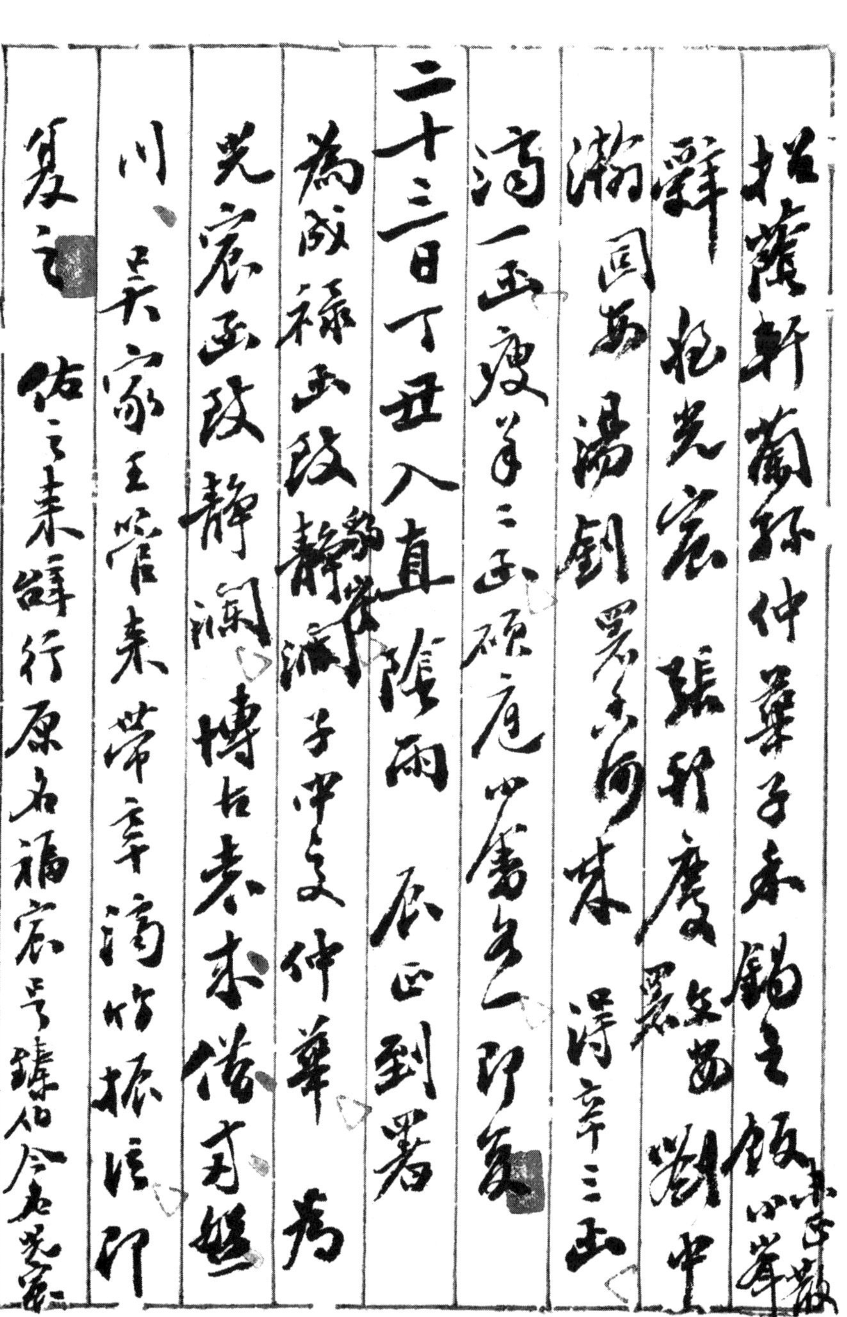
招蔭軒蘭孫仲華子禾鍋之飯小宇[illegible]
辭抱光宸張野秋慶罷朱茵劉中[illegible]
瀚回函湯釗罷[illegible]林得辛三函
濤一函慶芝二函碩庭少眉先[illegible]印泉
二十三日丁丑入直陰雨辰正到署
為致祿函致靜[illegible]子中文仲華為
光宸函致靜潤博古春來借[illegible]盤
川吳大家王[illegible]來帶辛濤竹振信印
復之佑之來辭行原名福宸字[illegible]今名光宸

二十四日戊寅入直（換羊皮兒黑緞領白袖頭）寄星台為沈振銓
石門主簿沈寶青所懸文劉樾仲
送中復枝山大草手卷犀尊一匣沈
香杯一匣并南送洋煙一匣 唐典來題[illegible]齋
香河 袁又來取帘去 連日下七分 宮兆申來（工楷）
蘭孫招往即往晤 正藍學送卷
來即寫石吹蔭給溫雲集取去
崔國因文邦從來 歐陽霖來
二十五日己卯入直 工加班五件

順奉事五件　蔣寶英　楊味春　岑
春榮來　運來　郝近垣　石賡臣　張駒
賢　于英來
二十六日庚辰　入直　晤吳雨軒　增壽寺
鄧師九十冥誕　答運齋　藕來　以內直忘基匾額全揮之
撲藏獺冠交仁領銀亂擲　馬序東　查光泰
裕壽泉來　雨軒　宋有恒　蔚州東目來
二十七日辛巳　入直　辰刻到署　晤蘭孫
送裕壽泉屏幅對書及庫　仲華拉卅

九韓之 劉仰青來 運甫 王芝祥 李少東來

二十八日壬午入直 丁予勤戊午永清 鍾衡猶平谷 花農來 楊殿森送摺看

舉吳毓春為廂黃管學

二十九日癸未入直卯正二刻

上出乾清門補褂侍班 官學參遞摺

晤蘭孫 運來

依儀

每

十月辛亥朔甲申卯正二刻

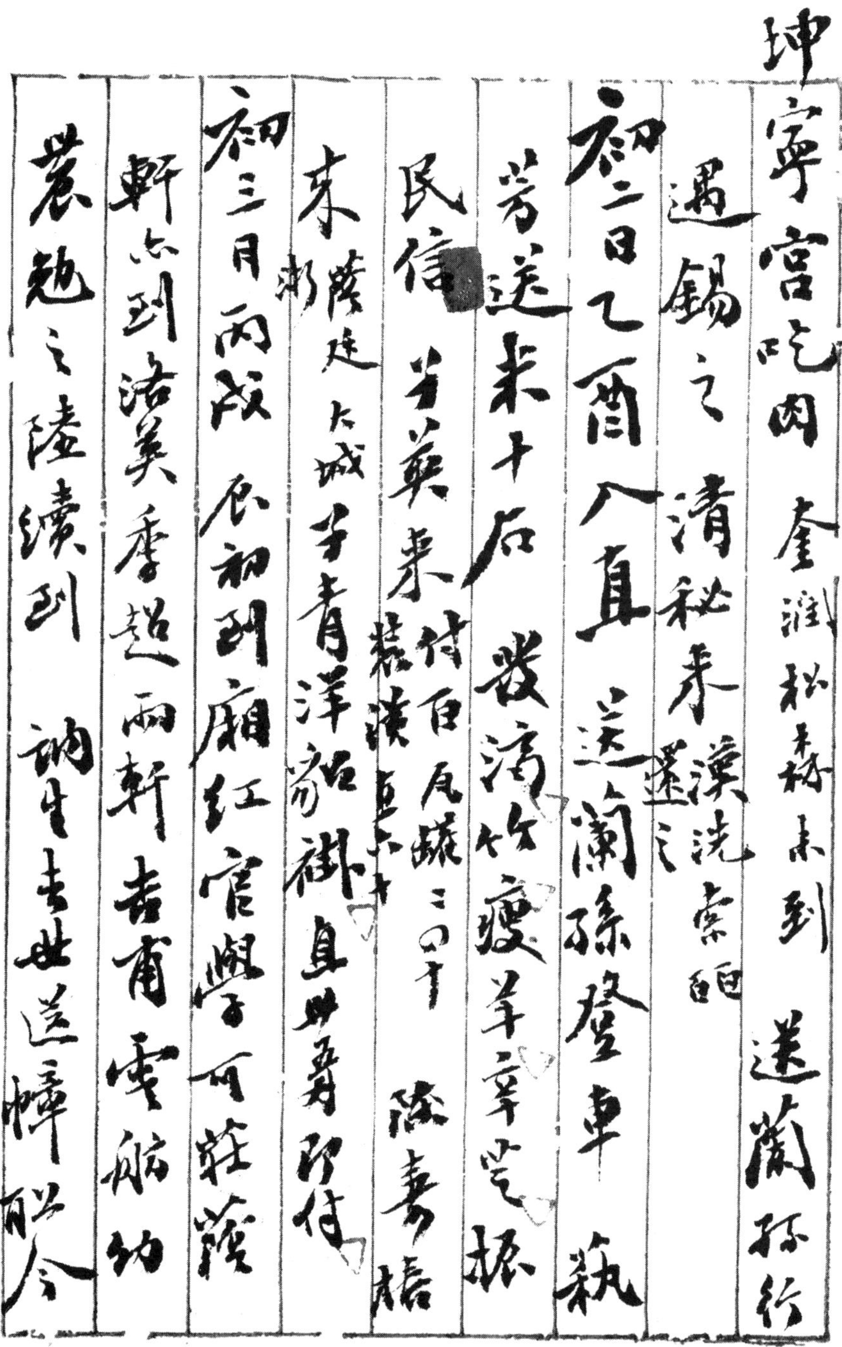

坤寧宮吃肉　奎潤、松森未到　送蘭孫行
遇錫之　清秘來　漢洗索回　還之
初二日乙酉　入直　送蘭孫登車　執
勞送米十石　發濟竹、瘦羊、辛芝　振
民信　芍葊來　付百鳳蟠二四十　精漢直六十　陸壽榕
來　漸　陸廷　大城　芍青洋船御直付母身印付
初三日丙戌　辰初到廂紅官學　有莊蔭
軒亦到　洛美、季超、雨軒、吉甫、雲舫均
莀勉之陸續到　訥生未出　送樟照今

日艾圃在增壽寺念經一到　換黑袖

頭厌晁掛　寄石查信交靜瀾官封

王錫九書即復荅以對屏　高姓來（文八兩）

王言昌來（便面戊子己丑筆　現在永清大字各扇）未遇　存（吳助人宣紙）

運來　鮑瀅芳來

初四日丁亥入直　順天府奏二件（一通遵填　一交秦壽椿）

獲盜　已初到工署　胡月舫　孫慕韓

徐棣華來（加一級）　沈絜齋來（仍以道用）

初五日戊子入直　寶恒昌付五十二兩文銅㲉一（金晴）

付姚廚郭節前六千　共付節來　送沈絜齋常席

童薇研招初六，辭之。送搏九對屏

張璞君文子又送禮，受之。餘俱辭。

長允升、王蓋臣來。

初六日己丑，入直。

皇太后賞帽緯一匣，袍褂料六卷。

李子和來辭行。高文翰來。蘊來。

蘭孫家報托寄。

初七日庚寅，入直。花衣。答李子和，送

菜四色　若運齋　若農　姚石山禮 渭生
咸以韵蓉信來　催銀印　復以已發
蔣伯華來　宗子韵岑言及蓮史珣
王曾彥來 壽鑑備省遞 候補令　方照軒 耀　劉淵亭 永
福來　博古齋又來
初八日　辛卯　入直　辰刻到署　發南信鴻
竹年送瘦羊拓氏及匜　復香濤　清卿
文誼卿　爲跋子彝　蘊來 進百餘字 得一水晶碑一 昌化筆架一 匜二
蘭孫　圖城　初六信封　高文翰來　付二千

淩道增來（候補 彭榴牕 揚州人 鄭合請的）送方照軒劉淵

亭各一席

初九日壬辰入直 朝房晤孫亭仲華子禹受之

濩軒 許子原 唐典新任香河來（辭行）

劉淵亭送禮八色受食物四色

巡檢吳世長來（江寧人 江口村團防局） 熊登第來

運來

初十日癸巳入直

皇太后萬壽懿寧門行禮遞如意

賞還祝季和五十　博古表又來借錢未

付　譚澍來　前署武清令辦撫　山東歷城其父兵部郎拔萃名譯金照藩

十一日甲午入直　上直日　賞院派員許

寫南極賜壽四字兩子　派

命擬者祥四字卅分　叔南信清之蘇生振民

辛芝　為蘭孫發官封　芋莫來一兩

十二日乙未入直　仍是灰鼠袍褂

火藥局明日奏派伯王寶鋆　派點放大臣摺　同札拉豐

阿　十三日崇授之招飲於其寓　壽清

御韓涅陰幣一，即舊所謂盧氏涅金。高文翰來（一匣三字，不精者）。曾嗣灤來（拔貢小京官，□士□）。

十三日丙申，入直。派寫吉祥語十分。辰正到署。榮受（？）、楷子、秀仲華、小峯。未正散。子英來。

十四日丁酉，入直。晤奎星齋，吊麟芝庵内艱。大風。管近修來。諷東（？）略。

十五日戊戌，入直。與摶九在愛吾廬長談。吴德張來。花農來。志來。一自嘉付[illegible]

尹次經來　書作舟來（汎義 甲辰乙丑庚辰）續溪人海舫

子英來還其扇屬作鼎屋

十六日乙亥入直　爲曾笙農啓田寫對

天甚冷　爲蘭孫發信封內致蘭孫一函

張季直一函　蔭甫來一聯昔陶文毅渭春張（又丹方二道）子與來

高文翰來付二千（祭什）　得許張宇平家璧合記（六坡通漢）

十七日庚子　到廟白旗官學時辰初發軒　沐來

魁之兩軒雲舫季超來爾俱到　幼農不至

朱到　蔭來　運來　葉博九

十八日辛丑入直 會典館奏事一摺

辰正到署 單勤閣 詒棠 來付靜瀾信

送對幅 張汝梅來 粹廠到任 李嶠三 登瀛

來 蘭孫之姪 王詠霓來 譚濤來 竹宥

十九日壬寅入直 工部帶街道引見 慶郎 隆興

派見 佺 炳琳 趙 竹坡 棠 松壽 存玉珊 陔 保 徐 熙翰 又 世 葉 錫 馨 直巳

穹柳妙真武廟 龍城神守罕 許仲韜來

贊侍賢良祠 松壽 王璀 德威 劉天樞 運來

高父翰來

二十日癸卯　卯刻會典館開館，𥙊祀

補褂。辰正伯王荃車到火藥局

高搏九、查如江、曾景釗、趙以炯、熙麟

張子彝、王藎臣、高文翰清、胡子英來

二十一日甲辰　入直。以前洋厥亂　瑞方來

火藥局覆命　伯荃衡　劉枝彥來

涿州爲牛　臨書譜五十張　爲蘭孫發信

二十二日乙巳　偕情山供用庫收工

送善學齋行　陳鴻保來　爲牛　王繼武來　候縣

得濟竹瘦羊辛芝信即復

恒壽來 臨書譜五十張

二十三日丙午入直 朝房蔭軒晤商 福錕 任滿

派寫潮白河神滋隄保障扁 大霧

召見東暖閣 辰刻到署

吏張以廣手書 董蔭堂署河西務

曹秉濬來 銀号文 廣東電条

臨書譜五十張

二十四日丁未入直 以廣電石金文博九

順府奏事錢糧借旗價 祖現寓[illegible] 答春澤來 諭旨一分

高慎德劉天樞來 運來

二十五日戊申入直

上諭臨邛鄭人瑞來 江西敎習 直隸

董蔭堂來 署河西道 招 楊令春元來 東安 [illegible]

二十六日己酉入直 八旗官學奏報銷摺

有依議 辰正到署 子英來 晤作庭亭

長專作庭 石蘭孫發官封

二十七日庚戌入直 工部直日 偕高

中供用庫查估完竣一摺　大藥局

偕扎拉豐阿奏造奇藥一摺　演藥一摺

會典館奏章程卅五則一摺

趙尔震來　以請假摺文去呈遞

二十八日辛亥具摺請假

賞十日　子元誼卿廉生來

二十九日壬子

三十日癸丑　遣人送世春

十一月壬子朔甲寅　發吳閣信

初二日乙卯　子元誼卿來

賞香橙

初三日丙辰　盛生來　得蘭信　南信

初四日丁巳　復清卿　范拓廿六紙

初五日戊午　工部直日　子元經伯誼卿來

送周玉山席

初六日己未　續請

賞假十日

初七日庚申　發南信　蘭信　得柳門信　十一

復范柂廿六紙

初八日辛酉　得偉如信十一復　是日冬至

午刻甯河謝錫芬來

初九日壬戌　瑞璸號式臣　子光經伯來

初十日癸亥　發偉如柳門信

十一日甲子　端午橋來　發蘭信　子異來

十二日乙丑　復錫〻問疾　三河趙欽舜

仲華來　趙寅臣長潤廷清來

十三日丙寅　工部直日　卮工會議張曜請

鄭一(?)十七弟偕(?)門(?)字河摺　松鶴歐倫
梦臣来　持九巡(?)兵(?)备(?)指完(?)後呈張吴籌
款一摺　十六奏　子元經伯来
十四日丁卯　武臻(?)清楊(?)臻来魏益之　時仲田
行(?)印(?)夏　午刻(?)部(?)代(?)来(?)来
十五日戊辰　蓮来　小宇来　鄭(?)益之来　程
来(?)蓭来　大風
十六日己巳　大風　以(?)續(?)低(?)摺(?)交(?)筆帖式　葵
蘭(?)行　葵南行　夏(?)廣(?)安　庭(?)生(?)王(?)根(?)錄(?)来

十七日庚午　續假

賞五百　寄清卿盂毀拓　柳門萬書拓四紙　李覺堂來　送以菜點　吳勰臣　吳滇卿　胡子英均來

十八日辛未　手書盂拓本廿五紙寄李少雲文丞彝　馬曹寄毛子祥宇覓書　詩高均行

十九日壬申　中伯櫳來　夏容方毀盤一　馬曹二　古雪泥湖一　唐山文郵送來　王房

賞假五日

安橋扇 得朗齋信 摩年[illegible]信 子中函 遜吾函

二十日癸酉 自復朗齋信並函致椿九 椿九

來取將五千庫平面交 計千兩五張 五百兩一張

趙鐵山來 盛伯熙來

廿一日甲戌 經伯 子英 易實甫 潤影來

廿二日乙亥 讀經 函致二蔭軒 得復 子元 江小濤 德宝

來 雅寶來送看之筆 次日還之 運來

廿三日丙子 小寒 寫瀹竹 辛麟 振碩 熙泉 小漁信

小宇送林美梅並印梅花盒 神餅木匣 小宇來

還張〻子 繆恩臣來 子恩 雨田來 子英來 八十

河南行。兩旨所發，內有桐西行，廿五發。振民小酒。芸十五函。

廿四日丁丑。廉生、月汀、經伯、午橋來。補寶坻縣湯釗來。川人。

廿五日戊寅。筆政來領

安摺。萬生來，送石柱頌。菁南行。叔平、蔭軒、運齋、若農來。

廿六日己卯。銷假。

上召見。遇周玉山、李覺堂。遇蔭軒。到署。運齋、王青友來。廣卿、陳臻伯、經伯、雲階來。代理永清王言昌來。菁南行。錢錫寀來，杭人，甲午之孫，同鄉誼。

恩

廿七日庚辰 恭代

御筆滿字扁一 豐泰氣歡 天長地福壽仁恩 福字四十方 荅寶棠高徐翁孫崑敫

昭揩 九 佩蘅 仲華 送玉山屏聯 功順 幼甫 功順

雲楣 功順 覺生 聯幅 集筆記錄 易實甫 屏聯

集筆記 劉樾仲 鴻閣 劬來 各物 三項 送錢青選來 滌甫 對

濼坤寧宮十一言 篆 長壽字

汪仰山 號魯巖

徐琮 號聯曉

廿八日辛巳 入直 到署 荅客數家 馮夢花 汪仰山 補來 安

福四十方

徐琮 吳縣洞庭 候補 查如江 朱子涵 董開沅來 遲來 子冀來

恭代

上寫滿字扁三面 鴻禧轉喜愷情 五日新 壽比南山

廿九日壬午 入直 工直日 送雲舫拓本廿七紙 淦斌 酉山

御筆送 恭代 太后吉祥四字 屏五分 恭代

東湖守 繼仍 胡月舫來 花農 運送府 王蓋臣 譚澍來

御筆送 太后福壽龍字 紅箋五方 龍箋五方

恭代

御筆開筆福字五方

派寫盛京奉化縣濟普護一面

上祈雪，卯正後雪

着見均從優　遲麟来

賞袍褂料

派擬吉祥語共四十分共百六十分

十二月癸丑朔癸未　何艾翔、許子元、鄧岱東来　子英来

復王振錄、為西陂、子彝

初二日甲申入直　劉兆章来湖北人，号玉田，署三河　趙欽舜来三河縣，永清得

蘭仲話行　王振鈴、易實甫来

初三日乙酉入直　順天府奏資善堂並系譚澍　晤蔭軒

送烏少雲祖母入節孝祠　陳彝瀛来　運齋、子英来

初四日丙戌　到正白學　蔭軒、偃伯、楚目、謨　滋英、吉甫、美雨

軒雲、艄可、莊勉之、允升俱到　順天府報雪二寸　工部引

初五日丁亥入直　遞年筆　辰刻到署　慕蘭雲、尹子勛来

呈遞吉祥語一百字分

禪倉石時月季和搭九共五君二 玉粧納
袁七年丹五合二萬

派寫四字吉祥語共百字分

初六日戊子入直 送子勖葉 江韵濤來 張朴君來 得蘭孫信 復之 梁航雪來 荃 運齋來 孫克占來

初七日己丑入直 順天府京察過堂一等 查光泰 陳仲華 侯雲階 汪仰山 魯瞻 李季如 煥來 薛雲階來

初八日庚寅 工直日 注差 巳刻工部京察過堂 未正散 得濟南信 蕃南信 減年譜內有立山祭悼 許子元來 馮劍城補岩 楊春元來 皆附編 丁子勤人 戊午年來 前所清撥

初九日辛卯入直 經伯來 龔右勉來 又 鄭東甫 閱書 運齋來

召見持九六見第二起

初十日壬辰入直　晤廬生　劉佛卿來　碩丞　齋瑞

午橋　夏渭泉來　張子虞來　運齋來　復清

卿鼎一戈一　李秋亭　金鏞來

十一日癸巳入直　送秋亭菜點　子勛餞行　子英來

夜雪

十二日甲午入直　大雪　朱晉　李雲從　連幢八　胡子英

鼎白　歐陽衡來　協修

十三日乙未入直　順天府報雪　又貢院廳加撥一千五百兩　為查北江作序　寶佩蘅　曹再韓來

十四日丙申入直　辰刻到署　李媖帶山松　錫侯　延旭之

信　汝貢三　琳來　頌吳之弟行四　趙之　警來

派寫廣教寺斗子匾
派寫河西務懷安嵗穗匾
工部帶引見、成霖一名
賞、福壽 引見時磕頭
派寫功存垂瓠轂、城保障
復、城湢祐匾
派恭書
御筆延年益壽匾子

一丁丑陳水人 廟藍 潘光祖 裕堂 楊味春來 胡子英來 五十
十五日丁酉入直 晤蔭軒兵部朝房 端午橋來
十六日戊戌入直 李卓如來 王蘁臣來 往薊州審
王姓占崇公地一案
十七日己亥入直 航雪延清來 增核對八人 張鍾赤來
十八日庚子入直
十九日辛丑入直 順天府月摺 八旗官學 保正白 保鑲黄
鑲黄 廟藍保吳 廟白 保蔣艮 辰刻列署題協
修核對各十人 蔣寅英來 運齋來 曾景釗來
二十日壬辰入直 子原 壽春澤 雲楷來、 候官學官蔣
仲仁 發楂野信 吳子蓮 淡宣來

皇太后賞福壽字 大龍字
懋勤殿跪春 菜小碗
外列進
春山鏡座 芸生四國同樽九
朝服襖郭緞 研照料
發下春帖子賞司十金還
之
賞大卷八件 貂皮十張
派充經筵講官
具摺謝恩
上詣太廟不侍班
賞燕窩

二十一日癸巳入直 發南信 運齋來 連捷 仲珊 丙戌 來
二十二日甲辰入直 沈子培 丁立幹 相生 來 仲華來
二十三日乙巳丑初起身 陸天池 鍾岱來 廣生 達 大德 漢老 索之 仲仁來
祀 宗廟 陳景梅來
二十四日丙午入直 文安 張鄂 慶來
二十五日丁未入直 恭二席 朱亞蕃
二十六日戊申入直 懷葉 李天錫 丙子 丁丑 花農來 館摺 陸天池來 為杜詩二匣事 東棣 柳
二十七日己酉入直 翰初 黃均 來 辛原石 廣臣來 哥 何思琛 徐源來 東 渭 南人 蒋 考 教習知縣
賞荷包 貂皮 手巾
派寫 福 壽 財 貴 神之神位及本年本月本日本時太歲至位字 神
芍 黃 開發
吳鼎臣 王子範 運齋 江蕖生來 花農送畫 月舫 食物
二十八日庚戌入直 子原 君送花 補禱祀 寅初散 神
上閱視版回時礙頭 請客未初散 風冷
二十九日辛亥 冷
賞大小荷包 還黃酒飯九兩四錢六分 一兩四錢 匯 座生還二百三十千

四兩只卅六兩　徐伯棠來　梁航雪來

三十日壬子入直

賞龍字

上御保和殿出乾清門時貂褂蟒袍叩頭謝不站四班　夜

祀

先

淑宮頌年師長人

春年兄新年大喜

彭春大喜　備子

潘祖蔭日記·光緒十四年

（清）潘祖蔭 撰

光緒十四年戊子正月朔丁未是月丙寅 寅正

關帝廟拈香 辰初三

慈寧門行禮 辰正

太和殿行禮

懋勤殿開筆 遞如意

賞還 蘭孫 賞壽 請陪 天使同仲華

座有萊山星坪佩蘅後至 未正二刻歸

初二日戊申 八直 候太平主人 拜年數家

派擬河南龍神廟扁 惲次遠姚虞卿曾

劬劇勞心累許子原徐花農來

初三日乙酉入直卯正

懋勤殿跪春青老未到領

春帖子賞

派寫河南德水安瀾扁

派寫隸字福字壽字大幅明日順天進春

山寶座以齋官侍班不克到

立春亥初三刻五分

初四日庚戌

上諭

天壇宿齋宮巳正騎祀補褂侍班未初歸
淩道增來　高摶九　汪鄦民來
初五日辛亥入直　拜年午刻歸
運來
初六日壬子入直　會典館隨到行禮
拜年巳刻歸　陳小亭來
初七日癸丑入直　拜年辰刻歸
初八日甲寅入直
派題

皇太后畫梅上八字一幅　晤廣生　石賡臣　錢(都御史)錫

宋鍾(平齋)德輔　賴永(女珊)恭　李天錫　唐典　范復福　魯

人瑞來　于美來(楚)五十　華新來　卅

初九日乙卯入直

上看視祝版　乾清門侍班

派題　遂鳳周來　新選邛州等(黃香御史)

皇太后仿湯正仲梅幅綠古詩一首又一幅繫古

羅浮真觀四字　饒以功　江葉生　錢棠花

張璞君來　康義宜　沈宛(候補知縣以)來

訪吾一方片

初十日丙辰入直　乾清門碟錄是日熱

皇后千秋花衣

賞下馬又辭豆竹案魚藻圖明人雪虎圖閱

看次日覆奏　蔡壽祺北楊錫元楊從

題欽舜酒臨本　胡子英來　李雲從來

十一日丁巳入直　順天報雪二寸

賜寧鶴字齋文云字一付　高若允

召見於東暖閣　到署　張璞又張溪濮青　立齋孫平甫來

島亭來

十二日戊午入直　鄭加班

派題

皇太后畫梅詩一首畫菊紫方四字香天白牡

壺天燒鴨 燒鴨卷　又劼剛招未正二先川陳

鴻保來云挖河了

十三日己未入直　晚招偉子千以存者花炮

派題

皇太后畫梅二幅又四字 百花頭上 蓬萊仙子 紫方傳以閱

昨所題款命李吳分題之　勝蘭孫

劉竹坡　楊子英　禮楠　女子文來　運來

十四日庚申　入直　蔚卿值班不到

派題　擬選子午仙萼花叢玉儲生樹花範卿尼和若花　端午橋來

皇太后賞湯玉仲梅七絕百首　錄出

以祥林王蘇林來

十五日辛酉　入直

派書撫臣家績兩面　卯伯擬　陶鑄王文題　黃卷久

安國上蓋明名畫鑒四諸　祖蔭　擬題文題

皇太后賞松一幅　繁七絕百首

皇太后賞
御筆仿湯正仲一幅 辰正
保和殿宴蟒袍補褂 巳初三散 尚錫棻
張子青許子原陳鴻保文軒崑岡秋樵
陳以庚來 賞元宵
十六日壬戌入直
派撤 稍中許王正壹
上送硝野兩署茲蒙 盡天燒鴨改蘭珍袋 禮部鳳福銅金烏蘇莫葛
皇太后御覽賞 午正 如陸續當計珍沸

光三年正月

乾清宮筵宴。未初三散。
賞米糕、蟒袍、瓶、煙、花袱。益甫、韋卿、竹莊、
張樵野來。雲楣來。汪柳門來。
十七日癸亥。入直。
派寫代
上御筆愛天百祿匾一面，手歡五吉膺天笑
五福三多 綠集和暢 居子 賀子青薩 協
茉山 瓊居 妻蘭 柳門 黃爾蒙 峻居 陸鄭芝
吳大澂、劉心瑋、陸錫康

雨水　酉初三刻交

十八日甲子入直　順天捐揭賑一千　工部本月
派題
皇太后畫梅詩二首寄去　壺天請柳門燒鴨
蘭孫來一談約去　福壽堂子青丈招
十九日乙丑入直　祝小峯太夫人壽（叔南作，偉王代去）　壺天燒
鴨　羅顯燦海康來　江建霞來
二十日丙寅入直　換海龍冠白風毛　招仲約
吉人小宇藹常再同廉生佛青夢華
可莊仲弢蕚卿柳門（沈）子培子封瞿蒙弢子

與緗臣、子原、蔚若、志伯愚、劉仲魯、心源、聯圃、子静

未刻散。是日花衣期。

皇太后賞大卷八一件、普洱茶大團一。

張渭七函。廖蔚思、殷秋樵、趙展如、蔚亭、仲彥來。

二十一日丁卯。入直。復豹岑、戛山。

派寫果川普陀峪定陀修業匾二面。

派題張之萬畫一幅七絕一首，又團扇七絕三首。

培卿來書。是日開印。秋樵來（交尊力）。孫家

頡來。雅畫人林春來。

二十二日戊辰入直 到署 端午橋許子原星煒謝鶴蓀來 以前任軍機章

懿旨交部議叙欽此 又交片廿四分 恩

夜雪

二十三日己巳入直 順天奏春撫糧價暗

持九朝府 發復劉燦辰義官查函

江馮開勳吳淑孚國珊運高來

二十四日庚午入直 具摺爲 順天夏雪二寸 唯持九朝府

恩

派閱罷賞中昭佛鳳鳴里普福莊抵江

泡昌京片

朱澘　陳鏡清
謝裕楷　姚虞卿

太和殿演禮未到　珍嬪、瑾嬪送粧共五送嬪

雨　仲約、濟少庵　夜雪

皇后進粧　經蘭孫、相國、芍庭、子原、楓村、吉甫、仲山、蘭生、佩蘅

同經伯、玉庭、以怡、文八姝　芍君、劍東

崇壽、燈嵩、廣貝、汪子石、清麟、陵伯屋、宗正其

二十五日辛未入直　到罷　雪猶未止

皇后進粧共二日　許子原、劉培蓬壽

門蔣伯華來

二十六日壬申入直　壺天燒鴨未初　晤孫九楙初府

上至慈寧宮行禮　御、經蘭孫、竹箏、偉心啟

順天奏雪寸許

太和殿行奉迎禮朝服　以總辦銜名交
題達　鄧萬齡岑春煊來　風
二十七日癸酉入直　寅刻　風冷
皇后進宮
派擬河南襄城尉氏兩二西過水災二柄
賞收　劉子澄高博三鄒應卿　許仲韜方石民汝翼石籌　劉幼
丹蘭孫岑雲階余肇康來　李夏韵今
二十八日甲戌入直
上諭壽皇殿

派寫康陰保障扁一面　祝星垓夫人五十　奉

懿旨賞加太子太保銜欽此並傳　又工部堂官加一級

旨　廿日謝恩　王青友　韓蔭棣　王繼武　劉賑

漢之面　吳迪川亦　張少林　麟生　花運　高陸

麥樵　新完年　綬伯　楊璧　李清　跋玉以孫　孫老臣陸　來

二十九日乙亥入直　同人公祭惇邸　阿克占

海康來

三十日丙子入直具摺謝

恩　又工部公摺謝

恩

君以鶴印　劉高得來拜贄　吉承梁

仲衡來　近垣　岩雲階　星高　汪柳門來　杜九

高文翰　李雲從來

二月丁卯朔丁丑入直　李雲從來付對全清

上看祝版　乾清門侍班　以南床賀道而來　蟒袍補褂　回時磕頭謝

恩　到署　萬文翰來　名世　文薛雲階同寓占猷

初二日戊寅入直　推班四日

皇太后派長春宮聽戲　戲初三日入　磕頭謝

恩　花衣補褂　賞蟒袍二次　飯二次　御前三　伯慶克

札郎楞裕祿 柏葛巴崇巴 倫
人 惇貝五人 內務府五人 謨濂濤澤桐
鎮國載王灃府載二淇人及蔭共廿人 酉初散 往
壺天
初三日乙卯 入直 卯正
慈寧宮行禮 辰正 太和 行礼時与博九思寅出 辰
太和殿行禮 歸政頒詔 巳初
長春宮聽戲 酉初散 茶食二次
賞飯二次 仍往壺天 還少泉
賞收 星昨招謝主寅 時出了改 嫻

初四日庚辰入直辰正
慈寧宮行禮
太和殿行礼大婚慶賀頒詔
長春宮聽戲巳初入座酉正散
賞茶果二次飯二次
賞素菜四盤　仍住壺天
初五日辛巳入直　巳傳心殿遞呈高伯
點閱　卷發以字東壺天
太和殿筵宴停止即進內知

上只安。午初

長春宮聽戲，酉正二刻散。

賞茶食二次，飯二次。

賞菜一匣。同樞內相有每人五兩，莫李八兩，南下兩。

賞酒計一匣，大卷二件，仍值壹天。

[illegible]摺事天因帝廟扇三面。

初六日。寅正午入直。上直日。同人均晤，吉甫未至。

派寫捲畫昭佑廟。至傳心殿，晤振九、蘭孫。

復仲良、星五、加篤航、運齋、李恩之、[illegible]。

託運齋寫夫安面。

移宜子聖查如江丁亨甫吳蔚若朱子
涵樾興此韵之子姚霽卿陳沁蓀來
初七日癸未入直邵爵晴嶽廖恆平子壽子
撥摺拜九勑劄泥月小八到生張澤梁
航雪范履福來夜大雪
初八日甲申入直工部奏請旨派筆人員
已傳以時小帶及同人蘭孫仲華
王履度來年壬戌張一琴孫幣周之驥乙丑
劉佛青來

初九日乙酉入直。晤蘭孫、運齋、王懿榮、葛壽蓀、許仲韜韋、王廷相振河廑生、牛瑗梓梓、、才、裴鳴遠近嵓同十三石生壽七十五、研佑李叔來。

初十日丙戌入直。王虞天、姚大鵬、許星叔招、福椿華來，杉中、侶徽來。

十一日丁亥入直。到署見人均到，議條案，午正散。唐少江來，陳壽蘅、徹子中來。裴來儀卿，八百，送以筆、香來八月石二。

十二日戊子入直。蘭孫來。

上視
關帝廟祝版　乾清門補那侍班
派撥河南武陟兩　送伯熙廣生拯之揚高紫
馮夢華宗擢揩小玉陸花農程樂菴杜
劉聯中仙樸來
十三日乙丑入直　工部奏保單
派撥江西淮北等處兩
派寄河南安瀾普佑兩
派登

皇太后畫蒲菊二幅

派撰頤和園龍王廟二字匾十六面

發下舊拓本通鑑輯覽校閱　松申程張

錫赤岑壽宣少陸鳳石朱靖藩海康　[illegible]

屈紹端方許子原徵存夏玉瑚亮次峯

王瓘何乃瑩李蔭本　寄清卿拓本十餘頁漢壽瓦

十四日庚寅入直　工直日代奏封賀叩恩

派寫江西寶豐縣廟扁一面

派題

皇太后賞蒲劍一雷楔一

派閱覆試卷麟書孫詒午刻入闈知貢

舉貴午橋孫燮臣內監試載存義門楊甲子舉

晨未刻委員鄭沛溶

欽命題到南向跪接提調詹鴻謨徐埥

送席晚同人招同兩監試飯丑刻二印

出題一千二百張君子哉若人至取斯天風揮毫落紙如雲烟仙

十五日辛卯入直花衣三日巳初出題紙一千

一百張實到八百九十人臨點不到十五

進小卷

滂喜齋

賞收

名大風晨起為孫夫人撰墓表進呈

二百二十三本寫對四十五付

十六日壬辰閱卷至午刻畢兵部劉林祥

十七日癸巳一等百名卷二等三百本三

等四百五十卷四等廿一卷不列等貼黃簽

墨筆填名次朱抬堆卷雲階手授存義

門楊守甫飯黏黃簽墨筆填卷背

名次包封繕摺寫名次午刻始戌初畢

包封摺件交刻畢

十八日甲午　陰　初出闈　寄清卿造象漢專隋專各一紙　送再同好大王碑葉跋不舊本

許子原李蘭孫來

十九日乙未　入直　霞　蔣仙華　趙鍊珊　王松溪

命

請　陳冠生吳聽蕃　陳亭子　張璞君　許仲韜　任筱卿　邵元　吳彦之子

安

並謝十六加級　劉松芳　陸中甫　錢琦　張菊蘅

恩

引見時碰頭　杭梁〻許〻沈柳門廣生併

青　夢華　建霞　花農　再同　鞠常來校

書　便飯　點心　酉初散　校書六

二十日丙申入直
派題
皇太后蒲桃一幅 梅鵲一幅 枝七志鶴巢
冠生子原經伯翰常仲弢佛卿夢華
子培子封柳門達雲茂蒿每同庚生
蔡尉二席 王廷綬王彥威潘駿文余
廖家章炳森六 覆試一等 王頴黃森四包 為外席
二十一日丁酉入直
派題

皇太后御筆牡丹一幅　梅花一幅　祝仲華壽

已至園，均不到。孫燮臣、續燕甫、廣紹山抬輿

東館　江建霞一等卅七　章宮庵、狀甫來

二十二日戊戌　入直

派題

皇太后蒲桃紫色二幅　壺天燒鴨菊花來告

談　子青丈福晉變由初歸　趙松年瑞午

禱周學海、鄭懷陔、陳夔謨來　章宮庵來

二十三日己亥　入直

派題吳廷颺（康）惲壽平水仙（大）宋曇果 乙酉
皇太后著色蒲萄（款敬仿世祖章皇帝筆意光緒己丑仲春下澣御筆）松各一幅，又蔬觀
世祖章皇帝（大）垂露一幅。到署。
复寄方益贈目拓本八十七種。劉芝田（叔衡）
趙元益（寄名盛宣懷）新得刻黃國所陳日新洪介禮（侄師浤孚）
趙（僑）棲好陶榮長詩卷 陸藤一（汶甫）
成守臣十（汶甫）來。
二十四日庚子，入直。
派題

皇太后松菊冬青一幅 昨題清夫看用 [illegible]

寶摹共九方 題大明看高萬壽國花歌班 薛軒聖孫息送禮 沈詩對書園

派複試閱卷福留李蘇民許鐫孫摸英汪康

申正散一等二十名二等五十名三等四十七

名四等七名 三等 郎聲政四等 一四等

饒有實政三等 後褒中耀 內振民意

二十五日辛丑入直 之翁帶引見 二十名 直日 宸麥林森

派題

皇太后蒲桃一幅 中扇一幅 安徽館九卿團拜 午到申散

李潤均 吳緯炳（丙[illegible]） 孫增 蔡金臺 徐嘉言
宗舜年（新銘） 汪柳門 何維棣 蘇芷菴 李華
澤來 柳門晚日請 訓西陵
二十六日 壬寅 入直 順天考人召遇持大
派題 蔣[illegible]琨來（第七本[illegible]） 伯理 柳門上陵 劼剛
皇太后畫松一幅 鄭權林國賡（二大彭汶） 裕祥
查如江 岑春煊（小） 陳貢 徐鄂 湯震（郭宗） 戴錫[illegible]
鈞益田信寶[illegible]因事來（文二千二百九） 劉業芳來
張祥齡來 張研恩來（訪於之孫） 陶光臣來
周士廉 史[illegible]來 乙酉

二十七日癸卯入直　安徽團拜辭之

皇太后賞御筆蒲桃一幅　到署　明日

上駐蹕西苑　崇湘文、武延緒、祝維培、拔王裕宸、

鄭道沂、張裕馨、柳廷裕三、震許石原、吴鑾驥、

王治善來　西陶來

二十八日甲辰　順天府演耕耤九留飯已初

散　祝露園相七十　王寶璋　黄念慈

莊國賢　劉兆璋　劉元輔　王璿　王以懋　楊

譚樹文、小坡、中伯、權夏、賓甫、改盛沅、志

鐵南　亞麟　許子原　張宗海小漁　帥共　王鍾祖　劉子雄次來。

二十八日乙巳。入直。吊童薇研、王彥威。何崖、尹丁惟禔、李仁堂、徐樹銘、蘭孫、熙麟、張季直、馬文苑、遠林之北、朱子涵、王振聲、頌恩、義、許子原、黃漱蘭來。

三月戊辰朔。丙午入直。會內務府奏太和門查估事。坤寧宮吃肉。

先農壇演耕　蒂見小門生石賡臣來　蘇來泌丟萬片
初二日丁未　正黄旗學會考官學生古
共九名同人伊列諮卿未列　秦石麟
來　振綏來　李蔚左會湘湖南館
發工部國拜閣粵東館齋　夏濟之
竹年辛芝之諧琴碩庭泉孫瘦羊小漁
振民　夏清卿培卿　沈維善陳爾遹孝广
李傳元黎宗蓀端方劉滋楷梁孝秋
何鎮汪柳門來

初三日戊申入直。豐澤園演耕，以府尹近職奉上行執事未列。

派寫澤濤閣城扇一面。

皇太后蒲桃一幅。王振錄　黃璵候知州，駒子

柳元俊　沈瑜慶乙　王世嚴癸元　羅邦煜武　戴聚毅夫

朱孔彰仲我　單居藩地山　胡廷琛　羅貞元乙

李耀初　張兆珏　吳世琛甲辰辛九　朱子涵尤

先甲　張祖辰乙　張聲鏞　家陛紫泉辛亥孝廉

初四日乙酉入直。王仲華　夏應同　曹蘭孫

頃閱仲山少時　劉罷若　蔡尤彩甫　富同卿

吳大琳 潤卿 陳人龍 雲舫巡檢 王維城 許子原 泗涇巡房 俞陛雲 階青

趙昶 吳蔭培 恩雨田 張元奇 劉學謙

楊銳 梁敏 曾 王伯恭 方長孺 趙炳藻

端方 梅汝鼎 潘譽徵 玉麟來

清明 亥初二刻十三分

初五日庚戌入直 午直日 寶廷 韓華陵

上看 祝瀛 玉孝先 李肇啟 胡高度 軍機未行禮

先農壇禮部淡耕 蔣仲仁 蔣式芬

二藤來

初六日辛亥入直 丑刻進內聽

宣奉　夜雨又大風
旨副考官同蘭孫西苑門領鑰匙余先
卯正到入闈蘭孫仲山小峯續到高
後拜監試同考收掌收掌王文錦遠
福添監試桂年洪良品　晚蘭孫家飯
初七日壬子　掣房第一房劉心源撰策題
經題　晚招蘭孫小峯仲山小酌　大風
初八日癸丑卯初二刻
欽命題　子曰行夏之時四句　取人以身二句　曰子不

通功易事五於子詩題島飲東泉踏淺以泉
蘭孫以寄仲山之寫照余爲之書其五古辰正刻
莫到六千六百九十六人戌正刻放子初送出七千有奇均應先侍點
晚與人共壺搖二壺試飲
初九日甲寅以策題五道及連日策題五道
函搨與以分請劉竹丹倪覃園黃根泉
吾與謀晨起吳杉香鄭伯冀以岸
拔晚飯又請劉竹丹倪覃園來交檢
策題二以篋原議孔元史二卷檢注史前文諸之舊二道

初十日乙丑。接宣策題，以經有元鳥字，仍用儀禮

請覃園諸君俱來，以安摺文移唐臣，和以榮

闈五道，交內監試桂、洪二君發刻。午後各手

寫二場文。廷杰二內帝曰咨女二十有二人兩眉壽

保魯二內瘳高德一節 咸十二年是月之玉蕊篁

十一日丙寅。請十八房上堂，分三次，以外簾文

道陳文房，分撿出另四紙刻二場題，段所拈二

監試，欣所交人所監刻洞送題。為補撤夜

兩房考錄只言序等水不佳告子瀍

十二日丁酉　陰風　鄒伯英寄二場進呈卷
申酉刻成　三場題成（會經堂刻）刻刻成　三場儀
禮史學兵制管子藏書源流題擬明
日乃進
十三日戊戌　三場題巳外簾送進　未刻進
呈二場題倫
安摺二件　內五題卅門　夜進卷五百五十九本
十四日己亥　辰刻花衣上堂　南□薦廿一本
安摺四　未刻進九百卅五本　亥正送三場題

[illegible]

上場閱
共六千八百五十張　夜進九百六十二本
十五日庚申　閱薦卷四十七本　午後進卷六
百六十六本　卯正花衣上堂　酉正三散
連前三千一百廿二本　亥刻
十六日辛酉　卯刻上堂　未刻進
呈三場題簡
安摺二件　花衣　酉初散　閱薦卷三十八本
進卷一千〇百十二本
十七日壬戌　子初起寫題　知者樂水二句

燕得新泥拂戶忙詩印百六十張　卯正送　蘭孫備點心試詞桂月圓

題　宗室實到卅二人　卷頭場到齊　實到

六千六百十六名　辰刻

安

摺回　閱薦卷四十七本　以一房十房十一房　二文

共四文　交加圍蔟刻　二場進六百六十六本

十六日　癸丑　寅初進宗室卷卅二本　内一本

未完卷分詩八本　卯正上堂　酉正二散

閱薦五十三本

十七日　甲寅　卯正上堂　酉正二散　閱薦

四十三本至公堂來文　明日未刻送

硃批宗室中三名　午後風進宗室卷摺二夾

移香寫落卷加批黏後　外簾送黄衣

魚　午後大風

二十日乙卯　卯正上堂　午後封奏摺安摺　卷背　夾板

奏為進呈試卷事本年己丑科會試蒙

恩派臣等為正副考官三月十六日據至公堂移送宗室卷三十一本

臣等公同檢閱謹遵

欽定中額選取試卷三本擬定名次黏貼黄簽恭呈

御覽伏候

欽定

命下之日由臣等拆封揭曉為此謹

奏　光緒十五年三月二十日　未刻送宗室卷

穀雨 卯初二刻五分

閲卷四十一本 酉正一散 午後大風

二十一日丙寅 卯正上堂 巳初 二場卷進齋

安摺同 至公堂拆封填榜 發落卷廿九本

希廉 瑞賢 寶豐 閲落四十本 午後風

二十二日丁卯 卯正上堂 閲落卅本 酉初散

酉正雷雨 聯日撤棚 撤堂 共落卷二百五十本

第五房二場卷經文起講與首場不符知

出外簾閲門重行核對 又墨卷頭字

按前次縮小號重訂

二十三日戊辰　閱薦十一本　邰伯英十七　季愷三　南熙小四　射來言文　晚蘭孫邀看鏈靜坐（咨蓉把之）丙文

二十四日乙巳　潘石屋送詩來並銀魚二鮮　換各省

卷　閱薦六本

二十五日庚午　閱薦一本　遺二場一本　霞十六

十三　十五　九　一　七　十一　十四　十八　六　五　十三　二房二場卷

頁卅一本　伯英　幼丹來　蘭峰　仲來　甚

熱　夜大風

二十六日辛未　換季　大風　霞一　二　三　四　五　六　七　八　九　十

十二 十三 十四 十五 十六 六房二場卷一百卅本 元卷商尚未定
午後又風 宗室廿七覆試 廿八閱卷 翁行
二十七日壬申 請六房上堂以房首卷交本房
磨對 幼丹來 閱二場卷八十二本 三場卷
第六房六本 又風 計連補薦共三百八十一卷
二十八日癸酉 伯羲右丞來 閱二場卷卅二本 二場齊
検定應中光字卷及補卷數 開單交蘭孫 三場卅本
二十九日甲戌 蘭孫房改試帖十二首（蘭二首 小峯二首 仲山四首） 閱三場
百六十二本 昨外簾送鴨 招梅孫小峯仲山晚飲

夜大風　摺已備好　一進卷十本摺　一覆命摺
三十日乙亥　大風　閱三場卷百四十九本尚有未到
者共十六房三本　仲山蘭孫幼丹筱香來
四月己巳朔丙子　十六房三本來　三場來齊
辰刻小雨未刻上堂定卷申刻散
初二日丁丑　巳刻發中卷各房磨對　未刻
進呈卷　訂三連以石壓之　請覃國
星槎次謀伯英擬批閱
上諭知鈐榜派祁世長

初三日戊寅　仲山寄直隸卷　欽命四庫三十指作社
本三房已改中　蘭寄卷　蘭來商　予餘來
午後覃星久　但四居寫批　酉初畢　朱
朱子衡來　以浪差遊小市字據未出手要叔利施訓文至一弃　淹孫又於改詩二　對抄知
刻字舖告以未來不及　已換車　衫此寄仍擬
初四日己卯　未刻發　廿刻小雨　詩文刻蘭孫仲山層林三
摺十本並繳　十一房十六房十房十八房卷來
筆及木匣　回三卷此次有皆要得　者卷文王　揆川文來索　印川文王
該要　已刻封十卷及鑰匙　良久乃畢
安硃

立夏申正一刻

初五日庚申　同鍾靜、巫書星、楊俱感冒

安揖回　右臣來以紙索書余贈其海棠詩以志之

張肖岑來　十房　慶笙來　尚有八房

初六日辛酉　怡莊來　巳刻上堂訂三連卷

並印銜名隨釘隨印　文本房加批

十一十三房卷未來　直至未刻曾鍾二

房卷方來　鍾卷光霽二卷尚未磨　靜

臣病　右臣助之也　至戌刻加批來者十三房

未到者五房　此次特遲　嚴東馬茶

初七日壬午　將填草榜十二、十三、十六房至辰正

未來且有未起者未正卷始齊蘭孫中房

將各卷分各省余手自書之草榜中正三畢

請十位上堂寫名次明日事　紉丹、惺齋、怡莊、韋園、松泉次、謀次、方穆、香伯、英

肖菴、郁亭　書吏寫小簽成初六畢同蘭孫小峯、仲山、小

欽子初散　召簡謄錄廿本

初八日癸未　請十位寫名次　午後公服拜監試

同考收掌未發落卷

開發　刻字卅千　刷訂卅千　加罰　供事罰　加罰　監試家人十二千

收掌十二千　妾賞八千　掃雪茶烟聽差六名十六千
剃頭八千　香廚十六千　撒小費八千　共百七十六千
提調大廚家人各六千　請次謀宵睃　諭及榜
寫字　向夜易甲　午後大風　又小雨　戌刻止
初九日甲申　丑初起　候知貢舉提調
彈壓監試填榜事畢後供事齊
謄錄卷面賞正子來到　隨帶滿漢司
員二人　外監試四人　俱到　卯初拱榜子
正指畢　並發謄錄卷交吏會名次

初十日乙亥丑刻家人以車馬來接調與

大廚朱子涵孫王荷卿及滬上差役

及耀廠大黄倪耳送至實初到家

謹俶庵生來 門生來六十餘人

十一日庚戌入直請

安覆命摺由禮部遞 蘭孫辦

召見至午門朝服謝

恩四人到須房考三人劉二沈方鄒鈕丹貢士會元外

千餘人赴宴止考官四人到護

奠大臣崇禮右侍郎寶昌禮畢即行

十二日辛亥入直工加班奏大和門及山東

速議堤埝移民事至西苑門与小峯

商以水利分半与署任蓉于青士丞陛

來付清卿信闈墨五青友姚虞卿來

鄭寄扇對交寅臣乃郎及子原之轉托

共三百四十五分　發南信濟辛譜册振麟碩庭

十三日戊子入直　清廟前電收順助石　官學

奏管學蔣仲仁王懷馨充補　到罷

詒誼卿夫人五十七 以永利千五百文及送蓮軒

十四日己丑入直 順天府奏事 春換完 跋片馳山

東賑 晤簡孫 蘇墻芸趙生杰來 付四十千以二千 與以識 出

十五日庚寅入直 徐李陸吳周以公不入直 胡子英來

派擬鏡清軒等處匾八十餘對四十餘 為伯蓁

[illegible]擇九詒數處請蓮王庫並自致道 屬水蔣伯蓁處

陽書院山長考試差以弟卿同避

十六日辛卯入直 卯初

上諭

大高殿祈雨　到署　永寶來　蔚農送洋玉蘭四盆

十七日壬辰　到廟紅官學會　晤王懷馨、仲仁、政(代可莊)、莊、雲舫、可莊、誼卿、汝翼(眾弟拳起)、雨軒、蔭軒先後到　怕長　訪莘農未到　巳刻散

十八日癸巳　入直　日注差　慶和堂會高同受之壽

蘭孫門　積山　王泳　十刻　海珍　新廟　敷塔坳(昨日東四牌樓十條胡同筆已歷以下)

同西直門外順承王府道(若甚好蘇以下)

前肖生文豈年散　才盛館會橋園舟

十九日甲午　入直

派閱散館卷同李孫萊山孫子授廖徐許筠菴汪
一等孫銘等廿五名二等凌彭年等四十名三等
沈循英等四名午正三散
廿日乙未
派殿試讀卷　恩徐李許潘祁孫翁
二十一日丙申　朝服行禮後住傳心殿
二十二日丁酉
二十三日戊戌
二十四日己亥卯刻　讀新題傳心殿飯

召見並帶引見即至閣填榜

二十五日庚子卯初 到謝公祠李木高（李帥遵）周東泉（李仲約）依樹芸（胡）

上御太和殿讀卷大臣及執事人員行禮

到署 歸第在廣西老館同年（番慶胡）

皇太后賞醬色寶地紗一疋 石青實地紗一疋 漳紗二疋

色寶紗帽緯 摺扇 葛布 燕窩

二十六日辛丑入直 工直日 公所晤福師、黃及清卿（萬筱珊）

汪柳門言太和門事 杜來 付五十 崔琢菴去

派寫北海鏡清齋等處匾對 風石來 弟九儀 星岸、輝等

二十七日壬寅入直　順天府奏請加五恕園界石
皇太后派題蔔萄三幅　朝房晤搏九
二十八日癸卯入直　八旗官學奏陳秉和管學滿
庚期滿　閱發內廷節賞　發南信濟伯辛
麟志暉鄂生　周玉山　廣安彥侍曲園　又致鎮青
又致峻峯　米斂齋　為請和議晨滄事
賞袍褂料葛紗夏布帽緯共十卷
二十九日甲辰入直
皇太后派題蔔桃一幅

張

派朝考閱卷：張、翁、麟、崑、潘、祁、許、許、嵩、寶昌、廖、沈。一等八十二，二等百八名，三等百十名。

申初散。賀卿來，柳門來。

三十日乙巳。入直。到署，遇柳門。工部發電偉如。派中程昌年丈量城樓木植。晤蘭孫。

五月庚午朔丙午。入直。得南信。

皇太后派題葡桃三幅。

賞糭葉餃。遇箴亭，言昨日發電事。

發南信，濟之、瘦羊，墨十本。

初二日丁未　到廂白旗官學龜之罷　王懷可　莊雨軒　請葉潤卿（仲仟）蔭軒陸續到　王雲舫　鍾詠英及彭姪〻　陳梅莊（重和）未到　已初散去　發習二人　徐培蘭（湖北）祝康祺　慶甫〻聞水[illegible]　會於局　賦得文人人　午刻

皇太后賞御畫山水團扇一柄

御筆山水一幅

初三日戊申　入直　到署　過柳門　再談　雷催偉如

請

初四日己酉入直　粤東新館公請知貢舉同考鈐榜內外監試收掌彌封（共卅餘人，到卅餘人，一席贈一席，未開拆）　松江來得　點電　酉正散　頤園已係十日　撰高孝子碑

初五日庚戌入直

賞粽子　中程自昌平來

初六日辛亥不入直

先君冥誕　龍泉寺念經

初七日壬子入直　遇戚寧　到署畢　柳門發　電倂如文總署　子原來　高文翰一錢　戈一錢

初八日癸丑入直 過敍亭 晤柳門 謝客

初九日甲寅入直 昨奉交片郵鄭迎鐵牌

委張邦慶 于良辰蔣文小坡張芳復

洋務局文言龍景昌持大放湖南藩臬

初十日乙卯入直 會典奏摺調延熙鄧界孫基

派擬聞章四字七十餘件 到罷須備物

十一日丙辰入直

派題

皇太后松雀一幅 候持大字良

得偉如收電　寄清卿、大澂、大巖振信封

十二日丁巳入直　工直日。奏呂平城議一摺

派題　夜五初雨

皇太后山水一幅、翎毛一幅　江鶴亭已睡未見

十三日戊午入直　朝房晤敬亭

派題　松中、江鶴留便飯，雨，旨招庭、翡卿，未訪

皇太后山水一幅、蘭花一幅　賞正、介正、承正

十四日己未入直　順天報雨二寸　晤轄九、敬亭

小峯到。罷　晚庚生、林生來

隸

十五日庚申入直　卯正後雨茶點行止
寄封遞交涿州劉竹坡高孝子廟文仲約七並蔚照
寄憲高壺漢草手拓五四本四志録二弋共
十二本
十六日辛酉入直　工部內務府會奏
太和門及四交商單摺子附片安摺諸
拓大本五十本拓　晤蘭孫　張允言來謁
吳濬來　德潤又
十七日無以　至廟黃官學會晤謨軒陳梭

滂喜齋

村俱到，怪而莊仲仁未到。順天府報雨

旨依議。奏派赴學[illegible]李。屬抄錄欽此。兵部尚書著[illegible]補授[illegible]中[illegible]等

十八日癸亥入直，卯初

旨賞收。欽此

上祈雨大高殿，相題蘭孫、[illegible]子禾、[illegible]世卷

小峯到，[illegible]點中

十九日甲子，查廂白旗學同人及翰林

官陸續到，午初散。范[illegible]于文[illegible]

[illegible]籍鎮[illegible]二吉到。工加班當了見注[illegible]

二十日乙丑入直。[illegible]

上用膳辦事畢還宮　上直日　發南府諳　畏飛不二根
濤辛蘇余抓　挹世九十九度
二十一日丙寅入直　高麗錢牌刷光明叚　派宮出也
派題
皇太后牡丹二幅　畢
皇太后賞普洱茶二種　夜亥正雨
二十二日丁卯　晝正往學胸逛莊大兄來
到午刻散　雨未正　冠生來　主楚之南藏
二十三日戊辰入直　丑正　順天奏雨三寸餘

夏至未正初刻分

上詣

地壇　到署　夜雨自戌至子

二十四日己巳入直　大同鄉公請剛撫軍未赴

館未到

二十五日庚午入直　順天府奏雨三寸有餘

又糧價一摺　又修理貢院一片（工部奏修理貢院……一摺）　朝房晤

持九到　俞曲園書寄十幾本

上諭廿七日報謝　請獎一摺奉

上諭吏部議奏

小

滂喜齋

二十六日辛未入直　到署　派夏守所　派□一分

遣右差　江蘇館同鄉請剛　接劉

臬未初散　時九　派送錢課　康時雨　大雪

二十七日壬申入直　丑初大雪雨　冒雨入直

進西長安門　西華門

派

恭代

上

親筆御對　龍神祠扁　宣澤普霖

行至雨止

二十八日癸酉入直　順天府奏雨甚足

許祐身　王廷紱　夏時泰　會章　高涵和　含英
李硯田　屈承棫　劉允恭　薛賀圖　魏秀琦

持九送錢粺請訓，並之西長安門。

工直日。送持九席。

二十八日甲戌。入直。蔡恒來，留印。于文光送辰

派寫二新加班真草以花跡工程

皇太后畫壹屏一幅、菊花一幅。于文光

送汀來。持九送錢粺仕勘驗

六月辛未朔。乙亥入直。到署

初二日丙子。入直。熱甚。薇南辰文伯

武鯨敷霈泚頌乾竹年食八件並茶　楊氏世丞

譚碧珊石華辛芝叔蔡 榮心莊來
初三日丁丑入直 朝房晤蔭軒蘭孫弁手
摺八劾劉李荷 榮心莊來 繼伯來
初四日戊寅入直 朝房晤偕李蘇庵
引見 伯武歸 賀繼伯子完姻 到東 心
莊來
初五日己卯未入直 榮心莊來 陸子青
招福壽堂 申初散 王同翁 鼎福
初六日庚辰入直 朝房晤蘭孫叔平壽之

小雲　小研　本科國報同鄉兩由前月初八以
於本日未正到楊柳川
初七日辛巳入直　工直日奏
派題
太和門匾子並右翼門二件
太和門匾中
派
皇太后菊花一幅
派閱優貢生七十五本　取許漢宗一等廿名
二等廿名三等二十名　小莊來
初八日壬午入直　晤蘭孫　小莊來
未刻雨

初九日癸未入直 卯初

上詣

奉先殿 以蔬菜 為洪右臣擬左文忠公謚 辭 序 四紙

書 皇

初十日甲申入直 同考公請粵東館中 張樵野 侍郎 八

初敬 以蔬菜乞分兩弟 送孫協揆兩兄 伯

十一日乙酉入直 呼子昭來 以蔬菜 和朱叔

讀大學月之庵 寫扶安雀翁 作子授奇目

十二日丙戌入直 為蔡典衍試

添 孫

恙

澂景堂用箋

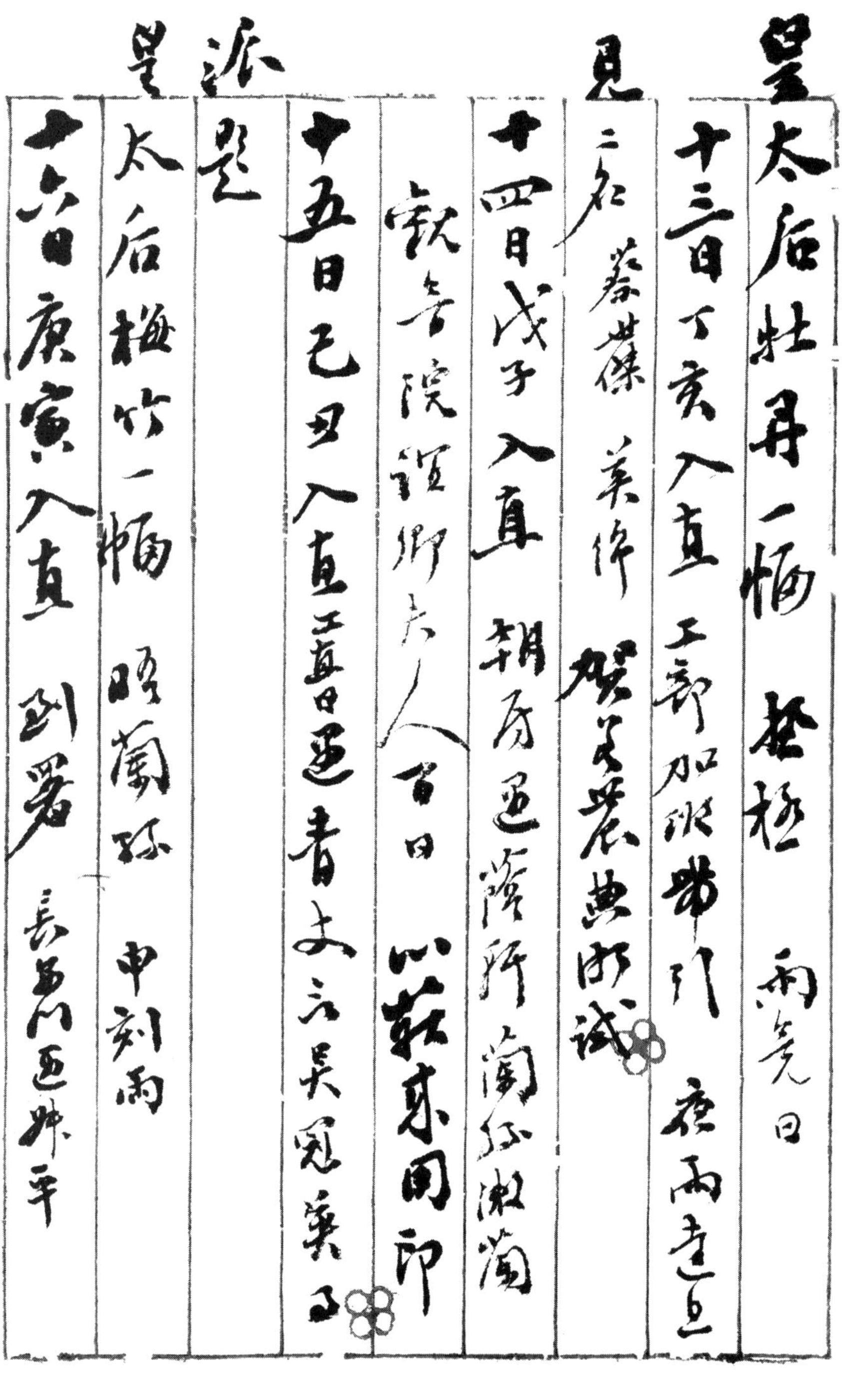

張濟輝

心蓀來昨歸　蕅卿來

十七日辛卯　謨紅夜學會晤照莊、譚卿

先來蔭軒尸人請到巳正散　心蘇來同譚

十八日壬辰入直　心莊來用印

十九日癸巳入直

上只安看方請　心莊來

安　晤蘭孫、挽九、忠臣廟還嘉興寺

送佛如家帽儀仿文叔華廷　清輝益送硯

芝楣女

汪鳴鑾一万六

十九日甲午入直。看方請
安。以蘇府本　夜雨。

二十日乙未入直。不看方。髮逸巾。有雨。

上已大好。朝房晤協九、生沛。

二十一日丙申入直。順天府府奏事二件。陰雨。

歐陽平叔來，付穗以寨方伯託。

二十二日丁酉入直。工直日。月摺河勤楚之。

公衆停。寶和一刻到雲集安門。甚雨衣之。夜小雨達旦。

廿四戊戌 入直 細雨辰正晴 到署

黄南坡 清卿吳 英芳 章之 竹年 齋 芋 蒙高志拔

上辦振民 以星寉

二十五日己亥 入直

派寫

養心殿貼落一件

寧壽宮聽戲 巳初入座 申初散 廿三刻

羅貽寇 任壺天 招柳門 唐生 屺懷 鞠常

達寓 酉刻三分散 夜雨即止

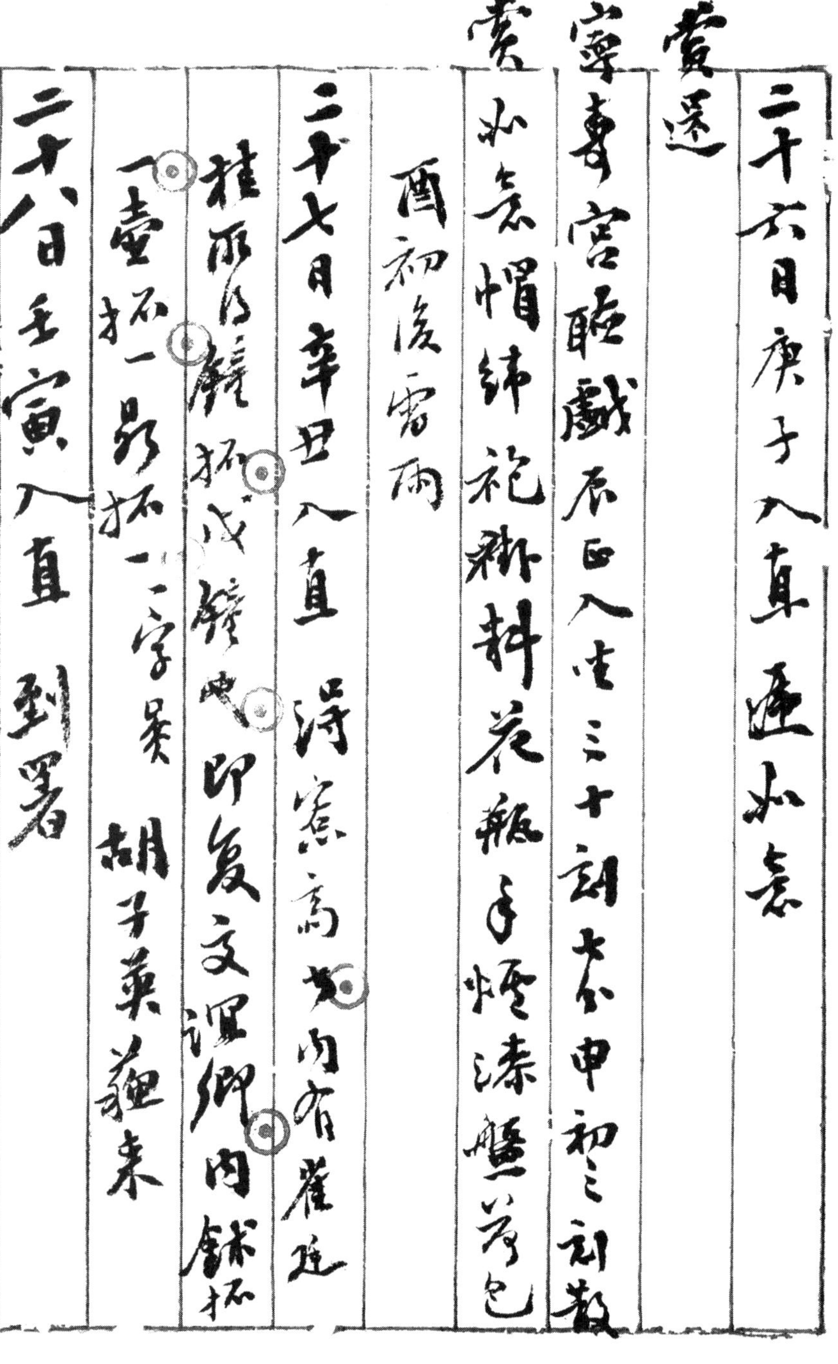
二十六日庚子入直 遞如意
賞還
寧壽宮聽戲 辰正入坐 三十刻 大分申初二刻散
賞如意帽緯袍褂料花瓶手爐漆盤八荷包
酉初後雷雨
二十七日辛丑入直 詩盦寄來 內有崔廷
桂所得鏡拓 戊鏡也 即復文詒卿內鉥拓
一 壺拓一 鼎拓一 二字奚 胡子英攜來
二十八日壬寅入直 到署

廿九日癸卯入直 小雨 晤蘭孫 送續考

西園讀語古偶 清愛堂款識 百漢碑硯齋所

未申間陣雨三次 相來如行 尖尾解六子原來

夜大雨達旦

三十日甲辰入直 雨不止

上看祝版 花衣 乾清門侍班

七月壬申朔乙巳入直

上禮成還海淀 答搏九

派順天鄉試文監臨 慶和堂 未孫

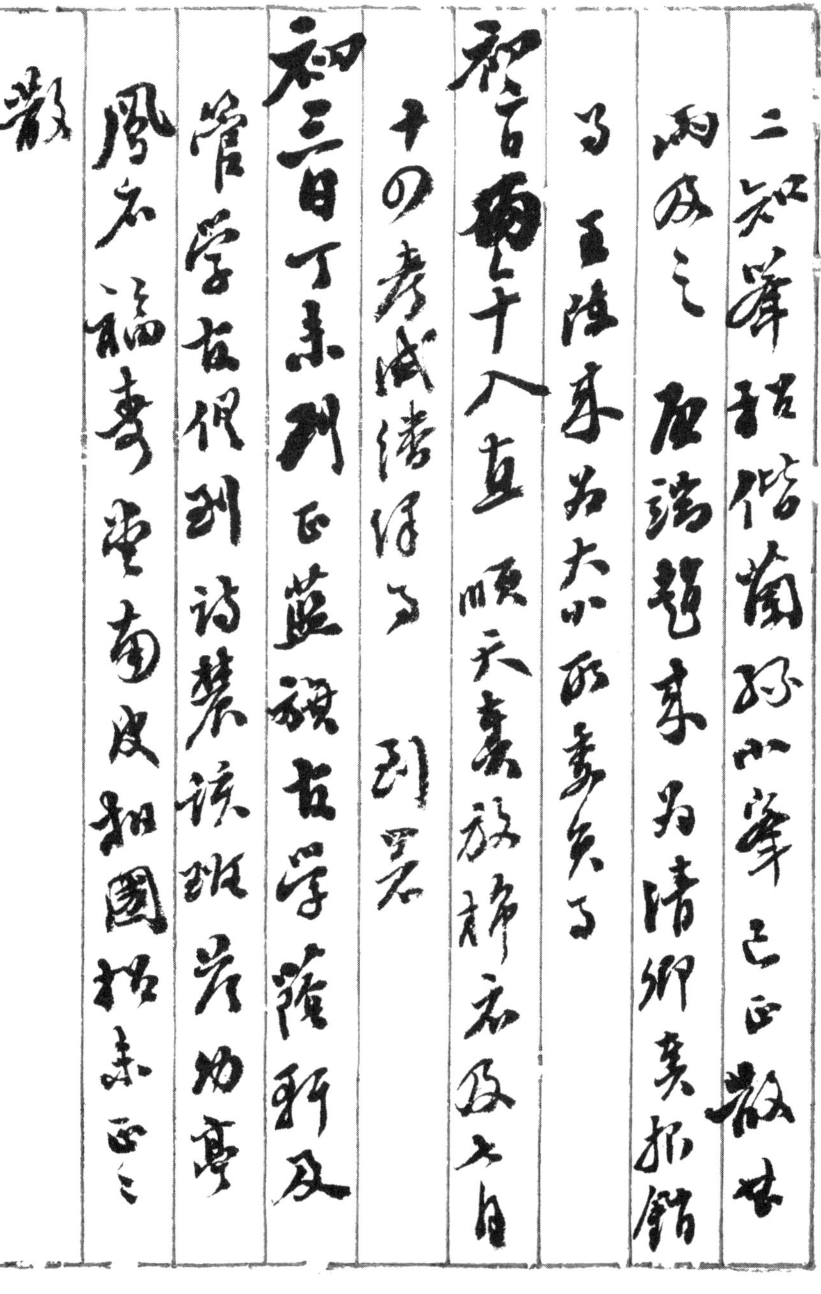

初四日戊申入直 工直日 發培卿信 派三四一房
叢南信 鴻〻辛〻竹年譜 聚振民碑危
泉孫 送子宜研 袍褂 燕菜 鼻烟 茶爬
送臨爾楹幅 送甸侯書 松等件
初五日己酉入直 復文彬平 遣送蘭孫 請
監臨印事 子正來 面吳榜 松 大醫出去 枚大雨 林楷庠生
初六日庚戌入直
派寫
辛未同殿天發星石

張
王

天孫織女爲渡星石神碑　到署　發蘭蓀
發電報辛濤祝花龍尊俞丹
尹彥鉌　辛亥入直　時微雨　辰初後食大
送尹子白助庵
初六日壬子入直
發下宋人戲貓圖　適養斤　到會典館　畫者廿七光
清黄忠五艘之信　劉省源翁頑香清莊
書朱行步以篆增加謬　寄吳廣堯鼎文瑤瑤
初七日癸丑　甄別金臺書院　散卷一千一百卅

立秋 酉初二刻 二更

本處會偕玉亭于文光大長二郎偕北琢王屯

詹房義寶　已行散

初十日甲寅入直　會典館奏畫圖功課

派題　管仲錦文虞生內擬安立幅

皇太后畫魚詩堂二幅　劉署　醋君

已音　日南辰　以偉兆臣文静尊　意友過寄　老鶴

十一日乙卯入直　內閣中書兆光　官學奏李亦禮獎

敘　裝南辰　滴章　送孫子福璋端幕

十二日丙辰入直

上出西苑門上直。晝日補褂侍班。清卿未到，嵘蘭

班。潘祥年、等度岑、秀夫來。

十三日丁巳。入直。

派寫北海得性軒、得性樓、真曠、雲岫、清長流、小崇椿

抱沖室、詠鏡室等扁八面，聯五對，扇面

桂樹、芙蓉、葉楓、菊花、芙蓉、荷花、繡球一

到。罷否

十四日戊午。入直。丑刻雷電，冒雨而行。

工部加班帶慶元、陳閣、寶福帥引

見
十五日己未入直　卯初
上詣
奉先
壽皇殿　申初雨　夜雨達旦
十六日庚申入直　到署君琪蘭孫
署伯仁霍峯子余連蓂　樾岑西圃　蔭軒誦儀泰
送蔡手鬯以藥娛樵新畬　六圖跋
十七日辛酉未入直　正紅官學同人僎到

巳正散　劉樸夫乙酉副

十八日壬戌入直　微雨　訪月樵，為周

楙樸壽詡高庵　李祖庵寶章二方

以象外狂也　楷味軟耶少蒼促之

十九日癸亥入直　夜中雨　時作時止

辰間以雨不已　到署

二十日甲子入直　工直日　順天府奏事

胡彥明持九

二十一日乙丑入直

派題

皇太后畫歲寒圖一幅梅花一幅 晤承季蒙

仲華看月江楼移書 順天府 祝挽

孝來詢保

二十二日丙寅入直 孫蘭好

二十三日丁卯 繙譯場來日查貢院之路

藻熱

二十四日戊辰入直 出城黃花農爲伴

午扶柩事 出城文彝平貢院設

辰刻虔 心榮林拜坡小筆店 趙野琪及不到

二十五日己巳入直

派題

皇太后荷花一幅 到署 送外簾嚴

庚辛改李岳瑞以後派外簾存

記獎勵 仲韜交到趙野家君三方

二十六日庚午 偕文炳平查貢院 赴

南皮宅觀劉 松壽等來爲題扁沘

字

二十七日辛未

二十八日壬申 至子元處作伐又至全浙館

李氏昭居錢聚之如意子原 再至許家

未正二散 風不休十川

二十九日癸酉入直

派題

皇太后扇二幅竹一幅 會典館看書十卷

到署 晤蘭孫 復樹坡雲楣容志

八月癸酉朔甲戌入直

初二日乙亥入直。龍泉寺庶母張恭人念經。觀音院吳清卿夫人，初四日南歸。
朱璋、啟來、文德以峯信（文甚寄）、頌閣札。
初三日丙子入直。謝柳門廣生送處所吹臍。石均不晤。晤蘭孫、清卿，即送行。以南信。
初四日丁丑卯刻查貢院（周涑五字），已正散。仲午寄張恭人柩歸葬。發南信。章濤譜穀。振伯我象硯。杉亂來為墨，託江南文戶。子木撰去詞高信，以耕娛悻所為之盃。文子函。

初五日戊寅入直
派
蒿代
皇太后賞醇王扇一面十二言聯付
上送醇王扇一面十一言對一付
賞慈寓　到署　晤蘭孫
初六日己卯卯初入閣　修詳益昨日記
初七日庚卯　辰初出閣　蘭孫來
初九日壬辰入直後　得吳到遠來見
命請

端方

片

安

到署 張蘭孫 閣讀 內廷節賞

二十日癸巳 入直 朝房遇霞圃 蘭孫 子爲 仲山 禮喜 以電談許久 答鄭小村 送以席

二十一日甲午 沈寶青 孫彬 欽書汀又蓀 宗彥

二十二日乙未 卯初入閣 巳正出閣 榮受之 椒村欽

劉次宗 蕃之 復仲飴 西政張南浦 誠子方爲

徐伯音 傳德 文姓子宗瀚

二十三日丙申 入直 工直日 赴候內閣大挑 彬緯 爲松泉

木植一摺 彭雁湖 陳南浦 澤

留中　晤蘭孫　查山江司任朱子涵署順義
有准免稅　得佛如電送蘭孫看
二十四日丁酉入直到署　以佛如電文抄寄
似庵　向承使要務　徐壽蘅招觀劇
湖南館　未初到　申初歸　遇子青小山暮
小山村持九世雨及之　申刻雷雨中
祈年殿災　雨竟夜
二十五日戊戌入直　順天府因招又振山東旱
一斤　辰刻同藏亭曼階受之　柳門上諭館

逌言齋

陰作　仍小雨

太和門工程　庭桂石　蔡皮石孫庭　二表校陳惕庵

二十六日己亥入直　壺天燒鴨　晤廣生送物

植　燕甫招欽劉祺芰郭張孫榮師唐

頌持但在不及探唐先行已申刻矣

二十七日庚子入直　答功樸賀安圃訪蘭孫

不值　換羊袍褂

召見

二十八日辛丑入直

諭覆勘鄉試卷 到署 李蘇霽來 晤楚卿兼鄉

三甲新放雲泉 者鶴、海樓、季傳、南浦、汝

先日壬寅入直卯初二 望棠代看文字 星渠諸君差

上看視紙由書局海 不待跪至刻 劉竹坡訪成子評 高季

上祭月壇 吳柳堂、淞翁、管木、吳文荇、孫枷孫

清秀樓閣 清河道

三十日癸卯入直

諭宮寶運畫計二百餘方

九月甲戌朔甲辰入直　工直日　出所遇
箴亭、柳門、受之到會典館　晤蘭
孫　華承澤云淑石在滁入浙江所勝錄四兄
徽厚堅赴都之　四對　李榮洗綠川之林發信　午濟之蘇　於謳
初二日乙巳入直　正黃旗會考八旗一百廿名
鄉試四十四名不到者廿四名　會後時補考
初三日丙午入直　王肇鋐　任蔣穗赴靖　遣足八葉　端方
來信論新年查估稿
初四日丁未入直　順天府奏審訊坛云戶孫

榮給敖達外王給外三人林八十擬上了一个月

一掇李朝房送拷九是日考鹿俶麟李嵩

段杖伯抑詞
月修修修詩詞南信　封筆代書八體岩　黄士四瓦　羽吳高老　乃好林女

初五日戊申入直　到署僅一刻天段查他

承修各招　茇翰信　午後浩廷振

初六日己酉入直　韋國安小峰信　江維東　於年鶴

初七日庚戌入直　送陳耳大醫茶葉李卿

之孫午

初八日辛亥入直　子元來　龢道兩年

之子號仲芳

初九日壬子入直　工部具奏　祈年殿查估各

殿又奏太和殿等處石階之工程

派

派福錕查估　太和殿等處石階及庫房等處工程

派

朝房通仲華文　咄若來　隨帶司員及同木廠帶去算

祈年殿工程同龢等又昇河工程一摺奏

旨

著管理大臣查勘修理

初十日癸丑入直

十一日甲寅午後帶印入闈

十三日丙辰子初出闈 遣人詢村平五十一到上海 因風大未上班
十四日丁巳入直 復 出所畫送芷蘅孫子壽挽 陰軒出
出壽蘅小雲寶園藏亭
命午門謝
恩丞順天府借主考雅瀲飯於持九已物泡
闕謝 華人到者李鳴鄉張鍾藩之人
恩三跪九叩禮禮成一跪三叩禮
朝審未到班
十五日戊午入直
派代

御筆頤和園等處匾卅四方　壺天燒
鶴亭　赴拈大仲華招飲辭歸
未刻　中伯權　寄朗齋信　年廿付之
十六日乙未入直　送仲伯權八色並朗齋信
派代
御筆匾卅五方　朝房晤蘭蓀星叔高澂扁
刻器　送李芸敏八色　送聶仲芳席
十七日丙申入直　上直日
派寫頤和園等處匾廿二面　懷小峰

十八日辛酉入直

派寫頭和等字第十一開

蘇長公星鄴佛上寶樣小令 沈詠鼻工經 拓持九峯園書叢

李 潤鈞過鳳石小飲 也花司馬九人李見

十九日壬戌 到廟蓮甘學 訪博器兌碑 訪蔣嘔

莊西軒梅村鍋之 藍所先以到 彭王懷

蔡蔣仲仁丁屋 蔡仲仁題 蔭 磁鐵 竊 杖 撰送王屋

仲仁撰請幼丹罷 賀鶴鄧五十送如意

二十日癸亥入直 壹天好時 到署 晚閣

[illegible]

發遣人開件手　付劉撰翊高信　付

彭譜劉獻夫信 許向道 符華園小峯信

付黃光岐為張子俊為閔子良信　信劉竹舟

楊蔭北來　松吟濤招觀劇　辭

二十日甲子入直　順天府奏王之春除封印

張之洞請封請將臣封及照修分交議處

竹莊蕃奏　新年改期年刻動工攬之　又

付盛亭函　付蔣仲華耕煙信

太和殿

中和殿
保和殿
熙和門
協和門庫房及國史館磁器庫等工查估
二十二日乙丑入直　芷庵約以所議　答芷庵
二十三日丙寅入直
召見　到署
二十四日丁卯　司員十八人　工匠十五家
祈年殿動工　欽天監擇吉時偕芷庵前

往閱朱卷本日午刻到齊

二十五日戊辰入直

派閱順天復試卷一百二十三本每人十七本

麟李孫潘徐祁廖吳徐王午正散

陳秉和來 夜大雨 以宋文契共八刻 嘉樹

二十六日己巳入直 晤戚亭知同李

寄查辦事件 寄張公東 賀蒯節殿 以褒

濟拓本二百五十張交刻 出三種 贈節殿

又徐緝之交 派松種查辦摺 派成安 斯年 福樹 晴岩 康民

霜濟 十家 來函三函

二十七日庚午入直 丁崇雅等了麐林 錦仰寄 高邑鑛鉞 武進俞文銘啓

派題 順天府奏請粥價請補月摺 鄭州某某來

皇太后畫扇二幅 奏又代寄戚再發行

是日上還宮 禮部朝房大臣坊府寅正卯不見人而回

薄雨燭送畫 林平來 送蓋季度紙箋 松壽二百作題

二十八日辛未丑正起 牙痛 貴院以所刻郡縣志

恒恩萬旋到 卯初以卅兩龍門捐橋十石數已

辰正 晚歸 平函星叔

二十九日壬申 卯刻赴外火器營 昇河[illegible][illegible]

曾鑑 孟丕振

正歲亭以泚讀卷來到 自此二孫稿看

玉三孔植于刻歸

十月乙亥朔癸酉入直卯正二

坤寧宮吃肉到會典館閱書十卷到

署 殷秋樵來 王心泉來 李存漢 復清卿 公拆銘

初二日甲戌入直 工部帶引 傳訊劉、回時掛

見三名 文明 陳恒慶 溫肇植 瀾人蘇來

初三日乙亥入直 三所晤歲亭面商印手

書文松龍房於申刻到福宅

萼書衣司

為庭笙題海谷人文二冊，內一冊為文毅寫本

初四日丙子入直　仲午弟到京

上至箭亭武殿試技勇　三所晤箴亭、高

定奏稿，初六日畢奏。許仲韜、子原、梁經

伯、許寶業、洪棣華、仲午同便飯

初五日丁丑入直　武傳臚

上御太和殿朝服行禮　朝房與箴亭、高定

奏稿，明日入奏，知明日　賞壽派武備院

卿文廉　許、梁、汪松經來

初六日戊寅　巳刻

上還海

上派武備院卿文麟

賜壽屏一面、匾一副、福壽字一方、壽佛、如意、繡花大卷八、小卷八件

皇太后加賞長壽字一張、福壽字一方

御筆賜款畫松一件、如意、元寶四錠、繡緞二

閃緞二。巳刻到，恭設香案叩頭祗

領謝

天使。蘭孫、柳門屢不離座。是日覆奏崇

文一摺，內廷言以恭迎

天使不入直。未初禮畢。

皇太后賞帽緯大卷小件

恩旨己卯入直 是摺尚

皇太后 受之 劼剛來

皇上具三摺 尚碚卿 睦蘭孫 子濤來

初八日庚辰入直 陰天小雪 到署

辦事後

上還宮

初九日辛巳入直 陰天小雪 仲華

受懿 尚友來 翰歸

初十日壬午入直 辰初二

濟南電為水災印後

皇太后萬壽慈寧門行禮謝安午

初歸　賀星叔仲韜仁師孫女于歸李子和之孫　夜半雨　送吾山禮淵豁

十一日癸未入直　玉陛搏九開撤請假

壺天少晴　雨成小雪　送壽門食物

杞樾為尹仲彬恭保作序　裝訂詩

竹譜蓮高培卿廣安承孫碩庭陶民

振民滙信內百廿元寄秋姊夫人共廿十二

漢研皆三松物　雪盦下盦大

惲彥彬來為小災事，告順天發一千。詩謝其信為小災事

十二日甲申，入直。雪未止，順天報得雪六寸。

蘭孫之子熊兒放定，詣老夫人正賀 [illegible]

南館。陳赤人來，為江浙賑。仲山來，長談。

十三日乙酉，入直。壹天少坐，到署。

十四日丙戌，入直。順天府奏江浙水災捐

各一萬，藩指千萬，請假，奏請飭行撥

辦鹽務，亦宜奏

旨著照辦。賑捐一摺，存查。

吾老 未初二刻

少分

旨欽議

十五日丁亥 巳刻入闈 主考 頌閣 東甫 譯麐

子高 外場監試 納清阿 英樸厚之 胡泰福筱卿

張炳琳書樹 內監試 官亮 何榮階 內收掌 李

有紫 王得祿 外簾 吳海 楊森 李燦堯

張桂林 本日提調監試會核名冊

得工部年指千廿分江浙振印狀元 與以閣東

甫西肯川文兵部问中殿省標頂定

戌初封門 用戳記 提調監試會同戌入封畢

共六百廿五名　晨微雨

十二日戊子　寅刻起，卯刻呼門，進生員六百二十五名，巳初刻叫內簾門發題。四圍監試法史於孫封股挂字另刀不頭二三號及雙學好親筆挂字，何不倩手書吏。去年成試誤挂挂段，誤中三十六名也。張春華（甯宗國）自稱孫振華，問其三代均不符。振華嘗是未到，不知老票因以其振華手

也。王世臣一老乃洪中誤擊，即令夏正（別字圖）（王西莊來，帶吳象濟補）

大風晴。午初放牌，未初畢。子高

及受卷吳楊（受卷）幽闌鬱、孫封四圍照

試直至子初方畢，開門時老眼已睡矣。

十七日己丑。甚冷。夜受卷孫封官出闈。

為人書聯十餘分。

十八日庚寅。送車馬錢，內簾堂皆

揭曉。至以覺明日姻移，去順天府

兵部文，部今年來問，令札洪中照（有考成年）

廣陰陽學分護印請錄等差大

黎明入闈　看御錄香安摺覆命

摺題嗜漢司記功二次工房司抄如

枚等照十年記大功及拔貢分等獎

勵　飭共四千千

十九日辛卯　卯初起　卯刻詣印球　中遂

前日所閱西言　午刻叫門　已初進內覆

填榜串　初畢　校對御錄　戍正　中古六十八

畢　寫南院清單　藏榜寔進　高內監出　中古六十八

闈門發　此須早叫門以讓寫御錄也

二十日壬辰　寅初出門

二十一日癸巳　入直　監臨後

命

派題

皇太后臨徐家霖繪桃一幅又仙人松鹿一幅

若子禾

二十二日甲午　入直　三直日　尹仰衡

筱滄診　馮培之　小峯診　彭孝君　筱滄

診

二十三日乙未入直 到署 拜姑家送 滬三百一万斤

重刻李東崖城圖及此

二十四日丙申入直 順天府糧價月摺

附片聞以榮身祠請免候旨

二十五日丁酉入直 大葉同奏派監臨

大葉 派潘昆 劉少皖 孫蘭孫

劉聽藻為其父求撰誌識調滕氏為

函復謝之

二十六日戊戌入直 海之撤於二十五矣 寄以陳

何有於承君

派題

皇太后畫九芝枸杞二幅　借藏亭處

三嚴畫借一摺　借蔭軒處　正白二廟白劉

以源意劍中發學一摺　朝房晤蔭

軒又晤藏亭（託邢羊皮樣子）姚年子接　車前象。

午後陰霧　天暖化凍

二十七日己亥　入直　雲溯來送以點心二菜

三　孫玟請茶　送說

二十八日庚子　入直　滄

二十九日辛丑入直　到署

三十日壬寅入直　工部帶引

見街道廳麟趾　周天霖等八名　江槐

庭補郎中　委員吳京培萬中

[illegible]鮮木引見以候補班補用　遞

摺錯誤與小峯皆交部議處

十一月丙子朔　癸卯丑正入直卯初

上還宮　內廷不讌　記補褂接駕換

貂褂　韓保楨　慕濂　孫楫　翁曾蔭　裕誠

初二日甲辰入直　以雨　寅正退直
晝天少晴　天明以賀仲飴
晚搏九擔香儀
初三日乙巳大風冷　翰鮮　卯正至學
會陵叔平同到　卯去　劉幼丹　陳梅村　長
詩蒼　高魁　勝手　和侗　但未到
初四日丙午　查正藍官學　劉陳先到　長
詩蒼長允升　江翰清　高魁　吴玉軒　續
到　福林官陳暎到　王順莊生卿及六福林右

恩

均未到，午刻散。芝南、徐廷高、又芝南

張清辛、譜藹、鄒議，省留准抵錯

初五日丁未入直。引見時，礁研術

晤蘭孫。詩彭頌田，皮統

初六日戊申入直。鄭長仲、詒葛、壽錫代致

來。廷寄咏此多，益派王將軍赴通

弟子漁來署，北回也。壺天少吐，天假未假

初七日己酉入直。壺天少吐，天假未假以

蘭孫函示壽幽農

張聯恩　潘駿

初八日庚戌　壺廂黃旗官學長允升先一日到　王鵬莊生卿劉幼丹來到翁林皆以陳清洪俱來　廣惠寺楊渚石開吊

何師范文清卿陳芙生俱答信行手寄

初九日辛亥入直　工部直日　東西陵派恭派

壺天少坐　付濂驗以嚴鈐青信李盤瑩家寄信

初十日壬子入直　壺天少坐　到署

范先彰病請開缺助以六十金

十一日癸丑入直

派題 子英來 讀廿一鍾錢錄五

皇太后松鹿一幅 桃猫佛手一幅 天安门

麼勤未去 晤蘭孫 壺天少坐

十二日甲寅入直 官學奏教習傳吾康

二次期滿四年歸候補班用一摺

壺天少坐 手夏值卿衛說世辭

潘驗舅樸庭 送潘璞庭岑名彬

十三日乙卯入直 會戶部奏東河以稽核

雨芝減存款准一年　招　以臣應請指
手片　文風石
十四日丙辰　火蘇商濟男勳復欽照臨
大葉已剝散　蘅振仲華二首
十五日丁巳入直　以仲華二百字風石　壽蘅
又代壽箴　晚經藝男　壺天少生　到署
孫壽臣　和仔季和門生　和分順去　帶劉滋楷男　江苞門生　門吉以民
十六日戊午入直　吳仲飴引　見　振芬　振千先
又虎轅手片　壺天少生　為仔國楨　黃廷守

合肥信覓園子也　復壽月汀又瀞東函

紹齡之派　徐國柱　黃□覓園子取合肥信

十七日己未　入直　出後訪晤　上葉鞠裳先生處

葉四方　銅爐二方　發南濱梁炸之子若極送

廿八文高之文竹年麟　張附說大奉章

十八日庚申　入直　到正藍學　梅村先到季超

訪農蔭軒雨軒　飽之以次到郎莊韻濤

到韻濤先授翁發學　子將翁

十九日辛酉　入直

長萃

召見於乾清宮

二十日壬戌入直　順天府奏拿獲高二姓一犯　七件　內辛

會議　壺天少峰到署　大冷　復頌閣　請假年

二十一日癸亥入直　大風冷

派題　同六舟到

皇太后賞竹〻帽　若農後命

二十二日甲子入直　冷　晤孫分尊若

若農　經伯來　文仲如處　陳佩依號

若農

張肇鐄

二十三日乙丑入直 壺天少坐 邀仲飴
吳幅卿屏藩吉多吉偕金蓮舫蔭蘅
鼻煙袍褂料 閱其第五月也 吳劭侯作昔 三讀
二十四日丙寅入直 六舟並見 壺天少坐
到署 晤蘭孫赤（？）輩二支吉
二十五日丁卯入直 昨閱請假者 王直日
會典館 十卷 訪劉岑謹承杉香
湛田 曼伯 謝星海 袁華坡 鎮南 李芳柳 晴
階霞 稚三 聖堂 漢青 高袖海 尚碑 楊文仲

館、廿六行

崧鎮青、李穀宜、年、文夢華。手覆謝高
贈以箋、素。高研仍擱。許林同見謹陵為連言新士院
二十六日戊辰入直。遲至時許初三起風吹
發南信。文昭招一席，章濤作諸
麟振氏、慶安、彥侍、培卿、瑶卿、
頤庭、鼎好、芍莫、韡甫、燕庭、西𦉨
二十七日己巳入直。順天月摺。小舟蘭於朝
房。壹天少嘆。雅實自陝來。小舟子來
二十八日庚午。午年初

上諭

天壇齋宮蟒袍補褂侍班瑞德堂燬

臣柳門若農鳳石臨時辝者炑平劼剛蔭

軒壽泉假不到者頌閣翮臣來初散

藕來付六十兩庭吾泉二函又十又廾仲飴辝行來日行

立冬夜子初初刻

二十九日辛未入直

上寅正行禮卯正還宮午初至南海

十二月丁卅日壬申入直

派代

屠義容 張兆珏

劉竣 聯福 吳重憙

邾聯薇　劉心源

上開筆恭進

皇太后吉祥四字五分福壽等五十方

壺天少坐　同蘭孫赴蘿軒招

同錫之伴筆

初二日癸酉入直恭代

御筆龍虎等又十三言對五言對長壽字

天佑皇清等件　工加班帶引

見三名　崑假　晤搏九六舟

初三日甲戌入直恭代

滂喜齋

御筆福壽字等件是日畢壹天少坐

到署

初四日乙亥入直 工直日 奏事四件

賞[illegible]佛龍泉寺禮䞋

陸太夫人七旬冥慶 王家陸及孫生社庭

璞汪絕卿汪柳門來

初五日丙子鑲紅旗官學會晤蔭軒可

莊興莊允升詩樵幼丹陳梅村清讀

到雨軒以疾辭高勉之達到 王衍

觀〻玉副樵芳正甫　邵濤仙高安甫
才号段大送石书菜點
初六日丁丑入直　順天奏　賞谷些請
賞朱石文揆石芝千餉件叔護事以同銘與
初七日戊寅入直　吏部下處順薩孫
子高錫蕃与蔭軒商請廟蓋碑
學古請紫峯卿太史慶護卿來
滿午　臺天少吐　曉蘅孫
初八日己卯入直

賞臘八粥，連年皆

賞袍褂料各件，李大少同。助張雅孫五兩。

初九日庚辰。入直。

派恭代

上進

皇太后珠宮頤悅扁，百五韶光增閏策，十千壽比芙蓉七葉一聯屏子，李大少同。燒鴨麪各蒸，鳳石、可莊來留飯，巳初

皇太后還宮，隆宗門外百跪接駕，蟒袍補

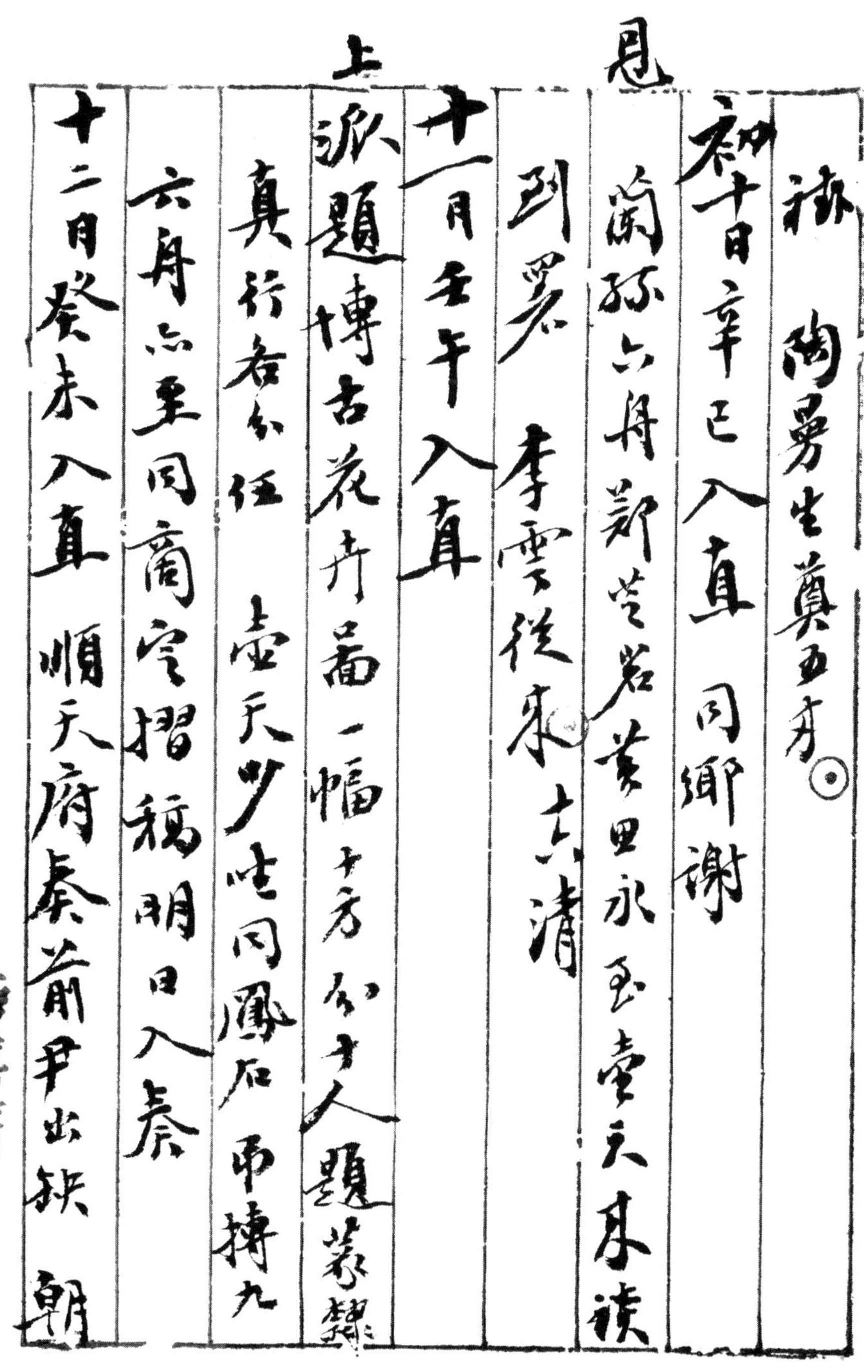

補陶勇生奠五分

初十日辛巳入直 同鄉謝

恩 蘭孫六舟鄭芝岩黃田永至壺天來談

到署 李雲從來 十六清

十一日壬午入直

上派題博古花卉畫一幅 十方 分十人 題篆隸

真行各分任 壺天少吐同鳳石兩搏九

六舟亦至同商定摺稿明日入奏

十二日癸未入直 順天府奏蕭尹出缺 朝

房與六舟長談　邢晏生五十九，長椿寺中徐鏡蓉侍郎季和之弟邢師母

十三日甲申　卯正赴先農壇辰刻

御來入　畫洪王、丁小雨　工部員外注善引見

神奈到[illegible]六舟左候，觀[illegible]賀[illegible]

董[illegible]和來，吾翁軒送正翁朔巡

手[illegible]清卿、[illegible]李次青

胡子英來

印泉、周石來，王[illegible]請[illegible]

長少白[illegible]

小寒

十四日乙酉入直　晴天少雪　到罷

以少白所贈瓦枕示廉生　復胡耔五

交大兄百金以備持九要古錢之用

又付子英樣五十　繆作工續修書　蔣桐瑞送唐已交五　郵子昌蔣代辦

十五日丙戌入直　風石未到　晴天少雪

再復清卿拓本十分　又復清卿

贊廷作散盤大字不到　三函　陳次僕都統

復劉鶚丈函謝　趙子俊來

十六日丁亥入直

賞福壽字引
見。時碰頭。順天奏報糧價月摺同封印後
不復奏矣。朝房晤小舟，坐天少坐
蘭孫來談。福壽字子青丈招
先至庵生處。福壽字中初散箇上
席散
十七日戊子。廂藍官學會晤，久坐，先到
幼丹、諸人陸續偕到，蓮軒、勉之後到
午初散。李雲陔、胡子英、吳藕來

十八日己丑入直。壺天少坐。蘭孫來。張景蕃年敬千金辭之。到署。明日封印，辰刻。派題皇太后畫長春畫三幅。題子修東花扇。

十九日庚寅入直。是日辰刻封印。派題皇太后畫長春畫三幅。壺天少坐。又茗以少農封印來談。訪蘭孫不值。題求為氏枕花風龢集楔撰

求甸浦三兄付之　張星吾兩兄吳丹君楞峯等正

賞袍褂料帽緯一匣　趙子俊來付千兩又收什二百兩又以諾

二十日辛卯入直　壹天少晴

會典館奏事　請至圖上添派多員

官學奏事　長大徵撥留襄派榮慶

趙子俊來　又付一千　共欠四百換云可以不可　不保

二十一日壬辰入直

派閲　胡子英李雲從來

皇太后親書大壽字一幅　親書大壽字一幅

賴永恭 榮慶

時〻兄書一幅 壺天少作 玉川天台
壽椿九幽主 紅豆以寶層石 自遣不
五十金 又以餘費去百金 錢四千二百作為紳
款 晴蓮送賀 董芝舫 熱晴岩 蔚微生
豫東屏 振恩 庶完 姻兄 號爵梅

二十二日癸巳入直
皇太后賞大卷八件 貂十張 袍面
賜蓮軒 甘蔗子高 出蔗 均往謝大
睡蘭好

二十三日甲午入直

派題
皇太后畫長春圖一幅靈仙祝壽圖一幅
賞黃米糕
皇太后賞福壽字長壽字
御筆長春圖一幅 壺天少生 劉署
明日加班注戳冒
二十四日乙未具以摺函通 文芝農道 唐子商
具
工部加班注戳冒 俄國報年戳冒

謝裕楷 謝錫芬 王忠蔭
李潤均 高蔚光 胡翔林 潘駿文

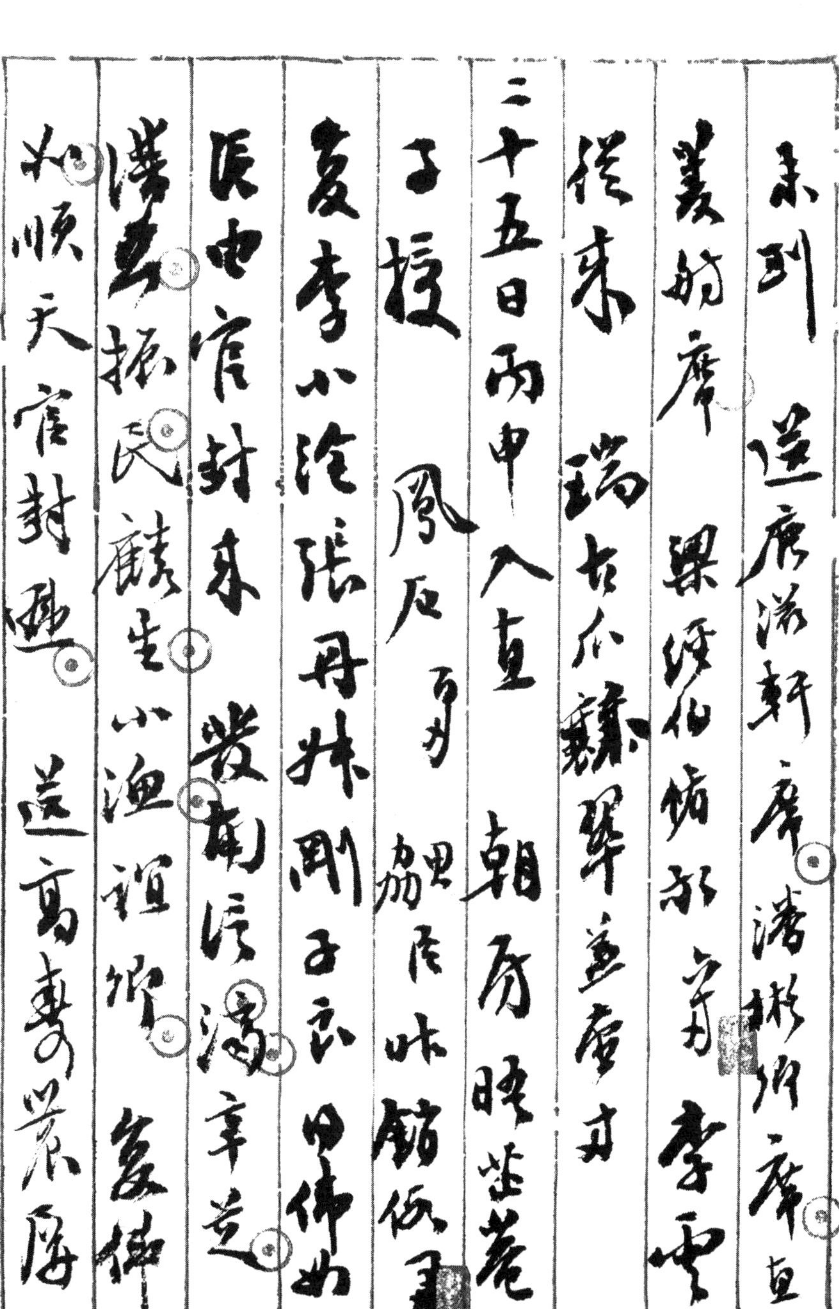

添

答樸帆 蘇白付青 浮煙芳還

二十六日丁酉 入直 會典館 集以紀事

張壺天少坐 再復佛如文師

天官封遇寄 郭芳 再復王

錫九侄 璞又 姻芝楣 復陸南浦

錫夢如信

二十七日戊戌 入直

擬酹王福晉五內壽函箋 家擬

分田分 壺天少坐

湖墅茶房

賞荷包貂皮手巾領麅鹿
賞湯羊野雞　開發內廷節賞屏當
二十八日乙亥入直
派寫菜代　上一分派菜二卷各之
皇太后賞醇親王福壽五十壽　明年三月
延康綿福兩五福榮康觀壽緣
大華燈六壽稱觴取內郎初二
上詔
中和以翊戴勳
太廟饋祀補行侍班因時不確取物荷包

賞

壺天少坐，与蘭孫談，佩蘅敬生日送如意燭匣來，少去。昨廣生文來，以東人索舊王注蘇詩二函，內劉須溪補本十函三本之多，至直一方，以此舊抄二本一鈔，又五一鈔，并廿卷以劉補本，若等如氏之多，只好送還原書。王注已不如施注，平心廿卷以施元注陸不全，而查學須本之外先爲拘文學，須本者查注除以樹要人亦以補至

擬子某來

二十九日庚子入直寅初二

上詣

太廟

派恭代

福神

喜神

貴神

財神及

本年月日時直值等神之位

復朗甫為姚詩官交陳潤甫同禮　託吳西齋

復姚拾珊又劉芝謹亟信　復胡月舫

三十日辛丑入直

賞我字居初

上御保和殿出

乾清門時領補褂袍叩頭少

恩不諳回收賞到事下江蘇同鄉仍

恩開立春長更　今日風不家備二席

送戲九成班　鍋貼貴耕庚物系子

育蓀廿庚庚四文計以廿二及蓀

耕道蘭孫復嚴少電書旗後

崔子萬錢甚復劉俊升復成以梓

廿五來肯可七奉祀

先

許少翯送以袍褂料帽緯仍以錢

赤鼓以代開筆

潘祖蔭日記·光緒十五年

（清）潘祖蔭 撰

光緒十五年己丑日記

光緒十五年己丑正月朔丁未是月丙寅寅正

關帝廟拈香辰初三

慈寧門行禮辰正

太和殿行禮

懋勤殿開筆遲如意

賞還蘭孫賞壽請諳天使同仲華

座有萊山星叔佩蘅後至未正二刻歸

初二日戊申八直候太平主人拜年數家

派擬河南龍神廟扁惲次瑗姚虞卿曾

劼剛勞心泉許子原徐叔農來

初三日乙酉入直 卯正

懋勤殿跪春 青老未到 領

春帖子賞

派寫河南德水安瀾扁

派寫隸字福字壽字大幅 明日順天進春

山寶座以齋官侍班不克到

初四日庚戌

立春 亥初三刻五分

上諭

天壇宿齋宮 巳正蟒袍補褂侍班 未初歸

凌道增來 高摶九 治曾民來

初五日辛亥入直 拜年午刻歸

運來

初六日壬子入直 會典館隨到行禮

拜年巳刻歸 陳小亭來

初七日癸丑入直 拜年辰刻歸

初八日甲寅入直

派題

皇太后畫梅上八字一幅　賜吉庵生　石賡臣　錢錫鄒安甫　[illegible]一分片

梁鍾平齋德輔　賴永恭女婿　李天錫　唐典　范復福　魯

人瑞來　子英來禮五弟　華新來　卅

初九日乙卯　入直

上看視版　乾清門侍班

派題　送風圖來　新選臣卿訓等　蔡東府史

皇太后仿湯正仲梅幅緣方詩一首又一幅緣方

羅浮真影四字　懿以功　江葉生　錢采麓

張璞人來　康義完　沈完候補孫道以來

初十日丙辰。入直。乾清門揲課。是日始

皇后千秋，花衣。

賞下馬文辭。至竹實家，與蘇園、明人、雲卷、園閑

看次日發奏。蔡壽臻、楊錫元、楊琯

題飲。舜滄、暄來、柳子莫來、李雲浦來。

十一日丁巳。入直。順天報雪二寸。

派寫鶴字齊文云箋一付。高公允、澡青

召見於東暖閣。到署。張璞、凡張深、主事滂、平軍等

島亭來。

一十二日戊午入直　鄭加班

派題

皇太后畫梅詩一首畫梅葉子四字香天白社

壺天燒鴨爭　也劫剛指未正二先川　陳

鴻保來云挖河了

十三日己未入直　晚招運子千以存香花炮

派題

皇太后畫梅二幅各四字百花頭上蓬萊瑤島葉子六張以閱

昨派題命李吳分題之　陳蘭孫

洪喜齋

劉竹坡 楊子英 謹枘 史子文來 星來

十四日庚申 入直 蒲卿值班不到

派題 [illegible]子千仙 蕣花葉 王祖仁 [illegible] 端午橋 [illegible]

皇太后畫鶴 潘玉仲 梅七張 百壽 [illegible]

山松柏 王蓮生來

十五日辛酉入直

派出 懋勤殿 家續 兩百面 [illegible] 旂王 文題 黃冬久

安圖上 蓋明 名更 賢 四諸 祖蔭 謹題 文題

皇太后畫松一幅 繫大福 百壽

皇太后賞
御筆福壽正件一幅辰正
保和殿宴蟒袍補褂巳初三散出錫茶
張冬許子原陳鳴係文軒昆齋秋樵
陳以亭來
賞元宵
十六日壬戌入直
派撥　松中許巳正壹
上賞磁瓶面賞益蔘　壹天克燒鴨風閩雨會
皇太后御賞賞　午正
礼別國福鈞金島麟莫筠
相機縣宮許孫濤

乾清宮廷臣宴，未初三散。

賞如意、蟒袍、瓶、煙、袍褂、益席。韋竹蓀、

張一琴來，雲煙來，汪柳門來。

十七日癸亥。入直。

派恭代

上御筆受天百祿扁一面，子款，有吉詹天孝、

五福三多、緣其和景在子、賀子青蔭軒、

茱山、廖文臣、壽衡、柳門、黃東崇峻臣、陳郢芝、

吳潭、劉瑋、陸錫康來。

霽　酉初三刻未

十八日甲子入直　順天榜揭曉一等工部李才

[illegible]

派題

皇太后畫梅詩二首寫交　壺天請柳門燒鴨

蘭孫來一談即去　福壽堂子青丈招

十九日乙丑入直　祝小峯太夫人壽　張南傳　壺天燒

鴨　羅鼎、燉海、康來　惇王代去　江建霞來

二十日丙寅入直　換海龍冠白風毛　招仲約

吉人、小宇、蘭常、再同、沈廣生、佛青、夢華

可莊、仲陵、茀卿、柳門、子培、子封、瞿家、弢子

與細臣、子原、蔚若、伯熙、劉幼丹心源、蓮舫、子梓

未刻散。是日花衣期。

皇太后賞大卷各一件、普洱茶大團一。

張渭之惠。李蒓客緞。秋樵來，又千孫。愛蒼、蔚庭、仲彝來。

二十一日丁卯。入直。復韵芩、又山。

派寫呆川旨隨筵隨修業扇二面。

派題臣之壽字一幅、七絶一首，又團扇七柄，三首。

皆繳去。是日閉印。秋樵來，又壽力。孫家

韓來。雜畫人林壽來。

[illegible]

二十二日戊辰入直　到署　端午橋許
子原星炸謝（苏子原挽荐）館黄来　以前任軍機章
懿旨交部議敘欽此　又交片廿四日恩
夜雪
二十三日己巳入直　順天奏春賑價昂
持九相府　啓涵劉恢廣義賓查如
江馮開勛黄漱子國瑚軍運局來
二十四日庚午入直　具摺　旬　順天奏雪二寸（晤持九相府）（黄面紅竟撰）
懸諭筍罷贊中昭似鳳鳴里普福茂墊江

朱溍　陳鏡清
謝裕楷　姚虞卿

太和殿演禮未到　詣燈謹賀燈進粧燕進賞
西　仲約濤少席　夜雪
皇后進粧　陸蘭孫相國　為可原楓柯　杏仲山房　僮康此所　冠生
同經伯玉庚以帖文八妹　苗君劉東
岑春煊高廣貞汪子和伯青麟陸伯庵宗正琳
二十五日辛未入直　到署　雪猶未止
皇后進粧共二日　許子原劉培陸壽
門蔣伯華來
二十六日壬申入直　臺天燒鴨未初　順孫九初席
上至慈寧宮行禮御、晤蘭孫仲華信之故
順天奏事

太和殿行奉迎禮朝服 以總辦銜名文 沈景[illegible]
摺進 鄭萬齡 岑春煊大來 風
二十七日癸酉入直 寅刻 風冷
皇后進宮
派賑河南襄城尉氏兩二函 匾冰忘二柄
賞收 劉子澄 高陽 彭雍卿府 許仲韜 方右民 汝翼 汪藩 劉幼
丹蘭孫岑雲階余壽屏康來 壽夏韵琴
二十八日甲戌入直
上詣壽皇殿

派寫康陰保障扁一面　祝星林夫人五十　奉

懿旨賞加太子太保銜欽此並傳　又工部堂官加一級

旨廿八日謝恩　王青友　韓蔭棣　王維武　劉瞻

漢之酉　吳迪川亦　張少林　麟生　花農　運高　陳

壽椿（執宦年）　綬伯　揚聲　清（筱至山林　翊老臣任）　來

二十九日乙亥入直　同人公祭惇邸　阿克占

海康來

三十日丙子入直具摺謝

恩。又工部另摺謝

恩
君汾鶴郎　劉高陽來拜賀　于京渠　杜九
仲衡、郝近垣、宋雲階、寔高、汪柳門來
葛文楨、李雲從來
二月丁卯朔　丁丑入直　李雲從來付對全清
上看視版　乾清門侍班　由南底直道前來　蟒袍補褂，回時碰頭謝
恩　到署　葛文楨來　右世　文薛雲階日守古穀
初二日戊寅入直　推班四日
皇太后派長春宮聽戲　辰巳初入　碰頭謝
恩　花衣補褂蟒袍　二次　飯二次　御前三　伯慶覺

札郡根濟林柏葛巴崇巴倫人軍機五人內務府五人謨澂濤澤潤載瀛濂淇王府二人及蕃共廿人酉初散住

壺天

初三日乙卯入直卯正

慈寧宮行禮辰正太和行禮時與博九里商出事

太和殿行禮歸政頒詔巳初

長春宮聽戲酉初散茶食二次

賞飯二次仍住壺天遲小意

賞收星非招詞言廣晴出了改姻

滂喜齋

初四日庚辰入直辰正

慈寧宫行禮

太和殿行礼大婚䈎賀領𢔁

長春宫聽戲巳初入座酉正散

賞茶合二次飯二次

賞素菜四盌　仍住壼天

初五日辛巳入直　巳正傳從殿過是高伯

足閲　若農同寓東壼天

太和殿筵宴停止即送内務

上只安午初

長春宫聽戲酉正二刻散

賞茶二次飯二次

賞菓一匣　同樞内相每人五分　其事八分

賞福計一匣大卷二件　仍值壹天　南下安

謝

擬奉天關帝廟扁三面

初六日壬午入直　上直日同人均順　吉甫未至

派

寫挹婁昭佑扁　至傳心殿　晤樵九蘭孫

復仲良　星五　加鶴航　匯高季恩之錢

龍達高夫[illegible]

梅宜子聖查出江丁亭蘊吳蔚若朱子

涵棫與此訒之子 姚雲卿陳心蓉來

初七日癸未入直 照例晚讌 齊非平子高子

接 梧持九初劉澄月收名劉生 張澤梁

航雪花履福來 夜大雪

初八日甲申入直 工部奏請 旨派堂人員

毛侍以晚小峯及同人蔣孫仲華

王旭綏度壬戌同年 張一琴王拂卿周之驤乙丑

劉佛青來

初九日乙酉入直。晤蘭孫、運齋、王懿榮、寓壽蘅、許仲韜、王廷相、拯師、虞臣、牛瑗、梅梅梅子、斐鳴遠（送彝，同十三石，三十千五石）、研佑、李雅來。

初十日丙戌入直。王培天、爽鴨、許星叔招。福豫華來。杉中、陔徵來。

十一日丁亥入直。到署，見人，均到議條案，午正散。儀卿、唐如江來。偉壽蘅、顧子中來。斐來，八百，送以筆。季來，八分，石二。

十二日戊子入直。蘭孫來。

光三年五月

上視

關帝廟祝版乾清門補服侍班

派擬河南武陟廟送伯臣廣生擬之 高燮 扬

馮夢華宗樾楷（大玉）得花農程樂菴招

劉驂中仍樵來

十三日乙丑入直　工部奏保舉

派擬江西德化等處廟

派寫河南安瀾營佑廟

派查

皇太后畫蘭扇二幅

派擬頤和園龍王廟之字扁十六面

蒙下舊拓本通鑑輯覽校閱　松中程張

錢赤苓春宣陸朱靖潘海康

賜紹端方許子原徵存夏玉瑚亮次峯

王𤩽何乃瑩孝穀來　寄清卿拓本廿餘種　漢專尾

十四庚寅。入直。工直日。代奠司賀謝恩

派寫江西寶安昭應扁一面

派題

皇太后亞蒲匋一雷梅一
派閱覆試卷　麟濤　孫　許　午刻入闈　知貢
舉貴午橋　孫燮臣　內監試　戴存義門　甲子舉　楊
晨未刻　姜貞　鄭沛溶
欽命題到　南向跪接　提調詹鴻謨　徐埥
送席　晚同人招同兩監試飯　丑刻二印
出題一千二百張　君子哉若人　要所斯　大風　揮毫落紙如雲烟
十五日辛卯々入々直　花衣三日　巳初出題紙一千
百張　實到八百九十人　臨點不到十五

蓮水志

潤雲房

賞收

名大風晨起為孫夫人撰墓表進呈

二百二十三本寫對四十五付

十六日壬辰閱卷至午刻畢　兵部圖裕祥

十七日癸巳　一等百名卒　二等三百本　三

等四百五十卒　四等廿一卒［不列等一名］貼黃之簽

墨筆填名次朱抬帖庵雲階子授存義

同楊宮甫飯　黏黃簽墨筆填卷背

名次包封繕摺寫名次午刻始戌初畢

包封摺件交刻畢

十八日甲午　辰初出閣　寄清卿造象漢
專隋專各一紙　送勇同好大王碑葉跋不舊本
許子原李蘭孫來
十九日乙未入直　霞　蔣仙華趙鎮湖王松溪
吳聽耆陳冠生陳亭張璞又許仲韜任父卿廉兄
命請
安並附十六加級　劉洪芳陸中甫錢琦張芝麟素
恩引見時從引　於梁許許沈柳門廣生俱
青梦華達雲花農勇同鞠常尋校
書僕夜出心齋約敘校事

二十日丙申入直

派題

皇太后蒲桃一幅 藤蘿一幅 桂子春鶴棠

冠生子原經伯鞠常仲弢佛卿夢華

子培子封柳門達霽花農再同廙生

蔡廚二席 王廷綬王彥威濂駿又餘

廖啟章炳森六 霞識等 王懿榮 因題 為竹莊

二十一日丁酉入直

派題

皇太后紅牡丹一幅 梅花一幅 祝仲華壽 翁相國求
毛亞園約不到 陳應綬蕙甫 廖仲山招粵
東館 江建霞一等廿二 章雲菴 於甫來
二十二日戊戌入直
派題
皇太后蒲桃墨色二幅 壽天燒鴨蘭孫來去
談 子青文福 曹曾申初歸 趙松年瑞午
樵 周學海 鄒懷德 陳蘅謙來 章雲菴來
二十三日己亥入直

派題吳廷獻康熙惲壽平秀水宮墨果木 乙酉 欽定敕書世祖青宮常宋米芾己丑仲冬下澣御題

皇太后著色蒲萄松石一幅又跋岩觀

世祖章皇帝大垂露一幅到界

復容方並贈拓本八十六種 劉芝田

題元蘭亭新得劉蘭園所藏日新沈字觀 葉成 蔡東甫 張師洪

題 樹綉 陶紫長詩叢說蓮樓一 沈宇

成寄 十 來

二十四日庚子入直

派題

學書齋

皇太后松蔭多子一幅　昨題蒲桃畫眉用應時聯

宸翰共九方　題大明寺高詩國花蹈班 [illegible] 薩軒題孫鼎送神桂蓮朝夫擊迷礼

派復試閱卷福錕李藤民許鍾孫楫吳汪廣

申正散一等廿名二等百七十名三等四十七

名四等七名　三等歸班　殿試四等一四等之

饒省安改三等　舊後片寄申明　回擬民信

二十五日辛丑入直　工部帶引見二十一名　直日　[illegible]

派題

皇太后蒲桃一幅松樹一幅　安徽館九卿團拜　午刻申散

李潤均 吳錦炎（丙戌孫增） 蔡金台 徐嘉言
宗瀛（新科戊）年 汪柳門 何維棣 蘇芷菴 李壽
澤來 柳門明日請訓西陵
二十六日壬寅入直 順天考官遇持大
派題 蔣貽瑾來 （第七屋考[illegible]） 伯熙柳門上陵 劉
皇太后畫松一幅 鄭權 林國賡 裕祥 （二本彰依）
查如江 岑春煊 陳貞 徐鄂 湯震 （郭依） 戴錫
鈞交二千二百兩 益田信寄興談因事來 劉業芳來
張祥齡來 張聞恩來 （討於八孫） 何先正來
周士蘭 史蘇來（乞墓）

二十七日癸卯入直 安徽團拜辭之

皇太后賞御筆蒲桃一幅 到署 明日

上駐蹕西苑 崇湘文武延緒祝維培扶王裕宸

鄭道沂張裕蕃柳廷裕三宸許石原吳驤驥八

王詒善來 亞陶來

二十八日甲辰 順天府演耕搏九留飯巳初

散 祝露園相七十 王寶琫黃念慈

莊國賢劉北埠劉先楷王瓆王以懋楊

禮楨文以坡中伯樸夏寅甫收盛沅表

鐵甫、亞麟、許子原、張宗海（小汀姊夫）、王佑祉、劉子旄（汶）來。

二十八日乙巳。入直。吊童薇研、王彥威、何容君、丁惟禔、李仁堂、徐樹鍔、蘭孫、熙麟、張季直、馬文苑（遠林之姪）、朱子涵、王振聲、頤恩、義許子原、黃漱蘭來。

三月戊辰朔。丙午入直。會內務府奏大和門查估事。坤寧宮吃肉。

先農壇演耕　芾見小門生石賡民來

初二日丁未　正黃旗學會考官學生百

廿九名　同人俱到　誼卿未到　秦石麟

來　叔縯來　壽蘅左念漁湘南館

詣工部團拜粵東館壽　夏濟之

同年辛巳之諸琴石碩庭泉孫瘦羊小漁

振民　夏清卿　培卿　沈維善　陳爾遹吉

李傳元　黎宗蓀　端方　劉滋楷　梁壽祺

何鎮　汪柳門來

初三日戊申入直 豐澤園演耕 以府尹近鄰未上三折 亭子刊

派寫澤濤南城扁一面

皇太后蒲桃一幅 王振錄來 黃璵候知州 駒子

柳元俊乙 沈瑜慶乙 王崇巖簽元 瞿鴻機武 戴顯蔚夫

朱孔彰仲我 單啟藩地山 胡廷琛 羅貞元乙

李耀初 張兆珏 吳世琛甲辰辛九 朱子涵 尤

先甲 張祖辰乙 張聲鏞 家陸紫東

初四日乙酉入直 丞仲華 夏詹同霞 蕭蘭孫

頌閣 仲山 少峰 到署 卷尤畏青 阜臣 閏卿 訓

清明 亥初二刻十六分

吴大琳 潤卿 陳人龍 雲南巡撫 王維城ㄟ 許子原 湖北方伯 俞陛雲 少青
趙昶ㄟ 吴蔭培 恩雨田 張元奇 劉學海
楊鋭ㄟ 梁敷雲 王伯恭 方長孺 趙埰藻
端方 梅汝鼎 潘榮徵 王麟來
初五日庚戌入直 辛直日 寶廷 顧肇度
上看祝版玉牒後 李鴻章啟 胡高度軍機來行撥
先農壇神卻淡耕 蔣仲仁 蔣式棻
二蕃來
初六日辛亥入直 丑刻進內聽

宣奉　夜雨又大風
旨副考官同蘭孫西苑門領鑰匙　余先
日午到入闈蘭孫仲山小峯俱到　商
後撥監試同考收掌　收掌王文錦遠
福添　監試桂年洪良品　晚蘭孫留飯
初七日壬子　掣房第一房劉心源擬策題
經題　晚招蘭孫小峯仲山小酌　大風
初八日癸丑卯初二刻
欽命題　子曰行夏之時四句　取人以身二句　曰子不

通功易了五於子詩題馬飲春泉踏淺沙泉

蘭孫以寄仲山之寫照余寫字共五分辰正刻

寫到六千六百九十六人戌正刻成子初送出七千有嘛屬先待題

晚多人至鹽招二監試飲

初六日甲寅以策題五道及進呈策題五道

由招客吹分請劉仲丹視覃園黃根泉

香識謀是樓吳移香鄭伯英以岸

招晚飯又請劉仲丹視覃園東亭擬

策題二以臣原議孔元史二道擬前文諸之舊進史二道

初十日乙卯 撰宣策題以經有元易字仍用儀禮
清卿園諸君俱來 以安擬文移唐臣和以策
問五道交內監試桂洪二君發刻 午後各手
覆二場文 其志二向帝日諮女二十有二人一向眉壽
保魯二向癡高還一節 戊十二年是月戊子遂筵
十一日丙辰 請十八房上卷分三次以外簾文
道陳文房分撿出第三場刻二場題成所拍二
監試欣所友人四盒子祠送題 為補刻本
兩房考鎮只言本年水不佳告予法

學古齋

乙丑

刻字房廿千　加賀

刷印廿千

供事四千　加賀

監家人十二千

收掌　十二千

委員　八千

掃堂茶听差六名十八千

剃頭　八千

衙廚十六千

搬行李四千

共百八十八千

十二日丁酉 陰風 郵伯英宮二場進呈卷

於酉刻成 三場題（合經進刻）成刻刻成 三場儀

禮史學兵制管子藏書源流題於明

日乃進

十三日戊戌 三場題於外簾送進 未刻進

呈二場題摺

安摺二件 內五題卅門 夜進卷五百五十六本

十四日己亥 辰刻花衣上堂 南正卷 存廿一本

安摺四 未刻進八百卅五本 亥正送三場題

上場闈

共六千八百五十張　夜進九百六十三本

十五日庚申　閲薦卷四十七本　午後進卷六百六十六本　卯正花衣上堂　酉正三散

進前三千一百廿二本　亥刻

十六日辛酉　卯刻上堂未刻進

呈三場題問

安摺二件花衣　酉初散　閲薦卷三十八本

進卷一千〇百十二本

十七日壬戌　子初起寫題知者樂水二句

滂喜齋

燕得新泥拂户忙蘭孫備點試同桂月團 泐卯百六十張卯正送

題宗室實到卅二人卷頭場到齊實到

六千六百十六名侭刻

安

摺回 閱薦卷四十七本以一房十房十一房二文

共四文支加園叢刻 二場進六百六十六本

十八日癸丑寅初進宗室卷卅二本内一本

未完卷分々河八本卯正上堂酉正二散

閱薦五十三本

十九日甲寅卯正上堂酉正二散閱々薦

硃

四十三本至公堂來交 明日未刻送

批宗室中三名 午後風進宗室卷摺一夫

移唐寫落卷加批黏後 外簾送黃衣

魚 午後大風

二十日乙丑 卯正上堂 午後封奏摺安摺 卷箱

奏為進呈試卷事 本年己丑科會試蒙

恩派臣等為正副總裁官 三月初八日入闈 至公堂移送 宗室卷

臣等公同校閱謹遵

欽定中額選出試卷三本擬定名次黏貼黃簽恭呈

御覽伏候

欽定

命下 臣 由至公堂拆封 掛榜 爲此謹

奏 未刻送宗室卷

光緒十五年 三月 二十 日

穀雨 卯初二刻五分

閱卷四十一本 酉正一散 午後大風

二十一日丙寅 卯正上堂 巳初 二場卷進齋

安摺回 至公堂拆封填榜 發落卷卷廿九本

希康 瑞賢 寶豊 閱落四十本 午後風

二十二日丁卯 卯正上堂 閱落廿本 酉初散

酉正雷雨 聯口搬運 共落卷二百五十本

第五房二場卷經文題漏與首場不符如

此外簾闈門重行核對 又墨卷新守

較前次縮小頭重訂

光緒三年十月

二十三日戊辰 閱薦十一本 鄧十七伯英壬懷三高熙小四舫來言文 晚蘭孫邀看鏈静坐寫文浴薦抑之

二十四日己巳 潘若歷送詩來並銀魚二簍 換各省卷 閱薦六本

二十五日庚午 閱薦一本 速二場一本 霞十六 十二十五九一七十二十四十八六五十三二房二場卷百廿一本 伯英幼丹來 蘭峯仲來 甚熱 夜大風

二十六日辛未 換季 大風 霞一二三四五六七八九十[illegible]

十二 十三 十四 十五 十六 六房二場卷一百卅本 元卷甫尚未完 派出西房

午後又風 宗室廿七覆試 廿八閱卷 翁軒

二十七日壬申 請六房上堂以房首卷交本房

磨對 幼丹來 閱二場卷八十二本 三場卷

第六房六本 又風 計連補荐共三百八十一卷

二十八日癸酉 伯英右琢來 閱二場卷卅二本 二場齊

核定在中光字卷及備卷數 刷第文蘭孫 三場甾本

二十九日甲戌 蘭孫房改試帖十二首（蘭三首以峯十二首仲山四首） 閱三場

百六十三本 昨外簾送鴨指焗孫以峯仲山晚飲

夜大風　摺已備好　一進卷十本摺　一覆命摺
三十日乙亥　大風　閱三場卷五百四十五本　尚有未到
者共三本十六房　仲山　蘭孫　幼丹　移香來
四月己巳朔丙子　十六房三本來　三場畢齊
辰刻小雨　未刻上堂定卷　申刻散
初二日丁丑　巳刻發中卷各房磨對　未刻
進呈卷計三連以石壓之　請覃國
星槎次謀伯英擬批閱
上諭知鈴榜派祁世長

安硃

初三日戊寅　仲山寄直隸卷　欽命四庫三拾作拾

消暑一方片

本房三乞改中　蘭寄卷　蘭來　商　于歸來

午後　譚星久　仍回居寫批　酉初畢　朱

朱子衡來　閱孫文房改詩二　尉抄知

南宮鎬告以來不及

已換車　祝此寄仍樣

初四日己未　秉刻發　廿刻小雨　詩文刻仲山房　蘭孫

揩十本並繳　十一房十六房十房十八房卷來　孫三

箋及木匣　回三此次有皆每日中卷文定　撰川文寄索印川文已

該妥　已刻封十卷及鑰匙良久乃畢

立夏 申正一刻

初五日庚申　問鍾靜涵、書星槎俱感冒。

安摺回　右臣來以紙索書，余贈姑海棠詩以之

張肖蓉來　十房磨勘，尚有八房

初六日辛酉　怡莊來　巳刻上堂訂三連卷

並印銜名，隨釘隨印，交本房加批

十一、十三房卷未來，直至未刻，曾、鍾二

房卷方來，鍾卷先需二卷，尚未磨，靜

臣病，右臣助之也，至戌刻加批來者十三房

未到者五房，此次特遲　散車馬茶

初七日壬午　將填草榜十二十三十六房至辰正未來，且有未起者，未正卷始齊。蘭孫中房。將各卷分各省，余手自書之，申正三畢草榜。請十位上堂寫名次。明日事　次幼丹、惺齋、怡莊、覃園、松泉、次謀、次方、穆庵、化臣、肖菴、部府　書吏寫小簽，戌初方畢。同蘭孫、小華、仲山、小飲，子初散。召簡膳錄廿本。

初八日癸未　請十位寫名次。午後公服拜監試、同考、收掌，未發落卷。

開發　刻字卅千　刷訂卅千　加罰　供事刃　加何刃　監試家人十二千

收掌十二千　委員八千　掃堂茶擔聽差十六千　山右
剃頭八千　香廚十六千　搬行李四千　共百七十八千
提調大所家人五六千　請沈謀寫謄諭及榜
字向夜晨甲雨　午後大風　又小雨戌刻止
初九日甲申　丑初起　候知貢舉提調
彈壓監試填榜事畢後供事寫
謄錄卷面賞正子禾到隨帶湖漢司
員二人　外監試四人　俱到　卯初拱榜子
正指畢　並發謄錄告文吏會名次

初十日乙亥 丑刻家人以車馬來 提調與
大臣朱子涵侍郎正總裁及堂上幾員
及提調大臣俱來送行 寅初到家
謁御廣生來 門生來六十餘人
十一日庚戌入直 請
安覆
命 摺由禮部遞 蘭孫辦
召見 至午門朝服謝
恩 四人到 須房考三人 劉二次方 鄒細丹 貢士會元外
十餘人 赴宴止考官四人到 護

冀大臣崇禮右侍郎寶昌禮畢即行

十二日丁亥入直上加班奏太和門及山東

述議堤防移民事至西苑門与山峯

商以水利分半与署任蓉青王丞陛

来付清卿信閣墨王青友姚虞卿来

節賞扇對交宙侄乃郎及子原轉托

共三百四十五分　發南信滬辛譜𪾢楳麟硯𧦝

十三日戊子入直　濟甯府電收順助石　官學

奏管学蔣仲仁王懷馥充補　副眾

諳誼卿夫人廿七　以水利千五百文加送蔭軒

十四日乙丑入直　順天府奏事　春換完

東瞻　晤簡孫　蘇塘　趙生

十五日庚寅入直　徐李陸吳均以公不入直　胡子英來

派擬鏡清軒等處匾八十餘對四十餘　為伯蔡

索搏九信　並自致道　展水　蔣伯茶園

陽書院山長考試差以第卿同遊

十六日辛卯入直　卯初

上諭

大高殿祈雨 到署 永寶來 苦叢道洋 玄廟四字

十七日壬辰 到廟 紅官學會晤王懷馨、仲

仁政（代可莊）莊雲錫、可莊、謹卿、汝翼（累本奉趕）、雨軒、蔭

軒先後到 偕長詩林蔭未到 巳刻散

十八日癸巳 入直 日注差 慶和堂會高同愛之壽

衛柳門 樓山 西城十刹海 福到 新廟敬謹城（昨日東四牌樓十條胡同畢已應之矣）

同西直門外順承王府道（若其照此之矣）

首芳臣文量等散 本盛館會橋園局

十九日甲午 入直

派閱散館卷，同李孫萊山、孫子授、廖、徐、許、翁、潘、汪（沈曾桐）

一等孫錫第等廿五名，二等凌彭年等四十名，三等沈頌美等四名。午正三刻散。

二十日乙未

派殿試讀卷。恩、徐、李、許、潘、祁、孫、翁。

二十一日丙申 朝服行禮後往傳心殿

二十二日丁酉

二十三日戊戌

二十四日己亥 卯刻 讀新題，傳心殿飯

召見並帶引見即至閣填榜
二十五日庚子卯初　到謝公祠李脩遠李木齋國子朱霖李仲約徐樹銘前
上御太和殿讀卷大臣及執事人員行禮
到署　歸第在廣西老館同鄉蕃慶胡
皇太后賞醬色實地紗一不青實地紗一漳紗二端
色寶紗帽緯摺扇葛布燕窩
二十六日辛丑入直　工直日　公所晤福師葛及清卿繆筱珊
汪甫言太和門事　柳泉付五十崔珌芸庵去
淞寄北海鏡清軒等要面廿面　鳳石來　弟及葆亭
應寄一信

二十七日壬寅入直　順天府奏請加五懇園界石

皇太后派題蘭菊三幅　朝房晤搏九

二十八日癸卯入直　八旗官學奏陳東和管學滿

庚期滿　開發內廷節賞　發南信濟竹年

麟志軍鄂生日廣安庭侍曲園　又致鎮青

又致峻峯周來欽齋為陸和讓辰海事

賞祀灶料葛紗葛布帽緯共十卷

二十九日甲辰入直

皇太后派題蘭桃一幅

滂喜齋

張

派朝考閱卷 張翁麟崑潘祁許許嵩宗昌

廖沈 一等八十二 二等百八九 三等百十名

申初散 徵卿來 柳門來

三十日乙巳入直 到署 遇柳門 工部黃雲伟如

派中程昌年丈量城樓木植 晤蘭孫

五月庚午朔丙午入直 得南信

皇太后派題葡桃三幅

賞穗葉餅 遇箴亭 言昨日發雲事

發南信 濟之 瘦羊 墨十布

滂喜齋

初二日丁未 到廂白旗官學 總 兔三三罷 王懷 可莊 雨

軒詩 葉謂卿 仲仟 蘧軒 陸續到 王雲舫 錢汝

英及彭任之 陳梅薌 農和 未到 巳初散去

菽習三人 陳諧蘭 湖北 祝康祺 鄂齋之 舟帥 水仙

會於西斌的文人 人 午刻

皇太后賞御畫山水團扇一柄

御筆山水一幅

初三日戊申 入直 到署 過柳門 再讀 雷

催偉如

潘譜□一方

諱

初四日乙酉入直 粵東新館公請知貢同考
鈐榜內外監試收掌以外承辦 共廿餘人到卅餘人席贈一席未聞拆 松江來得
點電 酉正散 頌閣已假十日 撰高孝子碑
初五日庚戌入直
賞粽子 中程自昌平來
初六日辛亥不入直
先君冥誕 龍泉寺念經
初七日壬子入直 遇箴亭 到署畫押門發
電佛如 文總罷 子原來 萬文翰 錢叔蓋 藏生

初八日癸丑入直 過敵亭 晤柳门 謝客

初九日甲寅入直 昨奉文片 邸鄭迎鐵牌

委張邵慶 手良丈 薦文小坡 張子復

洋務局文言龍景昌 精於放湖南蘆茶

初十日乙卯入直 會典奏提調 鄧郡延 派纂

派擬閣章四字七十餘件 到署須佈勿

十一日丙辰入直

派題

皇太后松崔一幅 候轉大子良

得偉如次電　寄清卿大收大蔵拓信封

十二日丁巳入直　上直日奏昌平城垣六一摺

派題　夜丑初雨

皇太后山水一幅蒲桃一幅　江程本已睡覺

十三日戊午入直　朝房晤徽亭

派題　松中江程留像雨飯翁招庄裴春長語

皇太后山水一幅菊花一幅　賞正邦正賜正

十四日己未入直　順天報雨二寸　順捐九徽亭

小筆到罷　晚庚生林學年

十五日庚申入直　卯正後雨　萬點行止

官封遞文涿州劉竹坡言孝子廟文仲約七丈蕭叔

寄寫高壹漢筆于叔五四年四告歲二弋共

十二弟

十六日辛酉入直　工部內務府會奏

太和門及四變高牙招了附片安抵請

捐大木五十方根　晚蘭孫　張允言來談

吳淳來謝見

十七日壬戌　至廟黃官學會晤曉軒陳梅

村觀到　性可莊仲仁未到　順天府報雨

旨依議　奏派監學　此奏寫

十八日癸亥入直　[illegible]初　面屬擬摺並欽此兵部尚書奏據振擬指示本年中式等　旨賞啜飲等

上祈雨大高殿　相暨蘭孫　楷定　子禾　黙庵

小峯到　[illegible]雷點巾

十九日甲子查廂白旗學同人及翰林

官陸續到　午初散　范[illegible]福子文兄

守稿[illegible]二十日到　工加班[illegible]兄[illegible]

二十日乙丑入直　以陶[illegible]

上用膳辦事畢還宮　上直日　散南齋語竟不三樓
濬寧麟永極　攝氏九十五度
二十一日丙寅入直　高奏銕牌劉光明叔　派宮巡也
派題
皇太后牡丹二幅　昨
皇太后賞普洱茶等三種　夜亥正雨
二十二日丁卯　晝正伯學幽莊允升來
到午刻散　雨未止　冠生來　主楚南所
二十三日戊辰入直　巳正　順天奏雨三寸餘

夏至未正初刻八分

上詣

地壇 到署 夜雨自戌至子

二十四日己巳入直 大同鄉公請剛撫軍才盛

館未到

二十五日庚午入直 順天府奏雨三寸有餘

又糶價一摺 又修理貢院一摺（工程處奏請工程加價一摺） 朝房晴

持九 到府與饒畫五十萬 奉

上諭 廿七日報謝請獎一摺奉

上諭吏部議奏

二十六日辛未入直 到署派夏守所
遣右差 江蘇館同鄉請潤梓劉
臬未初散 詩九 派送錢課來 晴 雨 大雷
二十七日壬申入直 丑初大雷雨 冒雨入直
進西長安門 西苑門
派恭代
上親筆書額 龍神廟扁宣澤普霖
午正雨止
二十八日癸酉入直 順天府奏雨透足之

許裕身 王延紱 夏時泰 會章 高涵和 含英
李硯田 屈承栻 劉允恭 薛賀圖 魏秀琦

持九送錢律請訓畢之西長安門
工直日 送持九席
二十九日甲戌入直 蔡恒來留印 于文光送扇
工部加班奏前門石路工程
派寫
皇太后畫壺瓶一幅菊花一幅 于文光
送汀芬持九送錢律佳奶數
六月辛未朔乙亥入直 到署
初二日丙子入直 熱甚 發南信文伯
郭筱穀 濟之 頌靴 竹年 原八件並陶寬等 楊氏安和齋

讓之 漱石 叔平 辛芝 展蓀 棠心莊來

初三日丁丑入直 朝房晤蔭軒 蘭孫 吳平

柳門 勍 到青蘅 棠心莊來 經伯來

初四日戊寅入直 朝房晤何李麟序

到署 伯武歸 賀漢伯子完姻 到東 八

莊來

初五日己卯未入直 棠心莊來 任子青

招福壽堂中初散 王同彝 及福

初六日庚辰入直 朝房晤蘭孫 叔平 平齋 又

小雲小研　本科同鄉同郵兩由前月初八以

於本日未正到擬擬明日

初七日辛巳入直　工直日奏

派題太和門圖子逼右字三件

皇太后菊花一幅　太和門匾中

派閱優貢生七十五本　偕許滇生　一等廿名

二等廿名三等二十名　小莊來

初八日壬午入直　晤蘭孫　小莊來

未刻雨

初九日癸未入直　卯初

上詣

奉先殿、壽皇殿　以菲材為洪右臣撰其大父文昭公諱　序　銘四經

初十日甲申入直　同考公請粵東館中　張樵野許星叔八人

初散　以菲材乞簡府戲　送陳協揆所寫紐

十一日乙酉入直　晤子授　以菲材　和案殿

修大令月之庵寫韓文權錄　代子授書川

十二日丙戌入直　為葉鞠裳與撰試

添丞也

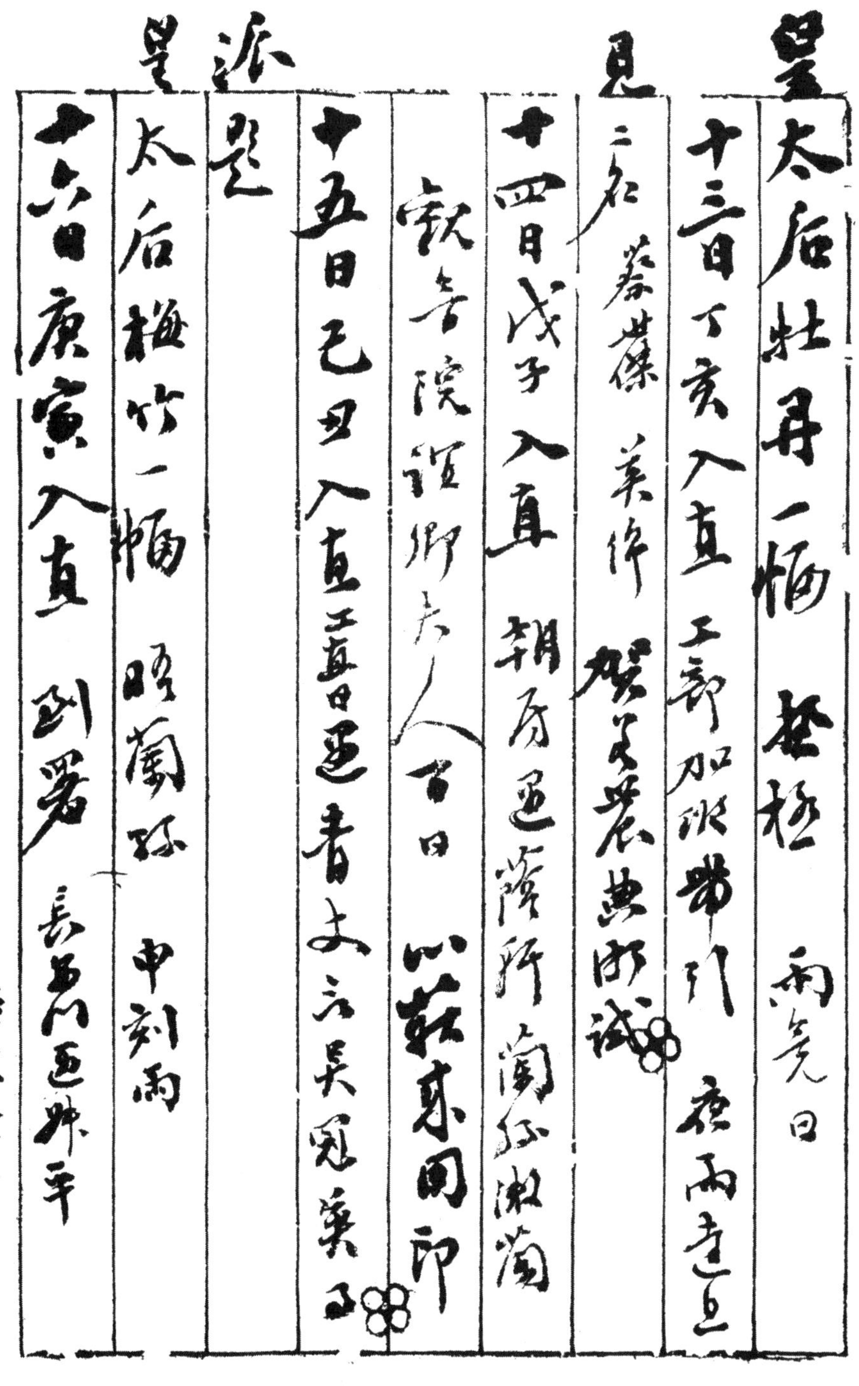
皇太后牡丹一幅　松極　雨，年日

十三日丁亥入直　工部加班帶引　夜雨達旦

見二名　蔡世傑　英作　賀吳農典鄉試

十四日戊子入直　朝房晤藤軒、蘭孫、淑澗

欽奉賞御書人　以蘇東、同印

十五日己丑入直　工直日晤青、文、吳冠英

派題

皇太后梅竹一幅　晤蘭孫　申刻雨

十六日庚寅入直　到署　長　晤□平

張濟煇

光緒二十一年

心存寄川晤子川 藹卿來

十七日辛卯 讓紅長翠舍 陪旭莊謁卿

先來蔭軒房人注讀到已正散 心蘇來同謁

十八日壬辰入直 心莊來用印

十九日癸巳入直

上只安看方請 心莊來

賜爾孫 拔九世臣府遷嘉興奇

送佛如歸 恒從人先去 於華庭請爆益送雨

乾隆如

二十日甲午入直 看方請 以蘇撫本
安 夜雨
二十一日乙未入直 不看方 藥送 卯刻雨
上已大好 朝房晤楊九生濂
二十二日丙申入直 順天府農事二件 陰雨
歐陽平叔來 付德以案方石民信
二十三日丁酉入直 工直日 月摺阿勒楚喀以
公余辰 寅初一刻至西長安門 甚雨夜
三 夜小雨達旦

二十四戊戌入直　細雨　辰正晴　到署

費南侯　清卿　葵芬　辛芝　六舟　鴛齋　萃蔭　高志拔

上諭振民

二十五日己亥入直

派寫

養心殿貼落一件

寧壽宮聽戲　巳初入座　申初散　廿三刻

羅胎冠　任壺天　招柳門　廉生　屺懷　菊常

建霞　酉刻三分散　夜雨即止

潘景鄭

二十六日庚子入直 遞如意

賞還

寧壽宮聽戲 辰正入坐三十刻未 申初三刻散

賞如意 帽緯 袍褂料 花瓶 手爐 漆盤 八荷包

酉初後雷雨

二十七日辛丑入直 詩盦高艾內有崔廷

桂瓜乃鏡拓 戊鏡拓 印泉文證卿內鉢拓

一壺拓一 𣪘拓一 二字具 胡子英廻來

二十八日壬寅入直 到署

二十九日癸卯入直　小雨　晤蘭孫　遂讀考古圖、續考古圖、清愛堂款識、百漢碑研齋所

未申間陣雨三次　細案上衍尖尾蝌六字原未

夜大雨達旦

三十日甲辰入直　雨不止

上看祝版　花衣　乾清門侍班

七月壬申［朔乙巳］入直

上禮成還海　春轉九

派順天鄉試［倍］文［詳］監臨　慶和堂貴孫

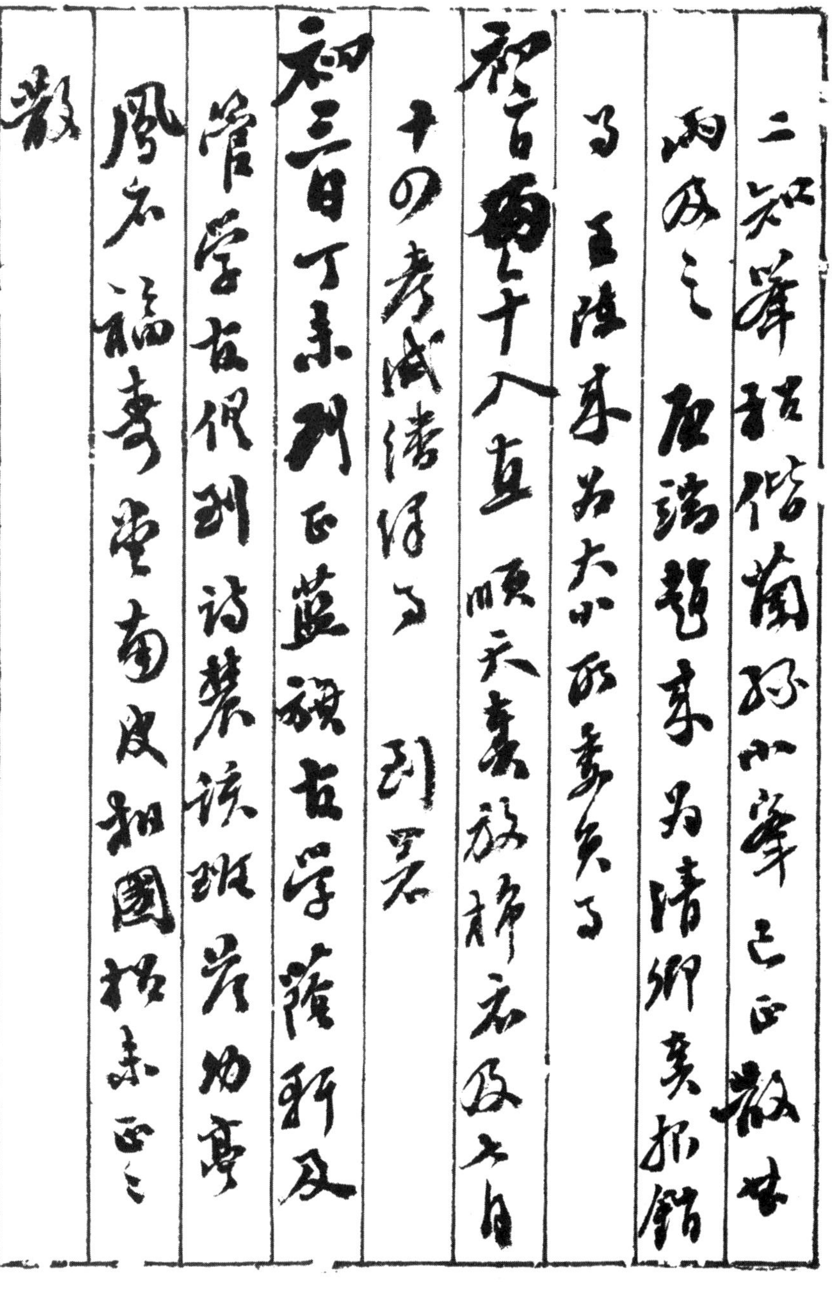

吴三大人湯汝和李光斗連文沖

啟紹端方趙爾震林紹清

馮壽松王忠蔭陳壽椿龎樹德

潘謫炳　吴三大人　湯釗

初四日戊申入直　工直日　發培卿信

發南信　濟之辛之竹年譜　致根民　碩危

泉孫　送子府黃袍　秋藝葉鼻煙茶碗

送聯扇　楷幅　送南皮壽松等件

初五日己酉入直　陸文彬平　送通蘭孫之請

盛臨印事　子氏來　面吳楷　夜大雨

初六日庚戌入直

派寫

辛未河教天覺是否

天孫織女翁海星石神碑碑　到署　服蜀葯

發電報辛濟卿、弢龍、尊卿母

尹彥鉌　辛亥入直　時微雨　辰初後大

送尹子晶助摩

初八日壬子入直

發下宋人戲樣圖　函叁斤　到會典館　畫卷十光

陳黃忠五嫂之娘　劉芾、濟菁、陸順、汪濤

為集八步以纂增加註　寄丹齋、克齋、文卿、瑞卿

初九日癸丑　甄别金臺書院　散卷一千一百卅

澂景齋

本委員張玉亭子文先大夫之孫張兆璵至此
應屬義室 已訪敘
會典館奏畫圖功課
初十日甲寅入直
派題 答仲錫文庵生內擬壽五第
皇太后畫魚詩堂二幅 到署 醋君
已晤 日南阪 以偉堂文梓尊 辛友酒會 若約
十一日乙卯入直 內常寄世光 館學奏李守植撰
敘 發南阪 諸葉 並寄 函福瑞諸君
十二日丙辰入直
立秋 酉初二刻 二分

上出西苑門，上直日。補祁侍班，清卿未到，[illegible]

歸。潘榮昇、壽慶、[illegible]來。

十三日丁巳入直

派寫北海內性所內收樓真曠雲山陸（崇林）（小）之[illegible]

挹沖室話鏡室等兩八面雕玉龍兩面

桂樹[illegible]叢葉椒前花世界[illegible]卿[illegible]一

到。罷石

十四日戊午入直。丑刻雷電，冒雨而行。

工部加班帶。慶元、修詞、賞福、師引

[illegible]

見

十五日乙未入直 卯初

上諭

奉先

壽皇殿 申初雨 夜雨達旦

十六日庚申入直 到罢君琢蘭孫

罢君偉仁霞峯子余達芳 樾光雨峯侯右翊之繳來

送孫手忠心以藥贈樵新府六圖歸

十七日辛酉入直 至江宦亭同人 仍到

洪三年一万八

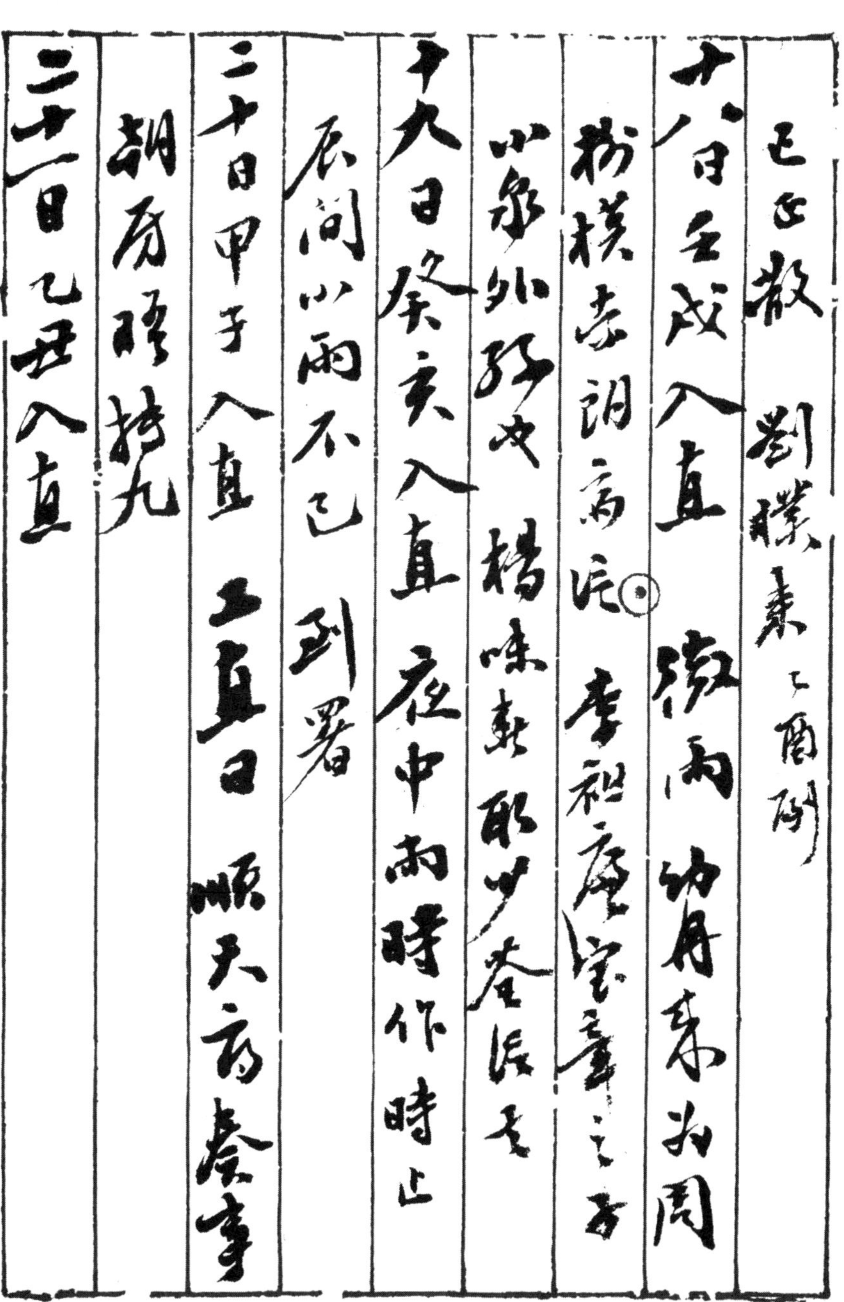

巳正散　[illegible]
十七日壬戌入直　微雨　[illegible]
[illegible]
[illegible]
十八日癸亥入直　夜中雨時作時止
辰間以雨不已　到署
二十日甲子入直　上直日　順天府奏事
[illegible]
二十一日乙丑入直

派題
皇太后互歲寒圖一幅梅花一幅　晴　承季眷
仲華花月江樓修書　順天府　祝捷
壽泉初緒
二十二日丙寅入直　晴　蘭好
二十三日丁卯　繙譯場末日　查貢院之始
藻熱
二十四日戊辰入直　出訪黃花農為仲
午扶柩事　出訪文祥平貢院役

辰刻詹 以榮琳坡小峯屋 其野瑤及不到

二十五日己巳入直

派題

皇太后蘭花一幅 到署 送外簽廳嚴

庚辛改李岳瑞以派外簽存

記獎勵 仲韜交到趙野寄石三方

二十六日庚午 偕文炳平奎貢院起

南皮宅觀劇 松壽等來爲題庫批

字

筆壽民村

二十七日辛未

二十八日壬申　至子元處作伐文　至會典館

李氏招居錢賢之女適子原　再至許家

未正二散　風不條十日

二十九日癸酉入直

派畫題

太后松二幅竹一幅　會典館着乡十先

到署　題蘭竹　復樹坡雲楣客去

八月癸酉朔甲戌入直

朱璋、戴東文、德小峯、文棋、家信、順德机

初二日乙亥。入直。龍泉寺。廉丹、張蔭人念經。觀音院。吳誼卿夫人初四日南歸

初三日丙子。入直。謝柳門、廉生、達處、托鄭

石均不晤。晤蘭孫、誼卿、仰遂行。以協揆

初四日丁丑。卯刻查貢院。同年早下。巳正散。仲午年

張蔭人拉歸葬。省南海章、商譜轔

振伯、我邨、硯樵、杉秋來為黑龍江丐文，

予木撰之。謁高陽。以耕撰悼砂字

交子密。

初

初五日戊寅入直
派蔭代
皇太后賞醇王扁一面十一言聯一付
上賞醇王扁一面十一言對一付
賞蔭扇　到署　晤蘭孫
初六日己卯　卯初入閣　餘詳[illegible]作日記
十八日辛卯　辰初出閣　蘭孫來
十九日壬辰入直復　偕吳到意來見
命請

端方

半

安

到署 聽蘭孫 閣發內廷節賞

二十日癸巳入直 朝房遇霞園蘭孫子禹仲

山 禮喜 以雲漪許久 眷節以材送以席

二十一日甲午 沈寶青 為彭欽吉信 宗法

二十二日乙未 卯初入闈 巳正出闈 崇受之 林欽

劉艾宗 叢亭 夏仲饒 鄭政張蘭浦 訪于方為

徐伯音 傅德文 其子宗瀚

二十三日丙申入直 工直日 請修內閣大堂 彬許為杜信

木植一摺 彭權湖 為南浦信

當中　晤蘭孫　查小江同任朱子涵畧順義
自淮免稅　將佛如電送蘭孫看
二十四日丁酉入直到署　以佛如電交松壽
似應向承使要確　徐壽蘅招歡劇
湖南館未初到申初歸　王子青小山等
小山小村持九世雨及之申刻雷雨中
蘇年殿試　雨氣夜
二十五日戊戌入直　順天府日招又振崇平
一片　辰刻同藏亭署陪文丈柳門上諭館

滂喜齋

汝佐　仍小雨

太和門工程　庭桂石　蔚皮石孫莊　二表姪沈歸石

二十六日己亥入直　壽天燒鴨　晤廣生亞陶

楨　燕甫招飲謝　發芰郵張孫榮師虞

頌持但左不及探席先行已申刻矣

二十七日庚子入直　蓉坊極賀安圃　訪蘭孫

不值　換單袍褂

召見

二十八日辛丑入直

諭

閱覆勘鄉試卷 到署 答鍾寶來 晤楚卿 差解

三弟新放雲泉 志勤 吟樵 季傳 南浦信

廿日壬寅入直 卯初二 雲葉代看文去 星渠論金花

上

看祝版由東海 不待班至刻 劉筱坡訪成子祥 高表

上

祭日壇 吳采樓 浙鰓督木景文 薛撫孫

清弓樓園 清河道

三十日癸卯入直

諭

宮寶運至 計二百餘方

[illegible]

六月甲戌朔甲辰入直 工直日 出所遇

箴亭、柳門、受之，到會典館 晤蘭

孫、華農、琴雲 三人 潘石、慶陳人、浙江孫膝餘 四兄

徵厚、燮松、都 四寸 李崇洗 緑門 松 發

初二日乙巳入直 正黄旗會考八旗一百廿名

鄉試四十四名不到 共十四名 會考時補考

初三日丙午入直 王繼錕 伍蔣槐 犯墳 端方 進呈八旗

求從龢新年查估稿

初四日丁未入直 順天府奏審訊坛户孫

榮、沈、顧、連、毋、王、陸、毋，二人林八十楸，已了一个月。
一擬李朝府至撫九，是日考龐、汪、顧、李二君。
召見，杖白相卿、月修、俗德、沈南、浣，杓菜代書，以雅堂黃大田禮。
初五日戊申入直，到署，僅，祈天殿，臺作。
承、修、名、稆，出南宮，年、浩、浩、廷、振。
初六日己酉入直，韋同吾、小壽、濠、江、雅、東。
初七日庚戌入直，送陳、鼻、大、鬍、蔡、蔡、季、卿。
二孫、千。
初八日辛亥入直，子元來，聶道雨、峯。

亥子号仲華

初九日壬子入直　工頭日來　祈年殿查估及

承文來　太和殿等處石階之工程

派估稿録查估　太和殿等處石階及庫房等處工程

朝房遇仲華　又　咄蒼來　隨帶司員及用木廠帶去單

派祈年殿工程同麟書　文昇河工程一摺奉

旨着管理大臣查勘修理

初十日癸丑入直

十一日甲寅午後帶印入闈

十三日丙辰子初出閘 遣人詢科平五十一到上海
發南信濟之十弟姚潘譜琴若農之事
因風大未上水
十四日丁巳入直 復 出府過芷菴蘭孫子蕃蕉陰軒
命午門謁 出晝訪小雲寶國藏亭
恩至順天府偕文老殊澂飯於特九已初回
闕謝 舉人劉茲李鳴鶴陳鍾藩之人
恩三跪九叩禮禮成一跪三叩禮
朝審未到班
十五日戊午入直
派代

御筆頤和園等處扁卅四方 壹天燒

鶴亭帶 赴韓大仲華招觀劇歸

未刻 中仙權 安圃 高陽 午生付之

十六日己未入直 送仲仙權八包並頌高陽

派代

御筆扁卅五方 相府 明蘭 蘇星 高 濂扇

刻畢 送李芸叔合八包 送蔚仲芳席

十七日庚申入直 工直日

派寫頤和園等處扁卅二面 懷山舞

十八日辛酉　入直

派寫頤和等處第十一副

蘇長公量壽佛上寶樓小記　拓持九掌園書罷

李潘鴻均如臣風石山飲　此花司為九人李先

廿一日壬戌　到廟蓋仗學　詢傳罷　允升靜蓀至

莊西軒梅村錫之蘭所先後到　劫臣懷

蔡蔣付付丁屬蔭堂　寫作辦法　所寄　擬遣手書

代化擬請幼丹罷　唭鴻郵五十道如意

二十日癸亥　入直　壹天字些　到罷　愜蘭

涵暑日記

敬進扇件耳 付劉撰細高(?)信 付

彭譜(?)劉獻夫信 許(?)向道 蔣單國(?)小峯信

付曾光岷函 張子滇(?)方剛子(?)函 復劉仲毋(?)

楊蔭北來 松吟濤(?)拔(?)觀劉(?)鐸(?)

二十日甲子入直 順天府奏王之杰(?)去(?)陈封[illegible]

張之洞議封請明(?)確封及邊(?)防(?)分(?)呈(?)議覆(?)

付任筱(?)蕃(?)奏 祈年殿廿(?)四(?)午刻動工 撥(?)之 文

付盛(?)亭(?)玉 付蔣仲華耕娛信

太和殿

中和殿

保和殿

熙和門

協和門庫房及國史館總以庫等工奏估

二十二日丁丑入直　止庵約以所談　芍庭庵

二十三日戊寅入直

召見　到署

二十四日己卯　司員十八人　工匠十五字

祈年殿動工　欽天監擇吉時偕止庵前

往閱粹平，本日午刻到京。

二十五日戊辰。入直。

派閱順天府試卷一百三十三本，每人十七本。

麟、李、孫、潘、徽、祁、廖、吳、徐、王、李、正、敬。

陸蔚內來。夜大雨。以宋文知廿八卯刻出城。

二十六日己巳。入直。晤嚴亭、知同李。

遞寄查辦事件。寄張公東，贈顆鄉殿以濤。

濟招本二百五十份，送刻出三種，蔭鄉敬。

告徐鏞直。派松程查辦，福派成安出差。

鄧壽齊　姚奏福　晴岩　秦如中

二十七日庚午入直　丁崇雅、彥康、林紹年、高已請假　派三十日

派題　順天府奏事　粘價　修補月摺　武英殿奏交劉衙啟

皇太后畫扇二幅　書局代倪壽臧書石庵詩　新好未來

是日上還宮

禮部稍有大慶典留賓至卯不見人回

尊內稿送畢　林平來　送蓉季慶收　給壽二百什種

二十八日辛未　丑正起至西貢院以所閱都統考

恒見光旋到卯初州由龍門拔橋十名散已

辰正　晚訪平西星妹

二十九日壬申卯刻赴外大堂昇平河者

霜濟　十來初三到

曾鑑　孟丕振

工歲亭以派讀卷未到　自此三部稿者
玉三孔稿手刻歸
十月乙亥朔癸酉入直　卯正二
坤寧宮吃肉　到會典館閱書十卷　到
署　殷秋樵來　王仙洲來　李在洲　復清卿　並拓釘一
初二日甲戌入直　工部帶引　傅枚蔚之　因時掛門
見三名　文明　陳恒慶　潘蕚植　蘭蓀來
初三日乙亥入直　三所　晤歲亭　西商　印手
爲文松穩房　於申刻到　福宅

滂喜齋

為廣東龍海鄉人文二冊內一冊為文毅家書卷

初四日丙子入直　仲午弟到京

上至箭亭武殿試技勇　三所暖箭亭旁

定奏稿初六日早奏　許仲韜子原宗侄

偕許星叢沙棣華仲午同便飯

初五日丁丑入直　武傳臚

上御太和殿朝服行禮　朝房與箭亭旁定

奏稿明日入奏知照　賞壽派武備院

卿文壓　許棨汪松經來

初六日戊寅巳刻

上還海

上派武備院卿文硯

賜壽扁一面、對一副、福壽字一方、壽佛、如意、繡袍、大卷八、小卷八件

皇太后加賞長壽字一張、福壽字一方

御筆賜款畫松一件、小荷包、金四錁、銀錁二

同候二巳刻到，茶設香案叩頭祗

領謝

天使爾錄柳作屢不確　是日覆奏崇

文一摺，內進言以恭迎

天使不入直，未初禮畢

皇太后賞帽緯大卷六件

初七日己卯入直　召見　招　函

皇太后　受之　劭剛來

皇上見二招　函　碚　邵　晤　蘭孫　子清來

辦事後

初八日庚辰入直　壺天小坐　到署

上還宮

初九日辛巳入直　壺天小坐　仲華

安懿　函　安來　初歸

初十日壬午入直　辰初二

濟南電為水災即後

皇太后萬壽慈寧門行禮謝式午

初歸賀星煒仲韜仁師孫女于

歸李子和之孫夜半雨送吾山禮物蒙古

十一日癸未入直玉陂搏九閏撇請假

壺天少晴雨成小雪送夢門食物

祀牲為尹仰衡蔡保作序發南信詩

竹篔蓮高琦卿廣安家孫碩庭陶民

振民濬生內百廿元寄恆姊夫人若共十二

漢研也皆三松物雪愈下愈大

揮彥彬來爲水災事告順天府薛千

十二日甲申入直　雪未止　順天報日雪六寸

蘭孫之子熊兒放定　許其夫人正妻沈[illegible]

南館　張去人來言江浙賑　仲山來留飯

十三日乙酉入直　壺天少坐　到署

十四日丙戌入直　順天府裏江浙水災捐

各一万　薛撫千　寫請假裏請初八接

辦監收不宜奏

旨著小印辦[illegible]指一摺奏

五更　未初二刻　分

旨依議

十五日丁亥　巳刻入闈　主考頌閣　東甫　澤麐

子腐　書丙林　外場監試　袖清阿　英樸　厚之　胡泰福　伯卿

張炳琳　內監試　官亮　何榮階　內收掌李

有榮　王溥森　外簾吳海　楊森　李燦堯

張桂林　本日提調監試會核名冊

得工部分指千廿分江西振即抄示　與頌閣東

甫函商以文武部同中數目務須定

戌初封門　同獄記　提調監試會同戌人封畢

滂喜齋

共六百廿五名　夜微雨

十六日戊子　寅刻起，卯刻封門，進生共六百二十五名，巳初刻封內簾門發題，四圍覆試，洪吏於孫封發，洪守第乃不顧二三等及双學好親筆，洪守何不一係手書，吏去年成試誤洪，洪段誤中三十六名也。宿學國張春華自稱係振華，問其三代均不符，振華當是未到，不知老案何以出新華手。

也。外字圖王世臣一本，乃誤中誤，擊印今夏正。王可莊未掛卷，票須補。

大風，晴。午初放牌，未初畢，子高

及受卷吳學蘅、楊幽闌、錫爵、孫封山、羅國瑞

試。直王子初，才畢開門時，考官已睡矣。

十七日己丑。甚冷。受卷孫封官出闈。

為人書對六十餘分。

十八日庚寅。發車馬衆，內簾官皆

揭曉。正以當明日知，移會順天府

兵部、吏部今年來問，分札詢，中無

有考成耶。

[illegible]

廣陵陽學分護印請錄等差夫
黎明入閣 丢御錄香安摺疏命
摺趕唱隨司 記功二次 工房司 行如
校等照七年記大功及拔象分獎
勵 錄共四千千
十九日辛卯 卯初起 卯刻治印 中遂 林
前日明閱西言午刻 叶门之稍近 內簽
照檢串初畢 校 嘆 御錄 戍正
畢 寫南 渡 滴 畢 穀根畢 送二高 出
劉印發 並須早叫門 以張寫御錄共達

二十日壬辰　寅初出門

二十一日癸巳　入直　監臨後

命

派題

皇太后御筆福壽桃一幅又仙人松鹿一幅

養子來

二十二日甲午　入直　上直日　尹仰衡

筱滄信　鴻　培之　小峯信　彭季君　筱滄

信

二十三日乙未 入直 到署 拜姊家送 [illegible]

重刻李東壽城圖及各

二十四日丙申 入直 昨天奏報糧價月摺

附片閩以崇與詞提請假告

二十五日丁酉 入直 大葉所奏派監臨

大葉 派游只勤少眠 呼蘭孫

劉聽藻为其父泰楷請城調滕作为

西段訓高名◎

二十六日戊戌 入直 海之撤於二十三日矢母代涑 仍有於承屆

派照

皇太后賞大芝枸杞二桶　偕藏亭奏

三殿查估一摺　偕蔭軒奏正白二廟白劉

以源意劉中發學一摺　韜甫晤蔭（昨郭羊以樣子）

軒及晤藏亭、姚年子授、韋甫來。

多發陰霾。天暖化凍。

二十七日己亥。入直。雲湖來送以點心二菜。

二　陳筱請茶遂說。

二十八日庚子。入直。復

二十九日辛丑入直　到署

三十日壬寅入直　工部帶引

見街道廳麟趾　周天霖等八名　江樾

廷補郎中　黄肖吳　京培　萬中

謝鮮木引　見以候補補班補用道

那錯誤與小峯咨文部議妥

十一月丙子朔癸卯　丑正入直　卯初

上還宮內廷不講祀　補褂接駕換

貂褂　薛保棟　慕淮　孫楫　叔蘅　裕澍

初二日甲辰入直 以雨 寅正退直
壹天少吐 天明以賀仲佑
晤譚九搬吾僕
初三日乙巳大風 以新鮮切問正白學
倉陵軒同到 邱長劉幼丹陳梅村長
詩農高題之 偕子和偕倪未到
初四日丙午 查正藍官學 劉陳先到 長
詩農長允升 江朝濟高題之 吳玉軒續
到 錫林官陳映科 王賓莊生卿 展六 福林者

盧秉政 王忠蔭 潘駿 陸潤

李潤均 許祐身 楊壽樞

陸潤庠 潘紹誼 薛祿槤 劉如燁 丁體常

張景藩 吳淳 黃槐森

邢謙 繼昌 張兆豐 傅雲龍 徐樹銘

均未到 午刻散 發南信運齋一函又發南 [illegible]

汪濤[?]、辛芝、譜琴、蘇、部議有旨准抵銷

初五日丁未入直 引人[?]時[illegible]

晤蘭孫 謝彭頌田[?]皮統

初六日戊申入直 鄭[?]仲治 葛泰[?][illegible]

李 廷寄昨日[?]已[?]派王[?]查[?]封[?]

朱子涵[?]來[illegible]也 重天少晴 天氣未[?]

初七日己酉入直 重天少晴 天氣未[?] 以

蘭孫函示壽農

張聯恩　潘駿

初八日庚戌　查廂黄旗官學長允升先一日到　王頤莊生卯　劉幼丹来　到翁朴甘以陸清洪　倪来　廣惠寺楊濟石開弔

何師　范文清卿　陳英生　悠秀　辰汀手牋◎

初九日辛亥入直　工部直日　東西陵派祭往

壺天少坐　付潘驗以嶽欽青信◎　李盛鐸家書信◎

初十日壬子入直　壺天少坐　到署

范先彰病請開缺助以六十金

十一日癸丑入直　弟葉來　褚廿一錢舒舒五
派題
皇太后松鹿一幅　桃猫佛手一幅　天安門
慶勤來　晤蘭孫　壺天少唑
十二日甲寅入直　官學奏教習傳吾康
二次期滿無弊歸候補班用一摺
壺天少唑　季夏誼卿衛説世年
潘駿号樸庭　送濟璜庭笙名形
十三日乙卯入直　會户部奏東河以權柜

雨芝減存款難一年租 以作房請植

手札文鳳石

十四日丙辰 火藥局濟果勤恤欽照驗

火藥已到散 並振仲華二百金

十五日丁巳入直 以仲華二百金交鳳石寄廣

辰代寄戚晚經若甫 壺天少吐 到署

振事臣 醇季和門生 和分販右 幫劉滋楷閏生 工瓦門生 門有賓

十六日戊午入直 吳仲飴引 兄植芳振千元

又先整手札 壺天少吐 為保國振 黄廷寧

合肥信莧園子也　复蕖月汀又潞東信

紹岐之派　徐國楨黃邑莧園子要合肥信
外子人沃仲如
保嵗　知吉兄

十七日己未入直　三直　壽卿春木四　函皮詞函　火藥局真吉壽

葉田方銅鑰子方　發南浙梁煒之子若極送
梨卿蘇　堆菊酹新蔭軒仲華到　子未到

廿六文濤之文竹在平麟擬術說太存季

十八日庚申入直　到正藍學梅村先到季超
延常瑞臣招未此

皆農蔭軒雨軒飽之以次到順莊韵濤
他母
未

到韵濤先授背書學　子濂蒂芯

十九日辛酉入直

長萃

召見於乾清宮

二十日壬戌入直　順天府奏麥稼高二寸一握

旨依議　壺天少住　到署　大雨　復河卿　鄭盦　清卿　辛芝

二十一日癸亥入直　大風雨

派題　同六舟到

皇太后賞紗二幅　芸蓀後命

二十二日甲子入直　雨　晤蓀六舟芝

芸蓀　經伯來　文仲如廣　張仲儒兮

芸蓀

張肇鑣

二十三日乙丑入直　壺天少坐　進仲館

蟹螺去屏　費去多少　仰食燕窩　苦丹茶

鼻煙袍褂料　閱共若干兩也　吳詞卿依昔三讀

二十四日丙寅入直　六舟處　壺天少坐

到署　晤蘭蓀尚書二支去

二十五日丁卯入直　昨閱讀伍去　工直日

會典館　立十卷　汴劉芬謹　馥　移香

湛田　晏伯　謝星海　叔華　坡　鎮南　李芬柳　晴

陪　舊穎三　聊　漢青　高袖海　翰　文仲

館　廿七日

致鎮青、李宣龔字蓼華。手覆謝函。贈以叢書。高研、以拓。許林同見趙陵差子。連言蘄七院考。

二十六日戊辰。入直。退直時見初三起居注。發南信，交伯招一本，寄濟之譜。蘇振民、慶安、彥侍、培卿、賀卿、頌庭、影叔。子英、雜來。藝庭、西耳談。

二十七日己巳。入直。順天月摺。六舟晤於朝。屬壺天少吐。雁賓自陝來。六舟子來。

二十八日庚午。午初

上諭

天壇齋宮蟒袍補褂侍班瑞德堂壞

臣柳門若農鳳石臨時辭者炑平勘剛陰

軒壽泉假不到者頌閣加恩臣未初散

藕來付六十燕庭吾泉二匣又十七付仲飴辭行來日行

二十九日辛未八直

上寅正行禮卯正還宮午初至南海

十二月丁丑日壬申八直

奏夜子初初刻

派代

屠義容 張兆珏

劉焌 聯福 吳重憙

郝聯薇 劉心源

上聞筆恭進
皇太后吉祥四字五分福壽等五十方
壺天少坐 同蘭孫赴蘐軒招
同錫之仲華
初二日癸酉入直恭代
御筆龍虎等又十三言對五言對長壽字
天佑皇清等件 工加班帶引
見三名 崑假 晤摶九六舟
初三日甲戌入直恭代

御筆福壽字等件是日畢壹天少坐

到署

初四日乙亥入直 上直日 奏事四件

貴敃併龍泉寺禮懺

陸太夫人七的冥忌 王廉陸及孫生社庭

璞汪絶卿汪柳門來

初五日丙子鑲紅旗官學會晤蔭軒可

莊題莊允升詩蕓以丹陳梅村陸讀

到雨軒以疏稿商題卜達到 王衍

觀工玉酬杉樵芳正甫 郭濤衡高安泰
才芳啟書送石書葉跋
初六日丁丑入直 順天奏 賞宣昌請
賞朱石文撰石戈千銘併敘跋事 以同銘
初七日戊寅入直 吏部下覆懷蔭疏
子高錫蕃與蔭軒齋請廟蓋會
學芸請崇華卿太史慶頌卿叔
滿乞 壽天步吐 瞻蘭孫
初八日己卯入直

賞臘八粥　過年差

賞袍褂料五件　壽天步生　助張琴五兩◎

初九日庚辰入直

派茶代

上進

皇太后珠宮頤悅扇百五齡光增周萬十千

壽北芝農之壽一聯底子　壽天步生

燒鴨麵食　慈鳳石可莊來留飯　巳初

皇太后還宮　隆宗門外百數接駕　蟒袍補

褂　陶勇生奠五千

初十日辛巳入直　同鄉謝

蘭孫　六舟　郎亭　若農　茀田　承玉堂　天林　談

恩　到署　李雲從來　六清

十一日壬午入直

上派題博古花卉畫一幅　十方　分十人　題　蒙　鑒

真行各分任　壺天　少吐同　鳳石　西樵　九

六舟亦來同商定摺稿明日入奏

十二日癸未入直　順天府奏前尹出缺　朝

房占六舟長談　弔畧生五十九　三長椿

寺弔徐鏡容　李和之弔鄧師母

十三日甲申卯正赴　先農壇辰刻

御

來入畫張王琳小痛　工部日注注差引　見三

神

兪到來六舟左張枳生　賀麗綱堂弟完姻

董叔和來弔蒲軒送以家刻近訓

手復清卿又村　復李次青

胡子英來　長少白贈瑾瓦二以扑

印　閱石承玉持九宗請題之

小寒

十四日乙酉。入直。壽天少生。到署。

以少白、硯賢、瓦松示廣生、嚴、胡、邦五。

交大兄百金，以備持九要之務之用。

又付子英樵五十千。醒民又續作書。

蘇桐瑞癸世已交出

郵子亭摇七代典簽

十五日丙戌。入直。鳳石未到。壽天少生。

寄家清卿拓本十頁。又家清卿。

橫甘作散盤大字不到。三函陸文、吳儀、都姚。

復劉鶚夫、湘鄉。趙子儀來。

十六日丁亥。入直。

賞福壽字引
見時磕頭　順天春賑價月摺同封以後
下座　集七　朝房晤幼丹　壺天少坐
蘭孫朱談　福壽盤子　青丈招
先至庵集家　福壽中初散衙上
府午
十七日戊子　廂藍官學會晤　久升先到
幼丹諸人陸續到　蔭軒　翹々亦到
午初散　李雲從　如子異　芸藕林

十一日己丑入直 壹天少吐蘭孫來
張景藩年（千金）敬辭之 到署 明日封印 原刻
派題
皇太后畫長春畫三幅 題子偕東花扇
十二日庚寅入直 是日原刻封印
派題
皇太后畫長春畫三幅 壹天少吐又
答以少屠封印來談 請蘭孫不
值 題求為長松花風齋集提據

求南浦二兩付之 張星[illegible]丙[illegible]者[illegible]

賞袍褂料帽緯一匣 趙子儀來付[illegible]二百[illegible] 又[illegible]

二十日辛卯入直 壹天少晴

會典館義事 請至國上添派各員

官學義事 長大[illegible]打隨 襄派繁慶

趙子儀來 又付一千 出費四百換六百以下可不採

二十一日壬辰入直

派寫 胡子英李雲從來

皇太后新年大喜二幅 新春大吉二幅

賴永恭　榮慶

时时兄書一幅　壺天少坐　玉眠天亦
為韓九嶷主和聲以寫磨石　貞吉亦
五十金又以錢叢方金錢四千二百助鄉
款　瑞蓮賀重義新妍　晴巖　蔭瀾生
豫東屏孫恩彦完姻見號亦梅

二十二日癸亥。入直。
皇太后賞大卷八件、貂十張。相國
晤蔭軒　芷菴　子高　芷菴均往談　文
晤蘭孫

二十三日甲午入直

派題

皇太后畫長春圖一幅雲仙祝壽圖一幅

賞黃米糕

皇太后賞福壽字長壽字

御筆長春圖一幅 壽天少生 劉署

明日加班演戲罷

二十四日乙未具柬招飲通 文芙農 道詹石商

工部加班演戲罷 俄國新年戲罷

具

謝裕楷 謝錫芬 王忠蔭

李潤均 高蔚光 胡翔林 潘駿文

未到。送唐潞軒席、潘彬卿席、查姜娟席、梁經伯、錫彤甫、李雲從來。瑞古介、蘇翠益、唐甘。

二十五日丙申。入直。朝房晤芷菴、子授、鳳石、再同、嘉臣。昨館飯君。復李小滄、張丹林、周子言、田仲如、張曲官封來。發南信、濟辛並漢生、振民、麟生、小漁、誼卿。復柳如、順天官封、遞。送高夢果屏

黃積梅蘇 白付身洋煙莽還之 渭書房

二十六日丁酉 八点 會典館裏以紙交

張壺天少生 再復綿如文帳

天官封遞寄 鄭甥 手復王

錫九陳璞臣姻世台 復陳甸浦

錫夢如信

二十七日戊戌 八点

添

接醇王福晉五日壽函箋 禮每

分四分 壺天少生

賞荷包、絲交手巾，頒麅鹿脯。

賞湯羊、野雞。開發內廷節賞，屏當。

二十八日乙亥。入直。

派寫茶代。上一分，派寫茶葉兩匣。

皇太后賞醇親王福晉五十壽。明年三月

延康繡福兩、五福堂壽、觀壽絲、

大華燈六、壽糕、蘇錠，取回。卯初二

上諭：

中秋照例熙敬。

太后歷瞻福補，給付班，同附隨錢物荷包。

堂

壺天少坐，与蘭孫談。佩蘅、敬生日送如意、燭臺來，去。昨廣生文來，以鄭人宗舊王注蘇詩二函，內劉須溪補抄本三本三冬，至直三千力，以此舊拆二本，一缺第五一缺廿卷，以劉補者出，先如氏之多，只好送還其王注了，不亦於殊乎。以廿卷何況施注陸不全，而至學須本之外出高物也。學須本旨去諫，以村要人小汀楊至

二十九日庚子入直 寅初二

上詣

太廟

派恭代

福神

喜神

貴神

財神及

本年月日時在值符神之位

復朗甫為姚詩富文陳潤甫同禮

復姚拾珊又劉岑謹丞信 復胡月舫

三十日辛丑入直

賞我字屋初

上御保和殿出

乾清門外穿補蟒袍叩頭謝

恩不站同收貢到李下江蘇同鄉公

具同立東長生 今日風石家借二席

送戲九齣 叨錢黃謝庚尚來子

育蓉廿庚辰文，計以廿二及蓉。

韡道菊扛，復嚴少雲書，籛笈。

崔子萬錢甚，復劉俊升，笈成以捭。

芋葉來甫，寸七奎。祀

先，許少蜀送以祀祖料，帽緯兩箋以錢

來數以代閒筆。

潘祖蔭日記·光緒十六年

（清）潘祖蔭 撰

光緒十六年庚寅日記

光緒十六年庚寅正月朔壬寅月戊寅寅正

關帝廟拈香辰初三

慈寧門行禮辰正三

太和殿行禮

懋勤殿開筆　述如意

賞還　候醇邸太平主人並拜年數家

蘭孫處拜壽　柳門來

初二日癸卯入直　到署　壺天少坐瀾

孫來談　六舟來　軍機園拜送

上諭摺以送者静生 安河 庠道 李中堂送

初三日甲辰入直 順天府虞孝蔭張四文

刑部文書訊潘少宣二件 陳六舟於

輯庵 小字送蔭甫 紹仲馮仲華蔭甫送叔

初四日乙巳入直 壺天少畦 拜年 晤廣

生六舟未刻歸 三日入直未見 徐陸吴

初五日丙午入直 壺天少畦 蘭孫來

西城拜年巳正二刻

初六日丁未入直

派恭代

皇太后賜七福晉壽扇單面尺寸大此尺寸以

派撰賞瀅貝勒單壽扇等　為林康首段中館益庭◎　復王符九文祺

壽泉承辰書沈倬宗甚　復張翰仙◎

汝梅石江　為徐小雲題石谷庚寅畫

山水　王研之信來又文祺壽泉辰◎

初五日戊申入直

派
題
皇
太后畫魚絹張一幀
初六日己酉入直　工部加班奏順天鄉
試搁座等二摺　諸葛氏送鹿尾二
端午橋送鹿尾二　到會典館
初七日庚戌入直同鄉尚
恩
上
諭
中
和啟香

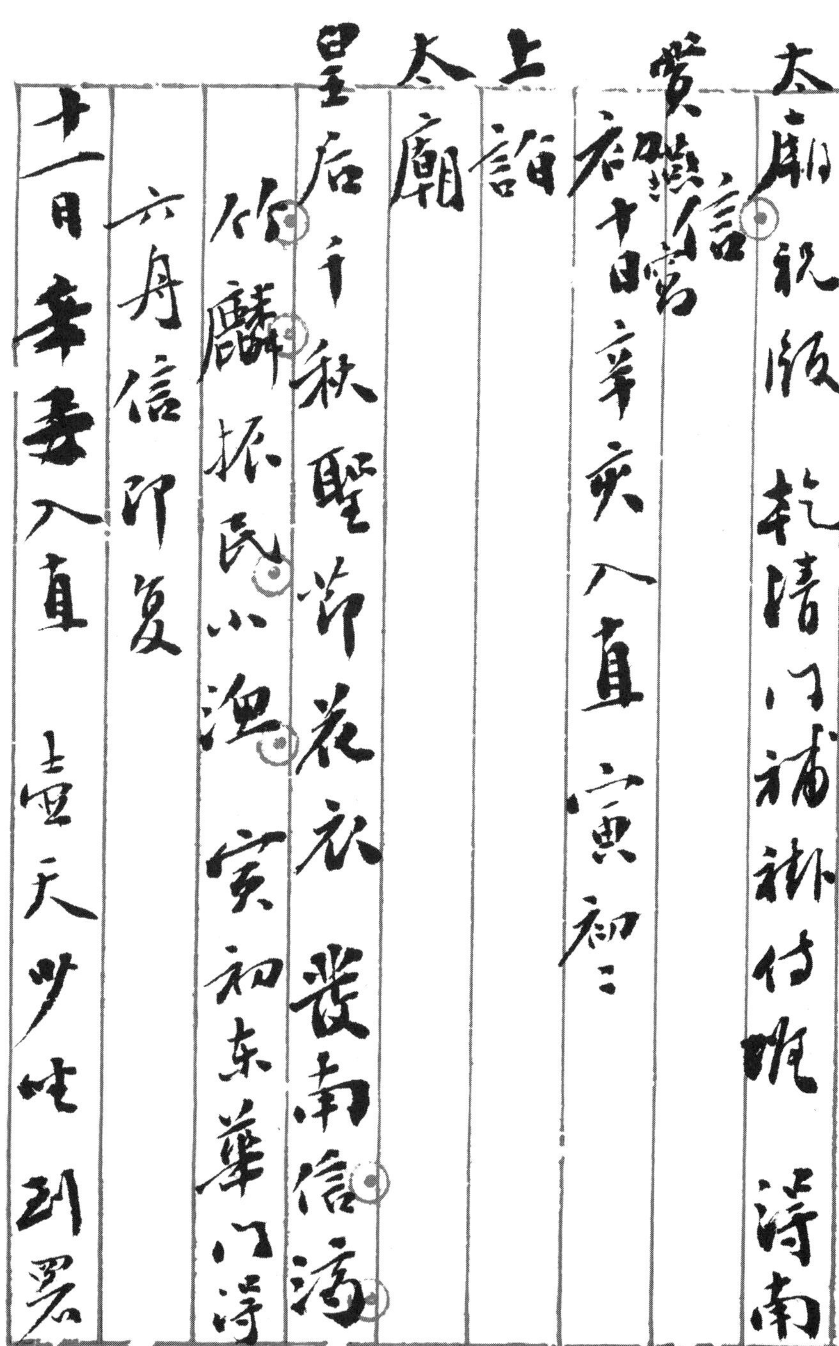

太廟祝版　乾清門補褂　付晚　詩南
詣
賞頒信寄
衣　初十日辛亥入直　寅初二
上詣
太廟
皇后千秋聖節花衣　發南信，濟
竹麟、振民、小漁、寅初、東華門、詩
六舟信，即復
十一日壬子入直　壹天少吐　到署

濮貝恒号心水

十二日癸丑入直 壺天少坐 丑初回 六舟信原初到府 晚至半山 立約如江同讀 瞑佩蘅 玉劭 劉安共 劉夫人六十壽同作 欽 許孫福 應紹 續 紹少翁 道中初見 川

十三日甲寅入直 懋勤殿跪春 壺天 蘭孫來談 都察院團拜 嶙 徐壽蘅 招湖南館 潛

答劼剛招飲，到卅七徽帖者

賞元宵

發下春帖子

賞

潘經誼求仲飴序，付之。

十四日乙卯。入直。

上詣

奉先殿。出内右門，磕頭謝

恩。壹老少生長椿寺。須柳門之封翁

十周年。

立春寅初二刻十分

十五日丙辰。入直。世祖諱。偕六舟到內。派 謁書房

禮部朱文寅初三遞。

春山賓座三分，卿貳辰初侍班

上詣保和殿筵宴，宴未列，惟南齋染翰帽纓。

賜蟒袍補褂各一，同桂廷遞謝。

皇太后賜庶吉士筆墨，以筆翁祝隆冰，祝世外太夫人壽，湘泊。

館九卿團拜，治壽文廣主席。

請豐隆叔。

十六日丁巳。入直。午刻

乾清宮廷臣宴，未初二散。賞如意、蟒袍、瓶爐、袍褂、手爐、坐席。答靜生、安求、清卿信，付之。復子靜。

十七日戊午。入直。招趙寅臣、梁經伯、許子原、徐花農、陸申甫、天池、汪範卿、王豫生便飯，未刻散。

十八日己未。入直。招伯熙、午橋、黃再同、王廉生、劉佛青、馮夢華、沈子封、子培、王小宇、王弢甫、黃仲弢、繆右岑

張子與 壬叔 許雀巢 許少翯
李木齋 鄧儼書 薛者施 均甫 甲
初始散
十九日庚申 巳初 大風
上諭
上天壇宿齋宮 午初 准
駕到薛施 補御侍班 約未平 燮臣 陸李吴
未到 徐薛者 曾汪 未初散
二十日辛酉 寅刻 進西長安门

上

上以祭辰初 大風甚冷

上自齋宮還海，偕軍機西苑門内橋

駕。蟒袍補褂，以而迅林手語只

廿三，才盛館，己丑房官公請，並作餞

廿四，粤東館，工部司員團拜公請

[illegible]官[illegible]落

小峯約本日觀劇，以腹疾不果去

二十一日壬戌。入直。換染貂冠，正穿褂

兵部團拜廿八日，餞之湖南館

有欠床 手復六舟 在大瀛 李雲從來 手復高雲帆 袖海 吳清卿

二十二日癸亥入直 壺天少坐 到署

二十三日甲子入直 張安圃祖母開弔 赴平招 江蘇館 借蔡廚 蒼瑞德堂之約 到者孫燮 徐淦 吳申初 散 發雲詢吳母 翼日雲 本日申刻去世

二十四日乙丑入直 工部團拜 竹年 朝房 晤蘭孫 礼直日 發南信 濟之 竹譜 辛麟 誼

振並救疫方八十五紙　晉紹啟承恩來見

二十五日丙寅入直

派寫正文屏八張每張四樣鳳石以璞琪坪錫交

會典館看書十卷　傳心殿瞻六舟

太和殿演礼　遇可莊蔭軒小雲建侯蘭孫及諸人　爲徵和高厚跋書於耕娛

霸昌道德克精額來號紹庭　新放古峰川　德道送礼以食物答以屏

二十六日丁卯入直　蟒袍補褂十初

一
上御太和殿筵宴朝服午正二刻成 傳心踏
六舟
二十七日戊辰入直 工直日 順天府
月摺 朝房晤蘭孫柳門小峯六
舟 祈年監督啟紹鈇泒志覲
申刻雪 夜風
二十八日己巳入直 風冷 摺六舟徐東
甫王雲舫高勉之臣可莊李潤高張

少玉、高照廷來，初散。

雨水子初二刻十分

二十九日庚午。入直。風冷。工部奏派隨扈查道派潘祖蔭。順天府奏雪及四路州縣十月後得雪分寸。天安門應勘班未到。俟蘭孫未值。

二月己卯朔辛未。入直。卯正二坤寧宮吃肉，仍風毛補褂。到署。景善、清安、奎潤、貴恒、興廉、招湖

南館辭之　文鳳石廿六分
初二日壬申　入直　恭進
派寫回文八幅　鄭邸吃肉辭　壺天少
坐　子青文招觀劇不及待坐席歸
初三日癸酉　磨勘試卷復
命注感冒　鳳石來談又
發下回文各八幅一黃一白　文鳳石五十分
手復陸吾山
初四日甲戌　具摺請假

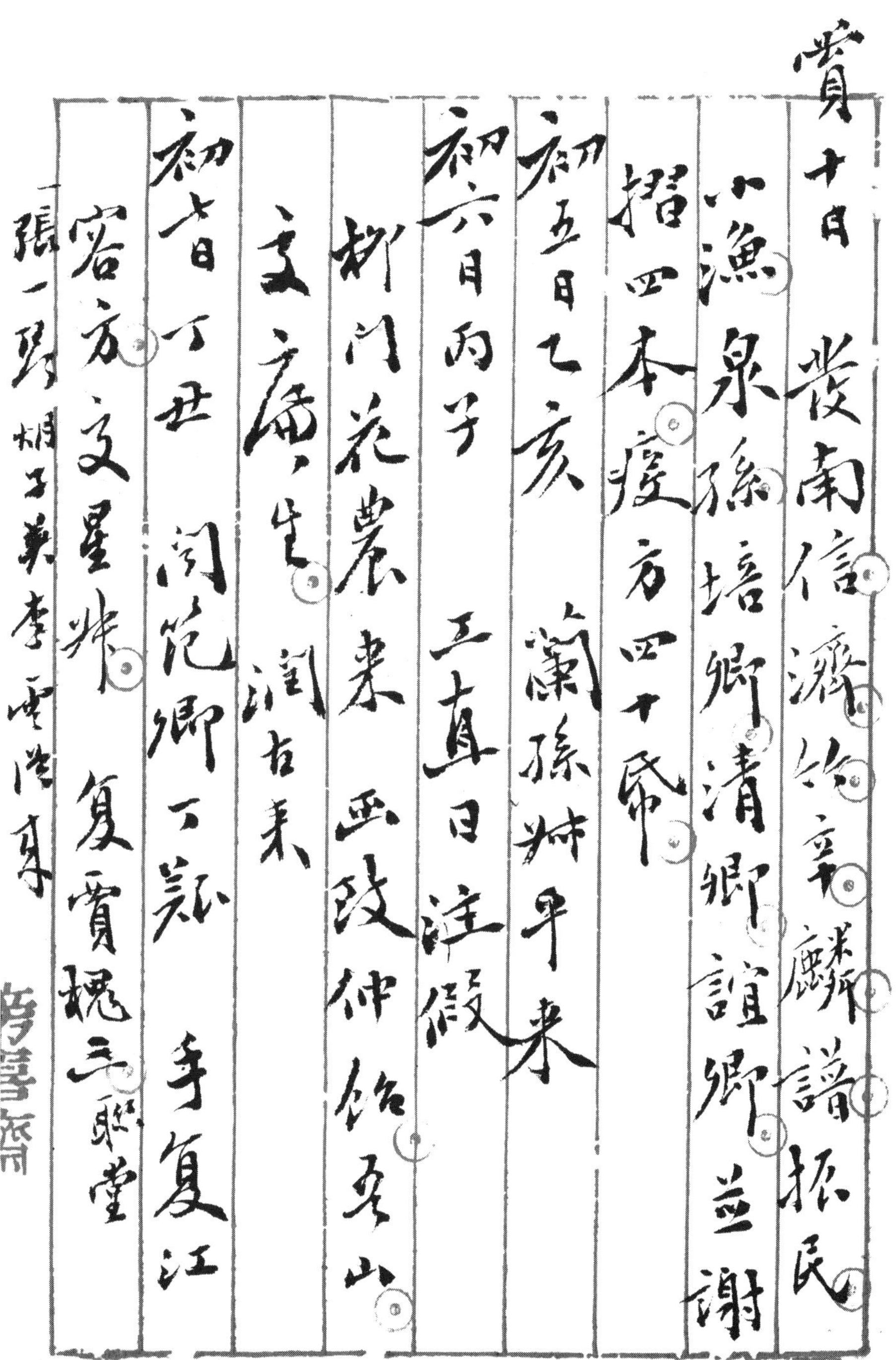

初八日戊寅

上諭

社稷壇　六舟子原孫壽臣來　寄李少荃柬

王少查偕來

初九日己卯　潤古來付四十方鼻烟價　山

朗齋言水利之舒　李雲從來畢方　合

庭福寄蓋料壺　壽山來送以席

初十日庚辰　送蕤石南以席　良　蘭孫來

送楊秋滔拓本四十五番　壽香山去

金石記及吳鑑拓本一，交豫東屏裝潢封。端午橋、松崔默來。

十一日辛巳　王琳賢請作肖款子原送摺來看。內頭卿正月十五日

蘭孫以姚平〻松桂堂米帖冒來拓即及眼均來，拓本後鈔賦先來閱核來王。

十二日壬午

上諭文昌廟

仲約來借昭代叢書　復六舟　送慧蓮宸　泫三百一方片

蓮

十三日癸未　筆帖式來取續假

摺　發南濱濱辛藩臬藩生

振民誼卿姚卿清卿寄香

十四日甲申具摺續假　若農亦請假

旨賞十日　送劉謹丞席　熙績莊來未

晤　楊秋芳來二次未晤　發濟之信

十五日乙酉　清樸江槐庭唐義容來

讀蓺庚正初訓六公

得何鷟書信◎ 順天送津貼百金

十六日丙戌 子原、鳳石來 汪范卿送

長白廣真分 正陵六舟

十七日丁亥 經伯大世送菊◎ 文子原

柳門、花農、鶴影、子原來 子政孫

鴛侶、鈐、辛伯 手復向萬鏢廣梧州守

十八日戊子 芷菴來面商新年 益英

稣初二集大白子

十九日己丑 李蘭孫、兆二、吉張、幼和來

復勞辛農並以壽泉信送閱　壽泉信
守福持帖往候　天暖
二十日庚寅　晨陰　晡日方出　九　夜微
雪　旋即大風　冷
二十一日辛卯　風冷　子英來付五十分裝裱直
二十二日壬辰　工肯日　冷
二十三日癸巳　筆政送
安摺來　昨　換洋庚鼎一套
派管理溝渠河道大臣

二十四日甲午入直具摺請
安
芋英來內經太素萬希石義共百金
派寫煙郊白澗等扁三十六面晤六舟
答星叔袁甫妻永仲華興詩海
唁劉小山約信藕芳來
二十五日乙未入直引見時請
安
到署答蘭孫子授茉山芝巖均不
值直菱舫招菊兒胡同榮宅觀劇辭辭
二十六日丙申入直答小峯玉圃炸平藕芳世蒓

鳳石壽山劉葆良暄卿小村汪范卿

函送范卿母

二十七日丁酉入直工部帶引

見三撫清松彥秀之小陰松茗是日禮部六引見

三撫蘇湖蔭杭陳

二十八日戊戌入直風冷晝天少坐到

皇太后萬壽一套

署卯初正段青丈

上還宮

建福宮行禮孝全誕辰管嬉和紅寸秋

並系和翁川日夜濟十條以

張

壽公告子初一刻去

二十九日乙亥入直卯初二

上詣海軍衙門會慶邸談前擢齋璞些三摺 碇泊

中和殿看祝版 朝日壇

三十日庚子入直 工直日注感冒

上詣

朝日壇 換灰鼠一屋藏猴冠

閏二月朔辛丑到正黃旗官學會考

實到百十名 蔭軒 李（超）（奧詩）（農差缺）華卿 鮑

之（代可莊）可莊 紉丹 梅村 雨軒 照莊俱到

午初散

初二日壬寅入直 到館 到署 送安圃行送以對幅鬱書家刻 荅樵野 芳英来 元公姬氏志四冊

初三日癸卯入直 於奉宸苑公所晤少荃遇伴華莊蓀宋慶 濟南信 復濟之。辛之。譜琴。瘦羊。小漁。

初四日甲辰入直 晤蘭孫 陸樹藩存高子弓頌軒 寄高寄来新刻書 李

雲從來 贊人像贊 蔡琳 均還之

初五 吳士愷 正紅官學查學 允升勉之 華卿 清秋園 徐子靜 可莊 頤莊 蔣清虎 梁紫垣 陳梅村 陳聘臣名琛 吳雨軒陸續到 巳刻先行 切丹爲未到 已撤位牌也

手復存齋並急就 劉補注爾雅 不湘詩注 高孝子研何事摺 六舟有通信

函致仲飴 得濟之 麟生 振民信

發南信 濟之 織雲 鼓辛 譜 麟振 上海方首 洪打損傳方

初六日丙午入直

派寫廣仁寺扁四體扁名 到署 湖南

館丁未團拜 張徐公請乙酉團拜 李許仙屏到

才盛館江蘇團拜 補徐竹山到 巳刻壬子癸丑

公祭御師母 子李許潘 申刻散 謝令兄許

颸祖來適出門未見海秋之子即以名帖見者

初七日丁未 答宗祝三子青約 竟

觀劉孝廉 雅文中子和持曹竹銘

信以文季良壺盞來見直七百五十

午刻赴龢宮，有曾劼剛、徐頌閣、續燕甫、汪柳門、翁叔平、孫燮臣、徐小雲、廖仲山、福箴庭、巴敦甫、申和，余先行。

發南信。

初八日戊申，入直。工直日。安徽館團拜。替修寶泉局

孫燮臣、方汝紹、郝同篪、高傳循、徐家鼎、王嘉善招，未初到，未正先行。

初九日己酉，入直。蓉清秋圃候，蘭孫未值。鄧澤鍇壬子同年賀芗孫

初十日庚戌，入直。到署。替修寶泉局 祁壽孝 潤田 恒頫

于文中来函〻

十一日辛亥 官学奏事畢 明查学初 英漢鍾琦保西巷中丹徽宋談

查廟紅学有莊煦莊兔〻秋圃雨軒華

卿雅 午初二散 村先後到 務林故孫子靜管陳洪保

到 趙季和挹仙屏子承漱蘭到未初〻

散 付許梦鞠尉祖江容方信 夜雨

十二日壬子入直 工加班奏事四摺一片

晤蘭孫 再函孩六舟 又張陳氏上控

送弁押交府署 陳洋禮 右 新到招以西 不咨宗直棠

佐報二次現遞知照班 張芳 驛 山東汶上 河南杞縣 浙江人

吳錦帆 許歷祖蹤 朱安允

十三日癸丑入直 順天府奏雨未及一寸

招張樵野書 竹銘 李若農 高□□

陳冠生 吳勰臣 李錦高 陸鳳石

未初二散 午初後雪 夏六舟

清明 十四辰初三刻

十四日甲寅 以下東陵日記

二十三日癸亥 以上東陵日記

二十四日甲子入直 全牌請

安 頃聞以病未到 聞韵剛仙去
派 擬陸福青谷等更番面對 罰付
二十五日乙丑入直 天安門禮部朝房
勘各省試卷畢 簽點 到署 晤子靜
河南以門生華見 于文中來 景子和 面交六百六
二十六日丙寅入直
派 閱各省覆試卷 徐桐 翁 許 應 潘 祁 徐郙 景善
廖 薛 汪 徐樹銘 十二人 申初二散
寶佩蘅 招飲 劉髯之 癸亥乙丑團拜

滂喜齋

晴〻。

二十六日丁卯。入直。順天府月摺三件，一片，發交筆帖式。會修貢院墻摺，工部帶引見。陳侍庵、趙亮臣、宗丞摩撖同寓換山交內讀良久，又因寂亭四尺讀，知

上欠安，請

安。看方已，兩菊上雨窩，但亞矣。曾紀劉廿二　送嶰齋華臣、廉隍王朗清庫

七世侄晨佳哭〻。傳明農、鳳、唐、振、郵〻

子帶來仲飴信及漢磚五，甚大。

二十八日戊辰。入直。請李小研來，并帶江南小門生俱見之。吳□□送汪仲冀分二百，屠文子原寄書溥招布芍丙莊古文疏證、石洲詩話、劉氏示廷珠信、鈕氏危觀年補注，交小赤，以黃沅浦信交鄧評、鄒淌御甫之孫也，汪芝怡安梅田黃信女婿也。蔣小欽仰蓮之子，俞陛雲階青曲園之孫，文孝共信并著魚三楊。蔡延東之順敬積嘉一葉名人瑞柳泉勸保鴻共一葉，以葛氏送鳩野送

二十九日己巳入直 請
派 惠陵雲之拈花寺隆福寺 永孫為十二 西
安 看吉工 直日 泳孫珂泉 湯濤之信
三月庚辰朔 庚午入直 以分資信
上大安無方 晤蘭孫
叡雨午初一刻家 初二日辛未入直 六舟許亭卿胡翔在朝
唐函晤 到罗石 子静來 以雲洲信
初三日壬申 廟 藍查 學藝 卿李越
勉之 申甫 熙莊 梅村 雨軒 到 翰林
官 梁 楊 管 丁洪 徐 到 陳 聘臣來 到 之正

散卷文作詩代者申初三刻接

來場善王蓉彥病以錫芬病

寄諭　收六舟

初四日癸亥　正白旗官學會校陵申首高

翹之清秋代詩叢園陳枝村長人季趙蘗華卿

吳雨軒徐蓮軒到已正散百莊於未

初五日甲子　上祈雨到大高殿　入直　如江劉鄧崇黃海府　東西廷公奏

湛菴之事為新年題句　趙花農來

有趙建忠德道延年益壽扁一張二
紙

初六日乙亥入直　順天府遞封奏一件
上諭
朝房晤六舟　知船臣入闈
譚進甫來
初七日丙子入直　到署　蘭孫來
六舟送檢筆稿來　昨摺中有誤字
也　大風竟日　以南海並上海書卅帖
初八日丁丑入直　工直書

李中堂 張兆玨 勞肇光

派寫頤和園對十付　晤六舟　候仲華未
能見　夜大風　得仲飴、趙伯韋之來
初九日戊寅入直　風冷　收六舟　收仲飴
收仲飴交順天府　發南信、濟之、辛芝
譜琴、瘦羊、振民、培卿、清卿、誼卿
初十日己卯入直　答譚進甫　自行檢舉請
力談年力請議處
旨依議　函致六舟又璞尺信
上諭

建福宮行礼　專致六舟
孝貞顯皇后忌辰　巳刻雨未刻止
十一日庚辰入直　順天府祈雨六舟係吾
到署　送王詡清治榜墨扇鼻煙補子
活計火鐮茶叶帽緯　復曲園　周文元
十二日辛巳入直　復六舟
上
大高殿祈雨　北江自通來　陸幼秋寄箋
十三日壬午入直　復六舟　華卿來

劉兆璋來　冕寧河

十四日癸未入直　為李木齋題黄善夫之敬室本後漢書，與王廉生本同，康成傳無不字，亦與所合，佳本也。李伯行經方少荃子，二品蔭，因召。王蓮臣子洪棠蔭霖來

十五日甲申入直　到會典館　至露園

到署　昨雇船請只查一日，行云下游之護上游四月而畢　陳其義來駿生之堂弟

十六日乙酉入直　工直日　朝房晤六舟

滂喜齋

立夏未正初刻

仲韜來 再函六舟

十七日丙戌入直 以面候

派寫頤和園樂壽堂九言對一副

十八日丁亥 廟蘆學會 晚益補正黄會

孝蓀軒出花華卿中有核村秋圃可

莊緦之 雲舫雨軒偉到已初散

鞠常來 裴面候濤 辛芝 度子振民

魯岩

十九日戊子入直

鄭盦

派寫夕佳樓匾五分二付　若裕洋生葉鞠
常諸不睡到罷　復六舟　阮引傳芳申
甫文達爲孫物卿孫其父母先罷吳檣此談
上連至南書房二日　錄十匾之　以芸帆子大源店號硯田　誤了求助二百金

二十日己丑入直　謁園春祭未去　鄭郎招
廿一日觀劍辭之　巳刻雨微雷未正後晴
又雨至戌刻止
二十一日庚寅入直　偕壯麓奏　祈年殿用延楠
木一摺

泥書扁方月

上祈雨
大高殿 賀楨山 綜如 壽山子
二十二日辛卯 入直 順天府報得雨四寸
上御太和殿受賀 無表 會典館到者小山
霞園 星叔 芷菴 蔭軒 恩龢 先有四人
同飯 晤廣生長談 福壽堂南安拓
申初先行
二十三日壬辰 入直 以摺謝
恩 詔恩

上諭手簽六件

壽皇奉先殿道旁石磴頭均蟒袍補褂不誤者補褂藍袍誤 劉署 畢弟村赴金華看

月已來 吳士愷付以穀錢青蚨五[illegible] 張均和為書楹一聯 蘇鄰不來派書直幅四[illegible]

二十四日癸巳入直

上幸頤和園二十七日起

皇太后幸頤和園凡六日 晚蘭孫

二十五日甲午入直 西苑門內六字每六印發

[illegible]景鄭

二十五日卯初二
上幸頤和園　未正歸　館同鄉接場　庚子同榜題名　致南信　濟之　又芝泉子　大澂事　辛芝　譜琴　慶年　振民信

二十六日乙未入直卯初
上詣
大高殿謝降　順天府月摺　又三縣紳公呈李均豫引見一摺　賠六舟賴歹事　均豫來知事

靈 耀 查光泰 徐樹鍔 劉啟彤 閻維玉 朱 溍

旨送新引見　廷傑臣陶來治荊人詣

二十七日丙申入直　到署　延西陶

乙酉公請譚敬甫餞之　送以扇筆洋煙竹

帽架茶盤　鄧小赤來　遇可莊　王之春函

之春之功　小舟來　二子趙達義、粟曹善臻　海軍司　浙江按貢　丙辰朝考

二十八日丁酉入直

上辦事後還宮　答長詩農　張之琛署騾廠

二十九日戊戌入直　候德靜山　山川泉　合肥

見　陳慶彬子均來　送陽三老石刻　漢畫像

以青士信來 馮宗琳乙丑庶常瑞之子 文田去信

三十日乙亥入直卯初

上看

太廟侍班補服 祝版 到署

四月辛巳朔丙子

上詣

天壇齋宮午正

駕到 瑞德堂約翁孫松汪李徐陸朱副敬

雷雨不大 小雨 夜不止 仲實來 複克翁

滂喜齋

丹壹 復六舟
初十日辛丑入直卯正三
上還宮
皇太后派撥
賞
萬壽兩對大一分 頌閣未到 再復六舟
復青士并先影謗袁禁如文女子雪依留
蕉石珊假恒 薛蔡廚於旗蹬不收濮陳牧來號
南沙青士長子 洞濟之先夕

滂喜齋

以滿十初二前十家

初三日壬寅 鳳石來診脉并方 鑲黄旗考監送肄業生

劉雲礽等四名 吴雨軒 榮華卿 陳梅村

陸天池 王雲舫 司莊 季超 詩農 勉之

腹瀉不及行禮 稍已和散 夜仍瀉

初四日癸卯 入直 再復六舟

派恭代

皇太后賞

皇上扁對小底 受兹介福 祖武承五福五代

天慶膺多壽多男

泗星房

初五日甲辰　查正黄學詩世辰天池　可莊

梅村　季超　雨軒　勉之　陳　楊　下管　徐到

辰正印行　賀若農　浮閣學

初六日乙巳入直

派寫扁上款　光緒庚寅六月二十六日御賜　浔南信⊙

初七日丙午入直　賀鳳石　詣官三次　盛陶來

謁昨日

初八日丁未入直　順天府覆奏查辦

張兆豐封奏一件奉

旨張兆棟著開缺交部議處等因欽此　降三級調用
蘭孫來　送小村行　至龍泉寺拜祁
師母　送小村茶點點心
初九日戊申　入直　到署　龍泉寺手癸亥祭
鄧師母到　告近　藻蘭孫　亜陶來談　巳正
鳳　嚴令來　臬司來　訪陶福中一票　得南信　仲武來
初十日己酉　入直　工部帶引　互註差
見十二名　寶源局六名　滿員外一名　補筆帖式二名
奏留筆帖式　庫使各一名

發南信 濟、瘦羊、章甫、廣安、振民、譜琴、培卿

十一日庚戌入直 上直日 同芷蓀至天德 派查木廠看祈年殿樣式 查庫同審薛允升灤東許寅徐汪七人起 看蘭孫嫁女 賀蓉山

發南信 濟、辛、譜、瘦羊、振民各墨一本

濟譜題名 風

十二日辛亥入直 卯初二

上祈雨 以特九苔屋志文意相

張延鴻　潘寶琳　王繼香　徐道焜　劉啟瑞　榮禧

大高殿　朝房晤葉少午、穆筍菴、沈梅、李和子、爲

謝恩　磕頭　勸劉開平送對　晤劉康侯

十三日壬子　入直　到署　李雲從來　以子

萬似孫文苑英華、小學各四本

十四日癸丑　入直　加班會戶部奏　張曜請

四千萬　以戶部支絀　准卅萬一撥帶引

見三名　陳侍庵　趙亮熙　宋承庠　答劉毓麟　未晤　蘭孫

女孫琮來　送錢

十五日甲寅　入直

派寫吉林龍泉真普匾一面　晤蘭孫
手書致胡高為朱光綬之孫耀秋求
賞蔭矣　手復陸春高　函致再同
為龍景台矣　函致仲銘　函致合肥為
通永道矣
十六日乙卯　查庫起潛貝勒有差管庫
長與李春醅修已刻散　風　換麻地
紗袍褂　到署
十七日丙辰入直

派閱覆試卷，同徐、麟、翁、許、嵩、孫、祁、授、徐、收、廖、薛、汪。一等七十三名，二等一百卅六名，三等百廿六名，四等四名，甲初散。

十八日丁巳　入直。工部加班帶引見二名。趙寬臣（孫甲）巳謁。順天府奏查會館

瞻六舟期府，查庫卷，潛峰到，卯正開庫，庫庫庫到，蘭孫、子禾、小峯巳初，柳門到，巳初散。

十九日戊午　入直。會典館奏章程一

許鈖身 施沛霖 湯釗 朱焯成 王忠蔭

擬又英留賞樹材一片　三直日　蓮舫送梁花梨帽架計大紅袍茶葉

派閱散館卷共九十名同嵩李黄部

豈種亞西三刻十二天

許孫王李仲約　一等四十三　二等四十名

三等四名　題白虎議論五經同異賦

賦得無雲蔓郭下以無字　李端詩　同濟續許李周

二十日己未入直　查庫已初散

復六舟　詩少荃信　復駁查治中署道一

函　手復方勉有　吳義培来　集生　少集之兄　葉集之

二十一日庚申　晤承厚　信

派察看樓（？）[illegible] 因、崑（？）[illegible] 桂、胡（？）[illegible] 查庫，同莊、崑、祁、許、濮、

孫。巳初散。仲、六、蝸、孫來。蔣、小、遂、大、殿上

以二匣 以劉[illegible]之長（？）[illegible]

二十二日辛酉 查庫，同莊、濮、良、李、崑、祁。巳初散。

六舟來 先（？）示陔（？）六舟 胡、萬（？）來 大、松（？）一 碑（？）[illegible]

二十三日壬戌 查庫，同崑、恩、李、孫、莊、濮。巳正 以南圖（？）[illegible]

二刻散 大葉（？）[illegible]

二十四日癸亥 到。罷（？）不 查庫，同崑、李 [illegible] 刑部侍郎（？）[illegible] 印止

祁、濮、克（？）、恩、孫。巳到，巳初散。仲、[illegible]

李俊民莊請葉吾信

二十五日甲子卯初　順天府寶及查庫以察看標識到不

上御太和殿朝服行禮　禮部朝房察

看標識　江右鄉祠文芸閣　福州館吴禹

堂長元吴館　吴穎芝歸　弟未刻歸

二十六日乙丑入直　察看標識覆

命　順天府月摺來片　宜剿水災撫卹士

任道鎔等函撥銀二千兩　查庫　莊續

李瀅貴汪辰刻散　為廖季平作邪

箸左氏公羊序文。

皇太后賞藍芝麻地紗一、灰色芝麻地紗一、絳色芝麻地紗一、石青芝麻地紗一、漳紗二、葛布二、帽纓二匣、帽扇一柄、藥窩一包。

施培曾庚子三子熙徵道員用候府 揚務同知

二十七日丙寅。卯初查庫，莊克李祁員徐，巳初散。

二十八日丁卯。查庫畢，巳初散。濮以善未刻

學書寄

賞袍褂料蜀紗蜀布帽緯共十件

二十六日戊辰入直查庫覆

命因管庫列銜

派閱朝考卷同徐、翁、崑、許、奎、祁、孫、廖、汪、李

沈一等卅二二等百廿三三等百九四等僅派

鵬不完題靈謹董仲舒論擬趙充國屯田十二便疏賦得松色帶烟深得深字中和

剖徽菊常到館賀擬

皇太后賞袍褂料各一匹賞一包普洱茶一團

日食 丑初

五月壬午朔 巳正到廟 江官莘可莊 甫華卿先到 梅卷勉之 許蔭季 與 並補唐正黃學黃名役蔭軒 到後雨 軒到 巳初歸

賞角黍

皇太后賞

御筆畫摺扇一柄 團扇一柄

初二日庚午 入直 南書房連銜 謝

皇太后恩

吳愙

仲以 小七 夢鞠 [illegible]

上以 皆南宮滿辛瘦羊諸器振民益墨器名 校廷拓瘦羊拓

方澤罍宮高觚賓區段出西苑門同磚頭去

蔭軒盛亭校壽泉南高五人蘭孫所

皇太后賞扇文 三所侯蔭亭同告三所

東西文要

壽康宮

英華殿某要圍墻 開發內廷節賞及扇

初三日辛未入直 到署 招二席蒂卿

鮮伯熙以病未到

周志靖 徐致靖

初四日壬申入直

上看祝版

乾清門侍班補褂　送許少翯紗葛

帽緯荷包鋼香合蕉扇為宮賞扇

潤萍　梁味三經伯潤芳好　復六舟

夏至寅初三刻十三分

初五日癸酉入直丑刻

上至　裴鎮青作官封為作年

方澤卯正二還　還海　招碩卿劉帶

秦吟蕉汪濟生丙年永孫福臻

初六日甲戌入直　晤蘭孫　復仲飴
文宦封　復六舟　益甫楚索　寄濤三
十本　鳳卿來
初七日乙亥入直　寅正後微雨時作時
止　到署　陳栔卿送扇及裴岑碑
冠生送二蒙二點　王仲希　曹彥來云欲
往東將毋
初八日丙子入直　孫錫康号小平夫河孫
詠景濤來將赴穀事山啟
号稚鄂

又以年浣竟秋審金生黄垣大定伐付趙福急祖試怡

初九日丁丑。入直。張儀卿來，岡之、鄂

十六幣平陽等五千付手七月

以濤喜高林玉送涂景濤雅齋

陳附仙來，已五十大壽，留沅甫、首信

午刻雨。寄濤静、酒石、劉、李季、又文全森、深叔、瀛達、李俊會試題錫齋

寄新林西蘇節鉞院長以會試題科

寄譜琴同門農八本。寄麟士、秦藤齋

墓表、文數拓、鉞院眷吟，以上文福臻

文振民全振孫夏峯、戚伯義、華山碑

初十日戊寅　火器營旱河收工至三孔橋
松林村一帶等處寅正起巳正歸
福臻甫拉　西事求為高楷文高相
十一日己卯入直　順天府報得雨二寸　子英來
會典館看書　公所晤六舟到署
發南皮濤辛九精（私）（五月中挪去了）送六千元屬辛芝
詢濤之脈又以年撥民又隱賬散級新進士引
見事　再致六舟　發藕舫仲芳官封
十二日庚辰入直　公所晤徐李麟閣談只

陳寶璐　王　何　黃紹箕

施培芳號翔臣子以鏞號樸齋（同知銜補候選知府）

施魯瀛號文波朝考二等以六分

胡子英來　魁文農太守以宋異來

高仲瓛送漢印十於仙山拓　胆何書以收

貴州未來合肥壽文正郎收張守英云是寧人謀

十三日辛巳入直　紹葛民　趙世長

來以閩湾之　章芸庵字浴之

家薦包等件

十四日壬午入直

吳夢淞淳來欣蓀德靜山梟幕芝英來尚公分 付廿刻箋 廿七付十金

十八日丙戌入直 小雨不大 巳刻至午 多二金

漸大約三寸 酉段德靜山復六舟

張發祥自領發藤黃又檢驗來

夜亥初又雨一寸

十九日丁亥入直

上諭

大高殿求雨 順天府報雨三寸一寸入亥刻

晤六舟心峯蘭孫仲華於直所 到署

酉初三刻雨即止

二十日戊子入直 丑正三邃中遇雨 日拂石梅辰

蔭下國史館傳四本 卯初後又雨

酉刻又雨 戌初又雨 樂處丁猷

皆墨未初二刻

二十一日己丑入直傳

旨太后前交懋勤殿書進四十部 要奏據寶鑑十部 上十部 外正三刻又雨

上諭

大高殿謝雨 雨旋下 子刻未二次

二十二日庚寅冒雨入直

派恭代
皇太后萬善殿龍象神通兩一面
王真甫 鄭工料採溢於舊言約萬元零載
雨已止刻不止未初三小止 細雨達旦
二十三日辛卯 以活計一匣寄濟之以
鄭振橋初文端振山嘗賞入傳淨不缺
合淮鎮廣劉金人子栽葉寄振民
文碩卿並送碩卿詩 子千到京
二十四日壬辰 入直 雍轎二日 順天林
深透 王西泉石經琳手倦甚 鈔三頭食閒字

到署。賤碩卿、語石、鞠常、子年、蔚若、柳門、鳳石、阮懷、建霞、鏞存、茀卿。

二十五日癸巳。王灃爵棠之孫候補江蘇府。瑞莘儕江寧藩。

二十六日甲午。入直。答瑞茀侯、王灃。送壽門點心八匣，小峯石民信。送茀侯席。送李伯行扇、紫泥、計帽、綈、茶、腿。送福少農。福錕箴席。送魁文農席。為宗室子作說文部首序。以秦碣著序。廷堦托立豫甫。丁麟年[illegible]

二十七日乙未入直 到署 [illegible]芙來[illegible] [illegible]

送孫吳卿硯賢書茶[illegible]⊙

二十八日丙申入直 文貢三送禮

瑞芾侯送禮 柳門以使吉林來

王馨庭赴山東來 汪肇墀泰錫

以昨門上爲招呼也 手復蘇芳⊙

二十九日丁酉入直 卯初雨 夜細

雨

三十日戊戌入直 丑初一刻冒雨起身

賞菊一斜刻計大雨十一陣正寅正一刻止時作時止頌卿誓川戌初大雷雨至天明未止

六月癸未朔巳亥卧淋雨蒸冒甚人茖蓀帖、式未錫貴取請假摺雨未止屆俱漏細雨竟日夕不止水災成矣出六分

初二日庚子侵曉大雨一陣具摺請假十日辰正三又大雨徐壽蘅招湘南館吃孫朱告

初三辛丑園稀鋒、部藏弟心

請陳舫仙題文蓀李伯川吳碩卿均來李
德靜山亦來　助孫濤之借閱百金與交臥石
以梁非子子良函致文蓀陳為薦三已辭館
未正三刻筆帖式志瑞來
實係十日　一夜雨未止　函六舟
初三日辛丑大雨已四日夜水突奈何
雨至酉初止　函六舟又自復之
初四日壬寅　三函致六舟　西五陸六
舟　夜無習又雨

初四日癸卯。卯初以千金西段六分發旬信。清。辛。譜。麟。振。寬。蓮。竹年。每段六分三錢 並看摺稿。雨不止。送陳舫仙賞扇贊卅二

茶醃。復藏芳。夜戌刻止。

初五日甲辰。順天奏大概情形

卯初。復六舟。復藏芳。六舟來

辛。計是日六舟六函，杏人三函。

旨：民田情形迅速查明具奏，欽此。

初六日乙巳　丑刻起小雨

上諭大

大暑辰初二刻大高殿祈晴　吉人來　是日嫁王下儲川　冬奎　交廣

得菊信　山東小飾一匣　金如意一隻　珠串一送之生

初八日丙午　卯刻小雨　酉初又雷雨

得吉人信　三度六分　酉初又雨旋晴

子初後大雨　四度六分

初九日丁未　晨起再度六分　雨未止

雨時大時小

朱溍

初十日戊申　子刻大雨幾陣至辰未止　辰正大雨少止四再發六舟一發吉人一函　午刻晴　申又陰矣　申由六舟交來

廷寄　夜間雨三次

十一日己酉　子刻發六舟一函

上諭　戌子發張吉人信一函發張光宇函

大高殿　以寧文齋謨千金

祈晴　以安摺交掌政

十二日庚戌　順天奏續報情形一摺二片

午撤玉壺天 達雲鳳石柳門來

復亦丹又玉陵 入四月來惟此日未雨 然日來有雷

十三日辛亥 入直 具摺請

安 到署 二內一片 汪洋 復季和 鄭靜先（向）

錫蕃 廣生 碩卿 菊莊來 事

上諭一道來

廷寄一道

十四日壬子 入直 引見時請 復季和

安 復怡一緘 天池 徐樹銘來 瑞卿

捐五千石小米一千石。芝蓀衡呼圖禮來告
以文府姚氏以來付大錢四百，余所捐也。
戌初復六舟。兵部衛佐賴來，欲受業久是旅。昨日寄書衛芝山，昨又寄濟渠河。
十五日癸丑。入直。
派恭代
皇太后賞條之萬福
派恭題
皇太后題桐鳳四幅，着張曾臣國正陳六舟。
復季和信，目指名毋之疏。

派出

以百廿件交殿亭進膳用

萬壽進膳 自二十日至初六 瀅澍謨濂瀞潤瀛諮瀅望 克王 慶王 禮王 彭 張 許 孫 福 嵩 那 巴 崇 潘 共十六人

陳蘭學查出江廣生作芳來

十六日甲寅入直 工直日 晴天方寒胡

隆詢同飯

派發

皇太后畫以鳳一幅松鶴五幅 又取條六幅

又諭壽人畢

十七日乙卯 廟藍換官學到時一人未到

楊蓺芳爲截漕六万請撥主稿　李燕臣來　鮑子
馬的塘未日到
收振陸孫到　原正二刻散　唁子承書
信文季和弟　又托季和雇光市
擬譚源坑　又允燦若函　時季子周季
仲蘧上年時吉人子原馬孫　慕師除又一
信翼城到　五函致六弟

十八日丙辰　入直　晤蘭孫　收吉人向荣堂
初借銀了　二函致六弟
盛泉薛幽塾邀帝蘇　崇鄭　吉人

十九日丁巳　入直　借提督　六函致六弟

潛 屠義容 王煥 許祐身
身 陸潤庠 林紹清
張宗德

非平 晴來正政安 巳初三刻雨
至未初二刻連復六舟共五正復吉人政
一函
二十日戊午入直 六兩候六舟武兩時許
到署 奇吉人信印復 華采付四十欠廿
到廣州館 蓉郭薌甲手紹亭
葉蔭雲來付五百文一函
二十一日己未入直 六舟遣弁兩段
取萬善啟手復 到會典館

暑去　戌初宴六分

立秋子初一刻二十二日庚申入直　聚奎堂蔡府

公請張、翁、匡不克到。丑刻玉陵六

分吐佛青玉頗𤕤賬六人

發下初六日

萬壽進膳

賞袍料、荷包二對

二十三日辛酉入直

派恭題

皇太后松雀一幅　長椿寺王孫生請為
太夫人點主
二十四日壬戌　上直日順奏事注感冒
提督衙河差委工部會議周天宗摺
手復張詡齋⊙　夜寫對大雨
二十五日癸亥入直　先至萬善殿撤
賞嘗周母等兩箋殿至四兩廣門撤勤殿
他他
跪一首聽戲辰正入座

湘善齋

皇太后賜膳飯早晚二席，又上人果卓一。

廿九日中正一散，三十三刻，讀同梁鴻翟萍。复六舟一函。石賡臣來，未見。

三十日甲辰入直。

派寫壽皇殿扁，遞上，出示。因庫七兒

賞收。南士弟有　開發所戲文款，共出京錢　捉熟記同書

膳房千兩

鉄一高所對。辰初二

乾清宮三叉賀，巳正二之庵共艾初酉。孫二嫂

初一刻散，賞飯與昨同，果卓六盒。

復六舟文安（劉文）送去 又函致六舟 記[illegible]
謝仰蘭琴云宿衛函屬江根虎五陸六
舟招之出莊已出 復 復一函 子剣復
六舟 送瑞張德礼 孫子揩禮
二十七日乙丑入直辰初二
純一高入直卅三刻五分申正二散畢晚二
摩果卓與上同 函致六舟 復一函 吉
人 文藻軒言魯城村事 六文六舟
劉佛青來 即赴東安 又函致六舟

二十八日丙寅入直 函致六舟
上還宮 到署出城 吉人來 再致六
舟文吏 趙文騂 吃補炅平号心足
二十九日丁卯入直 蒼裕浮雲 談廣壎
稍談廣壎館 貴興 清文嘐 曦亭 伯青
夢華來兩函 仲耜、元秦 又函 夢華來 廣堂
三十日戊辰入直 丑刻致六舟 郵到拔
六舟卯初二
上看祝版花衣

乾清門侍班 卯末刻 散南信 清 章 綏之 派書房
七月甲申朔入直 寅刻
初一二有侍郎共廿八人
上詣
太廟 卯正還宮 辰初
純一齋聽戲 入座花衣 席果出 卅刻
申正一刻散 藕芳來長談 戌六刻
詩一題 信三頁 改六首
初二日 庚午 丑正入直 卯刻回 雨 辰正
純一齋聽戲 未刻 申正三刻散 回雨

賞飯聽鴻禧三次如意 午後雨夏大雨中報

賞如意帽緯荷包花瓶袍褂料手巾

漆盤兩其大 順天府奏聞廠初五

電濛 以所奏摺交青士 四函

四封發子原 是日起補褂紫袍

初三日辭歲入直 已初 門西近芸人東直廿八

綾二函聽戲 辰未如意 戌正 劉燕

复安兒 文史 共三件 第二次兩太監

第三次果設御廠撤御

初四日壬申入直　晨訪寧秋樵
派寫　又改蘇芳內閣石一電
牽牛河鼓天貴星君
天孫織女福德星君神牌　巳初
純一齋聽戲戌初散席柔如寺出九刻
以聽戲經費什三刀三木交藏方丁
初五日癸酉入直　巳初
純一齋聽戲入座柔席如昨戌正、
刻散　復寧秋　以佛青夢華信

致仲華問病

初六日甲戌入直 辰正後 出所時六分

純一齋聽戲入座 果席如前 戌正一刻

到壺天 柳門來辭行 正段安分

內謀電一 手復孰芳並照作文函

手汝士函

初七日乙亥入直 代曜門

上出瀛台時，同進膳 禊 隨出進晚膳 可卅分

賞御前所答前月廿二　臣龢
綾一高麗戲成詞二闋敬　臣龢
呈太后賞御筆桐鳳一幅畫扇一柄
華衍撰擬文集忠肅遺函六冊
發南二沆海三年譜賞運經二再五冊

光緒三年十一月

受暑未初二刻出
初八日丙子入直　賀丙相國　賞壽
出城以上七日　沽佳臺天花浩靜山俟秋懇
興陸呂蔡高
祥房
實氏到門道年願丞順高三丞段六子
一點聽署來何共坦江西解木委員
訥緯二將持情

金壽門院因仰恩及直日不克到請者如江代具摺謝　胡子英來　文善書齋文一發四冊

皇太后恩　手復仲飴　申初大雷雨

上詣醇邸　興陞季天尹孫慶康

初九日丁丑入直　卯初二　丑正六分發一發

上詣建福宮後詣醇邸　到署

酉復六舟　李成美方峻農屏錫木壽資

初十日戊寅入直　卯正六舟文發一發

已刻沒六舟並農沅圃公信　六舟允西江門撰宗祠聯廠

古人來　胡子英來　安平公所付訖

恒壽號介眉　海韻樓[illegible]之子

十一日乙卯　入直　順天會五城奏堋溺情形

一摺工部帶　補送李嵩澄　黃壽崇

引見三名　陳蔭璋　清平　任聯風　順天府尹所奏

浙江說帖一分　送許仲韜營府說帖十包

送龔仰蘧星石瓷十包　附京葉苓永崇庶求助三千

十二月庚辰入直　劉撝軒字蔭為楊秀臣　奎綬為唐氏園居

梁于川濤許以十五兩月內全　付王伯恭江容方度

上諭

建福宮後玉璋印　到署　復六舟為合肥民又

西陵六舟為炳蔚生設廠事　五陵六舟

莊佩蘭號霍衡

十三日辛巳入直　公所晤蘭孫、仙舟、蔭軒、燕
甫　西陵六弁　問蓮舫，屬一琴電子英
發裕壽山、頓石、南皮、識果、爾瑞、五石、星台
繆小山、日本宗呂兄　吉雲舫、兄九、文莊、月舫、鮮小芬
十四日壬午入直　送仲韬行　晤蘭孫
萬善殿收六弁　西陵藐青又合肥拜素逸
金臺書院課卷發去　胡海帆來，文芸楣
芸臣信，以雷文　施少欽等，公六信，以票付蔡
十五日癸未入直　卯初前

吳子語伯華寓

盂石振乡正子武清婦

上諭

奉先 壽皇殿。到署。手復笙楷、笙叔。

文一琴，藥菴丸子、正氣丸子、午時茶、六丈。

雷公散一匣。文樓華，笙太子、正氣丸子。

午時茶一千。文子美同一琴。

手復李小研。再致六舟，一餅陳氏，均。

六舟一復。玉正三復六舟。香濤、景、力。本料木吳。

七日甲申。入直。工部直日。復六舟、松。

蕘文西陵薇芬。陸學源文到，寄高。

文笠帥，藥樓丸子、午時茶子、雷公散之意。

青花丹丹瓶　正上等九二寸

十七日乙酉未入直　到正藍官學　雲舫華卿　東甫　椒村　勉之　詩農　季超　雨村　西龢　蓬軒同到　巳初散　候紫藩

十八日丙戌入直　李讀候古

上派寫瀛秀園扁四面

派寫會元扁二付　到署　鍾廣生　林崇

香濤　張藹卿電　赴六舟招　同子[illegible]

石查　塾岫　芝生　張續徐　廣　招罷四人　到付寫遞蘇山

范春棠

西红门難民邑遞馬弁送筆拆西路一本
酉正六刻　亥正後大雷　浮沉雷雨
十一日丁亥　卯正火藥局看圃墻　冒雨而歸
送周伯辉席　吴慕培席
五百里牌發黄花崗為漂浮梧亦予
周冬沄有洞庭人　李木高來答门送
以食物四色　發六刻三次
二十日戊子入直

派宮

合元叔貼簽一件在內　收條一件　內有合肥丁子報三張

徐壽蘅於湖南館觀劇辭之

校之爲益偕硯生題跋作序並交呂濮大叔桂孝之

二十一日乙丑入直　上所賜蘭孫仲華拜手

文子戲亭西商以來蒲並一摺　四段合

二十二日庚寅入直　順天府奏一摺三片

右見　到署　松所晤小舟　爲孔繁樸兩

致仙屏　孔慶鎔繡珊之子

白雲霞函約福刻

二十三日辛卯入直。以廣東署人清慈和 松江大藥房

痧氣丸五箱，以三口郵寄，文六分。楚少華二分。英蓉

西陵陸存齋漢畫一、唐石十一。欟聚齋

草言頓首一方

二十四日壬辰入直。工直日。奏刑部、工部四件。

又二件。答蘇隆蘭孫以寶讀莊

發胡清卿信、譜章函，寄高麗。趙之謙以王

廣生濤撲一匣，二古金、陳日銖圓三三枚。

閱字四枚，楚公二件，竟丁玉印一方，朱文。

三王印　二疏六冊

二十五日癸巳入直　會典館告以病未去
到署　二班六刻　查蔡滙說帖並簽
趙允中來付三十兩　蔣芗舟去人
同辦振者夢星、垂共言收回
二十六日甲午入直　鳳石假五日　因太夫人病也
到會典館　周承先　要送題八四匣　蘭孫來
二十七日乙未入直　順天府奏事　以前開六刻
王先生　西陵行書　連發四函　寄藏芬一函
二十八日丙申入直　到署　西班六刻

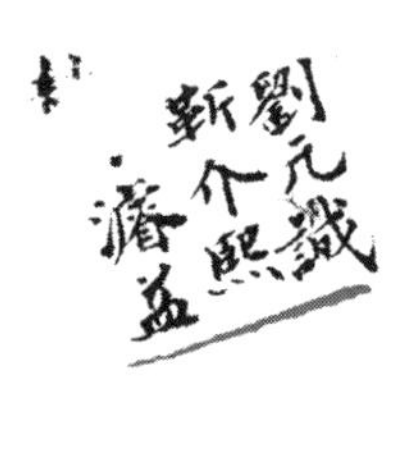

同湾之 擇（小江）石電 交六安 手復仲飴

文北江 將至六舟七千棠去方（一函秀穴姨）

二十八日丁酉入直 公所 晚 蘭孫 拜年

瑛 文來 談心 飴來 仰蘧去 拜 揆帥來 （福味來）？

東 西來 莊 稻 鄭 白 武 請 茶 山 林 原 住 薇 卿 處

范卿 赴 廣 年 處 商 茶 花（黃運寅）

八月乙酉朔 戊戌 入直 三函 致 六舟 為江北 又 清 芬 洪 東 安 三 件 又 福 鈔 圓 三 件 謝 殿

又 福 殿 得 南 信 偉 卿 復 清 三函 偉 卿 二函

辛 一 函 寓 病 匯 病 趙 文 瀾 寫 心 筆

初二日己亥入直 寅刻引見 禧不珍阿萬寬

賞到者唯我及周石芝 是日館候請安

上諭譚府

為方壽蓀來 安山來子 函致楊西卿 陸索

函致頤卿 慈蘇 吉二 郎亭 蔚若

四致六舟 瑛夫 六吉 季藻談

上諭許壽

初三日庚子 吾日試津 函廣紅 學紫 陸王 長清 陳

壽高陽陸續到 函致六舟 年尖 箴

芳 張樵和 鴻祿 五萬 換寶 坎鈔

初四日辛丑入直 到署 朱子涵 陳桂生來

劉幸元東文以峯信 姜發電乞江西米万石 超寄電行

初五日寅入直 順天府奏一摺二片 出前館

六舟又與霞圃以峯仲華長談 手復陳儀

卿史 六舟是日來

上諭一道又

廷寄一件 連文沖三千 劉衡齋二朱 蕭石泉二千五 趙六舟二不可 村二千卷

初六日癸卯入直 大風 到署 汪館 祝嵩

犢山五十 聊壽 陳慶生 四萬六分

保國根基 英國 子珮查三河 劉壎 自立兩文卿

劉元誠到江蘇　壽蓂赤來　恩濤　臨之將出

初七日甲辰入直　換季祀灶　到署

上明日詣頤和園還

宸函致諸澤生為兆祺盛不爾傑安沢

亞陶孫胡念淦聽石　靳介臣屬采子煩出力

致陶東翁　又芸閣來翁行

聶仲芳壽洋指事　姚錫珍容田刑主永靖　楊年姪

初八日乙巳入直　得六舟信于前門歸箋寅正

上詣醇邸寶還

宮

亟閱東塾文讀讀託其孫受沅帖借 姚石珊

及胡彰之文淳生 蘭孫來

初九日丙子入直 壺天少坐 西陵六舟

手復劉俊夫 汝翼 西陵殘詮 治河小游平框

埤事 楊葆彝來 送節叔 卷 蒼篇 趙文

胖匯說帖 以拓楷列大興任 孔慶翁東游序

文

初十日丁未入直

上御

秋分午初□刻六分

中和殿視
社稷壇祝版畢換先散不侍班　到署
十一日戊申入直　五直日外初
上諭　新年啟工程安奏了請十成
社稷壇　火藥局奏改碾火藥請
旨知道了　蘅芳如江瞿君來同宮招稿留
點心　手復雅蓮珊
十二日己酉入直　正段小舟　談班受張仲華羅正春王霞園希王
皇太后賞宮綢六疋　帽緯一匣　薛雲階送一

陸景涵　徐道焜　馬吉樟
應德明　劉嶽雲　沈銘勳
梁書祥　朱　湑
端　方　蔡壽臻

甎來看晉司徒伯𩵦父敦寶簠彝照簿録
何訓去只真字偽還之
十三日庚戌入直　賀綿鏡孫將女來麐雲子完
姻蘭孫子放定　再發六函　廉泊昨至寓伯
敏齋之子學使文甫之治是構唐了　沈銘勳到
恪季作　馬積生放姻來
十四日辛亥入直　順天府袁局晤之母於以前
侯黃屺懷請伦謀同孫請鞠常
閣義內廷節禪　廣盛印壺天　共廿芳付唐　捨多付局

李燕昌　朱聯芳　劉啟彤

朱　濬　朱靖藩　志　覲

崇　蓮　桑　棨　賴永恭

劉兆璋　劉　焌　陳佐仁

午橋送來牀向敦　虔事次日送來寄

自知道了　梁書祥云廿五日歸

十五日壬子入直　若農以滬上所寄草見示　晉陵所刻……

賞瓜果

十六日癸丑入直　兩工部加班奏事　摺件

門神庫工程九萬九千兩零一萬一千兩　工價銀……派與橋小守

八千一百六十兩又　公所修繳莊蓮……

園　樹等下官大媒鞠常以悟飯正來……

往女宅　復六舟又函　如江子函小雲……

曾廣銓 号衡甫 光道

程文炳 号從周 羅大春 号景山

十七日甲寅　廟日皆學會順可莊歐昨

未到西路六舟　何甘坦步梅子來　劉熾順義楊培

朱子涵來交吳修數張蓋香文筆換

函及炳苦茶送信　李蘊山罷回安來見

十八日乙卯入直　午刻晤李和卿柳亦丁平余事

到罷　繕修派諸午橋小宇和泳明

為張樹治西路嚴欽青張景甫兩人又宋請崇 由閏人

十九日丙辰入直　工直日　賀佛六佑倫又子

若庚仲山羅提軍大春　再改六舟

馬恩培

吴柏軒

昌黎恆

以手書致芸楣信。來：潘管譯誦感、余思詒、姜少芎、易肖鮑宗氈、稱軒狀、劉毓珂、吳璞齋、邵昌符、大城人。

二十日丁巳。入直。會典館閱卷，不先到。再發六舟。函以心岸、文何、坩埋之。梅閣送以罌方茶，贈。帶芜斗东西。

二十一日戊午。入直。再致六舟，爲張樹侯信宗伯。函致芸楣，官封。子涵以四罌來，嫩。吴柏莊、胡芸台、顧古南、孫底。

梁書祥　蔣嘉泉　趙文粹
翁同龢　張度　楊晴
朱福春　項壽城　馮壽松
鄧嘉坪　趙文粹　查光泰
朱潽　蔡壽臻　啟秀
朱聯芳　湯劍　王仁堪
劉心源

二十二日己未入直
澂甫詩華樓玉以字畫荷　雷雨雅彩荷大召　耕煙嵩山師巖畫
福字二件鴻禧二件匾額一件
到署　以所贈汪年蔭軒寶圖鐵屏
梁峰之書祥來　扶經仙挺蟠龍
以二百金易汝真五百金　再致小舟
二十三日庚申入直　再復小舟文合肥　子正　肥书西泳言　孜合
二十四日辛酉入直　工部加班壽蔭吞訂
四撫署　以所贈仲華蘭孫字挂
華房村顏氏來　西六舟送閩帝廟詩搨石並西秋照

其平生所好以三星硯志别款

園 二陵六舟 子英來 先之叔母

郭奇中 秦綬章 朱溍 趙文粹

實錄館初二到 分

李光熙 徐本愚 凌道增 衛榮慶 李邦楨

二十五日壬戌入直 到會典館 壹貞蘭

孫正霖來見 小峰太夫人賀函未去

以疾辭之 陵六舟

二十六日癸亥入直 霞勁翔雲霞

到署 王何莊來 為陳壽瀛乞德李伯

奏

行事 查蔡朱趙何來

二十七日甲子入直 工直日 奏事三件 婚姻禮部

察院 正秋護家正則之川亮遞之遞

陳澤醴 郭曾程 程全保
王曾彥 田我霖 松壽

朱潛 連文冲 王廷紱
殷如璋 謝裕楷 潘民表

阿克占 端方 海康
溥善 志覲 王忠蔭

張度 毓俊 趙文粹
劉嶽雲 陳壽椿 王夢齡

迎之返寓並嘱六安

二十八日乙丑 入直 順天府奏三摺四片

廣仁堂留餘

依議 知道了 出所晤六舟妹丈涵玉

趙同來 伯英 二四墨 二千 如青舞之物

二十九日丙寅 天安門朝審班午初歸

發南信 濟寧 竹賓 運之 緩振 小漁

趙同來 付二千 舊欠四百 付如青峯辰

欠二千 三錢 一大二小 一文中字

三十日丁卯 朝審上班 巳正散

涓雲齋

王瓘 朱澐

凌道增 潘學祖

丁崇雅 陳寬 孟慶彝 張渭

吉人 萱臣 佛青 文木 雲根 印文

局又少欽 劉蘭階 於電 印文 石交

六舟夫人六十送北無情燭匿 復劉子良 德小峯

六月丙戌朔戊辰入直 到署 以如壽峯

柏花松雁贈欲連倉揔

再復六舟 手書致壽作為遠道地東境 寄孫大昌

初二日己巳入直 賀青文 孫如 佛依松慶嘉 畢三十

完姻 蘭孫子將為完姻 男生長椿寺唐經

丁崇雅來 号底村 詩垣陵 三河籍

曾景釗 朱 溍 溥 善
王 瓘 海 康 聯 福
江槐庭 賴永恭 李天錫
楊宗濂 查光泰 蔡壽臻
陳鏡清 李培元 姚虞卿

沈瑜寶 朱福春 姚虞卿
王夢齡 楊春元 楊宗濂

謝裕楷 陳鏡清 陳鳴秋
甯 璿 陳 彝 劉心源
張維彬 徐致靖 準 良

民歸百録文選善本書畫遺了 孟冥具 派書房
張渭少人永清
上
初三日庚午 會考八旗教習生 勉之未正散
奉 未初頤和園散 母到再段以每再段等指句
初四日辛未 入直 送劉芝田 堂林散之 嵩菜木耳 鏡紋火腿茶叶
派
寫浙江同善堂樂善不倦扁一面
楊蔭芳送以菜栗子 昨答以扇
初五日壬申 入直 工賞
派
擬 改訓府文劉心源為第人湖北 當解者

潘民表　王積榕　汪韶年
許祐身　何蔚紳

宜年殿暖台兩刻　賞刻　亦甘來面
高列字號桐庭昨夜到後楚擺座
初六日癸酉入直　順天高克列字桐
庭燒燬　另又二片　四接陳氏粢文朱信　詩老夫人來如葉本相同　渭
派寫瑤島雲韶扁　金暑迎量紀錫喬
雲開福地瑞延祥符　鏗鏘雅奏樂
鈞天又龍翔鳳舞之扁　八荒順六
母頒昨平樊璧臣　政朝高為陵存
高達臣季　賴承基為三河災民申作之
柏查蔡陳為點以為分撥廿二萬

李均豫 趙文粹 王言昌
魯人瑞 陸學源 楊宗濂
蔣家啟 朱澹 莊佩蘭 志覲
惠迪 曹秉哲 桂霖 癸酉

初四日甲戌入直 王補臣撤振完來 崔嘉枉以札謝從來 却之
派擬靜宜園楔雲方匾 七言對
致嚴鎮青爲沈瑜寶義 劉蘭階 芸
答王伍夷 高清人 綏之請來以籍振送
看及點心与筆 又又亞振貢書 羊
賦澤生辰許之 呼仲文爲錯文撤 二紙送
初五日乙亥入直 山陵字 犁英蒔彩來
派寫來山正擬漫筆二付 臣 款松孫晚
擬屋錯叶蔭字苦上石 撫又山物水
魯人瑞月海 楨來

霜降戌初三刻

李崇洸

也亭三面研北屏胡桓葉株　又四字

專條廿件　八字專條廿件　蘭坡小字　若劉蘭洁

芬　蘇芳來壽川子畬現托分纂　答一聯

初九日丙子入直　吳又五日許昔陸以莊來

上幸頤和園　沈文忠師龍泉寺念經百日致祭　西天蘇盦衛

也腰至孫宗濂宗河　復蘇芳經蓮珊　若經蔡

蘇少欽金若人　福生　蔣家琢同杜紹唐楦巨鳥吉　木方ミ卯ミ七

初十日丁丑入直　陸以莊來入　也雨　晤李倫

孫燮臣榮多ミ　以心雲　劉寫不　復ミ母ミ

送文光齋李棠浣齋作李穆門詩集

序

十一日戊寅　入直　帶寶源局引見六名　由李和甫為棉衣了　即函致

六舟　由六舟處霞〻

十二日己卯　入直　風不很大　晤寶六舟　收李和　如江因入武闈來見　王積榕解棉衣來見　振言通石華了

陳允頤同陳海生〻〻寧〻〻謁也

李中堂　朱潛　石賡臣
張度　毓俊

徐寶謙　朱福春　查光泰　王續榕
蔣壽齡　陳允頤　謝裕楷

莊佩蘭 殷如璋 王瓘
聯福 江槐庭 廷杰
江槐庭 徐寶謙 馬恩培
徐寶謙 松壽 蔡壽臻
杜世紳 茍家荃 王頌蔚

湖南道 西陶來行 西黄村叢氏安平 小煖谷
十三日庚辰 入直 工部直日 在内
函復六舟 發南信 濟寧振綏 秋谷叢氏 安平
十四日辛巳 入直 緗臣銘俊 致六舟
莊雁衛來允交江西米三千 次日六舟已批文
安收回 用賓長談 叢氏營房每卿人安平已
十五日壬午 入直 復六舟 又函致為作 西路椒如來人送李先生
午失實收 請諮部補領 黄村西大窪八十六人 送安平
復恩孫高 送對二分及蓮窗 桂南宗城坤
黏孫禧 函致玉山

十六日癸未入直　工部加班帶引見六名　湖廣外海　貴州部本黃　三點政六舟　又四點

馬書善臻政話澤生◎　黃村南新莊龔氏送安平

十七日甲申　到正紅官學兩軒未到

午初散　二點政六舟送松筠菴　子涵來

並告政六舟　請吳雜氏送安平　送仲陵招齊家

十八日乙酉入直　到署　知六舟卅局秋述函

即日陰晴　並借告安吳四種　六舟廿石

壽寸二字多壽與以佛如法

潤景齋

何其翔　李邦楨

旋啓孚一函謝高書函者付之　周志
請為文祖名館子西伏蘭孫與翁來
十九日丙戌入直　換芋收罰珠毛一屋
發合肥　爲凌仁娟雲楣二函四百　發許仙屏
子復趙展如　收村莊難民十兩送安平
二十日丁亥入直　難民天官莊楊房宗
家莊二處二百兩送安平　以佛生處
惠若一函及前寄庭鈐　何敬來　又通州
文界田淳村廿兩交人　交何敬及順天府
四函　改六月

查光泰 朱潛 蔡壽臻
陳鏡清 何其翔 王曾彥

李燕昌 江槐庭 李潤均 許祐身
謝裕楷 陸學源 胡翔林

龔氏二起文安年
二十一日戊子入直 王直日 督修天壇
神樂署等工 寫摺局 陳朱先來
查蔡及何教習包加何六千 王曾彥來
三河未校正 朱不必查 本欲明濱引見
以頭等作不立奏又正 五路上安
二十二日己丑入直 陸風不請假 送李
伯行差功譜袍褂派計金鈎 發南信
以張福前日來帶物 辛濤挹綫 清培禮
龔氏二起文安年 飲馬井五十 紅字國六十 酉刻 馬村柴錢六十 諸宮馬寄
乃存高信 云福信 辛店十八

陸鍾琦　陸燮和
李燕昌　張肇鐮

二十三日庚寅入直　黄村馬牙五十條
黄村閻家村十條黄家村廿條　黄村東南大莊六十　文安
善　三百兩　發六舟新西耳　由蘇芳侯門徹
又發六舟
二十四日辛卯入直帶引見六名
彥秀　惠民　鍈　中瑄　唐興　萬鈞
羅氏　天寶院百條　王三三莊　七十條　文安縣
陸梅村　天池　送三馬家　由都　糧倉松
二十五日壬辰入直

辛亥十月廿五日戊和顧

樊若和林 孫順義
紀王子安仲

樊觀玉 孫紹庭 吳京培 楊宗濂
紀春陵 王春魁 張肇鏕

如柏 蔣士榯 王曾彥

派寫美庵如瑞徵蘭畦屬乎師錦文保
衍千城兩難氏 东墨堂村式九更安人
宮禧六千餘人 黄村东角 醉文庭六
使四百餘人 文安平 三画段六分
二十六日癸巳 入直 順天府奏了二摺
五斤 賜秋粮吉人 難民四批 選安平
二十七日甲午 入直 小号安華 壬东安 蔣礼濱
上 還宮 壺天少憩 玉順天罷 濱引見
賜如江小亭子池 大風 黄村南一村

顧肇熙

姚虞卿　阮引傅

清　模　江槐庭

周懋琦　陸燮和

張　度　殷如璋

韓氏五百兩送萬手　手收條簽

人　絨袍王練十只又手收子美之佳

宮娘　午後雨又雪又大風

二十八日乙未入直散直實正歸府天

未明之先欠　月後六安　甲仲來　韓氏五百兩　萬手

二十九日丙申入直　卯初二　冷

上看祝版　韓氏二百兩　萬手

乾清門侍班　廣會寺　王蔣卿　祖念經

周懋琦來　號子玉　白廟　吳樂庭　潘東塘

黃村莊衛畢宗孫文定兩州案埈未〔〕又在五百卅兩人　又有萬十始

海子紅門壹百餘人
寶坻縣十餘人
海子內南場二十餘人楊樹底下十人
馬公庄三十餘人
西憲彝 常光斗 溥善 長潤
徐道焜 清樸 江槐庭
查光泰 蔡壽臻 莊佩蘭
陞 孫欽晃

十月丁亥朔丁酉入直卯正二

坤寧宮吃肉 瀧旧撤讀卷也 出安 廣渠門訪字

村丁舒人 超村岳好馬蓮村子舒人之要平

周學玉 有潘東 云阿小道理明芭藝 以其所屬民銘總情 月子妹深

陳小亭子經丙諾甫桃二去年 建侯難民

德諾甫言 袁逢 家綺難民送安平 白段正好

戴逢孰芳 聯金子同年 謝葉祝孫侍樹屋

文蘭孫 陳小亭知其人與有戚 以茸荔正看處

初二日戊戌入直 壺天宴六舟一函

朱　潛　查光泰　王　瓘　紹　誠

何蔚紳　袁世廉　張景藩　聯　福

送鳳石功順堂叢書　送賀(?)叢山

大春劉帽沿活計珊瑚頂各物　查芬(?)來

莊六到即令其同見六舟　以東安客紙寫民(?)

初三日己亥　到廟藍學以後輪到各　袁荷(?)留(?)道

學　徐武殿讀卷　高詩慧未到已散　二天過之途

寅刻玉致六舟　發南信濟竹綏之

謂(?)卿作仲芳信文張福　五致六舟

初四日庚子入直　送紹葛民席(?)話計

袁世廉長(?)清縣以午葛民之忱(?)

薊州十峪莊題(?)出文如江南

初五日辛丑卯正二上御太和殿朝賀行禮壺天六舟孫燮臣來談覺興隆若農招同頌閣鳳石吳勰臣不至

初六日壬寅注感冒聞曾沅圃殁初二於任許仲韜艾去世師門零落為之愴然

皇太后賞大卷六件帽緯

初七日癸卯入直到署蓉蘭孫若

海子東鐵營十八人

農　子涵來　重擬摺底共片

初八日甲辰入直　上直日　以黄村本街之

百餘文安平一粥并四致六舟　子英來

為高壽農丞跋蘭孫

初九日乙巳入直

派題

皇太后畫松十幅

派篆壽字南山〻〻介壽八篆字　至仲華

談班攷　玉壺天

初十日丙午卯正二
上還宮辰初二
皇太后御慈寧宮慈寧門行禮三刻
致六舟 致松鎮青
十一月丁未入直
小雪中正一刻六分
派題
皇太后御筆畫松十幅 壺天少坐
到署 再函六舟 熙年偕張福甫
歸 熙年用去三百金

朱潛 王曾彥 王瓘
陳懋侯 方濬益

楊宗濂

端方 朱滑 楊宗濂

十二日戊申。入直。壺天少坐。晤仲華、六舟、漱莊。執芳住興勝寺，送米。三河民

十三日己酉。入直。送執芳席。貂。三河 山餘 衛 函六舟。王曾彥帶臣米赴東安。散一千

十四日庚戌。入直。陰。函六舟、函長椿寺。星叔、子原、函仲韜、談信。發南信：濟之、辛之、振民、憲齋、運齋。手復仲飴、執芳、子滌、蔡以通州以仁物發民子文楊承清津同北洪八村李文卿依

十五日辛亥入直　順天府奏事奉
上諭等因欽此　到會典館　公所晤六
舟　炳平交來仲午花翎照　本年順天
所捐一千兩　手復仲飴並振軒文蘭孫
十六日壬子入直　壹天少坐　到署
讀崇友令　晤蘭孫　函六舟
藕芳補通永道
十七日癸丑　到廟紅學會晤
長長王可莊王榮陳陸吳徐俱到高不

及待午初散　再函六舟夫人前二日到送以席酒　以鶴舫[illegible]錢七十餘人文安手

十六日甲寅入直　工部帶　大藥兩案點驗　派那王榜

見十二名　街道　滿員外一　本署員三　到順府演引

見　函六舟

十九日乙卯入直　得振民信

二十日丙辰入直

派恭代

林紹清　朱　濬　曾景釗
何乃瑩　蔣壽齡　嚴　暄
沈曾植　陳鏡清　銘　勳

皇太后御筆賜醇王新府扁七面
慶霄洪景　降福受禧　輝光日新
嘉承天和　慧相證觀　樂善延年
雲霞蔭繪　到署　替修正藍旗　濤　王　璐
范卿子冀來
廿一日丁巳入直　陰有雪意　西苑門後
六舟有述旨汁脉交去看樣
復濇濇綏綏　仲約假
二十二日戊午入直

二十三日己未入直 送松崔敬對六十色 送陳杏銘林蔭六之郎 送廷用寅叢六八色 發南信 濟之 冠英 內勛 廿魯 岩廿 辛芝 振民 誼卿

二十四日庚申入直 受寒 壹一天 少坐 到署 濟之 叔芳信

二十五日辛酉 火藥局會同邢王彥威 稍見勤點驗火藥 巳正三散 濟之 施表張 信 即復 鳳石來診脈藥

二十六日壬戌　具摺請假

賞十日

二十七日癸亥

二十八日甲子　鳳石來談

二十九日乙丑　鳳石來談　周姓談